진실 혹은 광인

윤마리 소설

어문학사

진 실
혹
은
광 인

윤마리 소설

어문학사

주된 화자는 $n/_\bullet$ 로 표시하며

여타의 화자는 $n/_\circ$ 로 표시한다.

목차

인간들은 항상 그런 식으로

사고하는 경향이 있다

　　　　　　　낯선 이에게 쏟을 기력이 남지
않은 나는, 자아 유지를 위해 아무것도 응시하지 않은
채로 걷고 있었다. 그리고 내 자아 따위엔 관심이 없는
므므는 나를 이끌고 길가에 있던 부스로 들어갔다.

　"자신을 가장 잘 나타내 줄 수 있는 색으로 동그라미
를 그려주세요."

　싸구려 플라스틱 책상 앞 의자에 앉자, 어떻게 낯선 이
에게 그런 다정한 목소리로 말할 수 있는지 의아할 정도
로 고운 목소리를 가진 이가 말했다.

책상 위엔 온갖 색의 물감들과 투명한 아크릴판, 그리고 흰 도화지가 놓여 있었다. 그 모습을 보고 있자니, 어린 시절에만 겪을 수 있는 경험을 나도 얻을 수 있을지 모른다는 기대감에 빠져 그이의 말에 따르기로 했다. 어린 시절이라는 게 없었던 내가 인간들의 학교 생활을 궁금해하는 건 자연스럽다. 보나 마나 무가치하겠지만. 어린 시절에 어떤 일들이 있었는지는 빠짐없이 알고 있지만 그때 그자가 느꼈던 감정이니 생각까지 알지는 못한다. 그래서 마치 일상 중에 사소한 행복과 설렘을 만난 것 같은 기분으로 그이의 말에 따랐다.

처음에는 짙은 갈색, 그 다음엔 보라색, 그리고 주황색. 이렇게 나의 일부분을 이루고 있는 면들과 잘 어울린다고 생각하는 색을 띈 물감을 차례대로 아크릴판에 짜냈다. 그리고 그림을 그리기 위해서 그 물감들을 섞었다.

희한했다. 검은색은 나를 나타내기에 적당하지 않다고 생각했기에 그 색의 물감은 쳐다보지도 않았는데, 물감은 점점 검은색으로 변해 갔다.

끔찍했다. 너무도 끔찍해서 눈물이 날 것만 같았다. 그런 색으로는 도저히 그림을 그릴 수가 없었다. 아니, 내가 어떤 요구를 받아서 붓을 손에 들었는지도 생각할 수 없는 상태였다고 하는 편이 더 정확하겠다.

혹시나 도움을 받을 수 있을까 하는 작은 희망을 가지고 옆에 앉은 므므를 쳐다봤을 때, 난 더 이상 그 부스 안에 앉아있을 수 없었다. 므므의 하얀 도화지 위에는 아주 선명한 파란색을 띈 동그란 원이 하나 그려져 있을 뿐이었다.

"기껏 만든 게 검정색이야? 뭐 아무튼 빨리 그려 봐."

"아닙니다."

내게는 심리적으로 거리감이 느껴질 때, 보다 정확하게는 그 인간에 대한 환멸감이 조금 생길 때 말투를 바꾸는 습관이 있다. 마치 그저 말의 어미에 불과한 것을 검이나 방패라도 되는 듯이 행동하는 게 스스로도 우습다.

"왜 그래? 갑자기."

그러나 더 우습게도 이 방법은 대부분의 경우에 꽤나 강력하다.

그 말을 듣자마자 나는 밖으로 뛰쳐나왔다. 그이는 파란색 괴물이었다. 그러나 그이는 분명히 파란색이 아니었다. 적어도 내가 본 바로는 그렇다.

인간들은 항상 그런 식으로 사고하는 경향이 있다. 단편적으로 나타내고, 전체를 조금도 드러내지 못하며 본질과는 조금도 관련이 없는 것으로 전체를 대표하고, 원하는 대로 확대하고 또 축소한다. 그러고는 그렇게 나타내어진, 진실이라고는 한 올도 섞여 있지 않은 추출물을 진실이라고 주장하는 것이다. 왜 그런 식으로밖에는 사고할 수 없는지 묻고 싶었으나, 동시에 그이와는 더 이상 한 마디의 말도, 하나의 시선도 섞고 싶지 않을 정도로 경멸을 느꼈다.

그 뒤로 한참을 걸었다. 눈앞에 선명한 파란 므므가 사라질 때까지 걷고 싶었지만, 모든 잊고 싶은 기억들이 그렇듯이 지우려고 애쓸수록 더욱 므므에 대한 생각으로 머릿속이 가득 찼다. 단언컨대 이전까지는 단 한 번도 나에게 있어 므므가 차지하는 영역은 그 반의 반도 넘어선 적이 없었다.

어쩌면 그렇게 하나의 색깔로 주저하지 않고 자신을 나타낼 수 있는지 알 수 없었다. 이해가 안 되는 것이 아니었다. 이건 이해의 문제가 아니다. 사람은 그래서는 안 된다는 당위성의 문제인 것이다. 그이는 파란색이 아니다. 모든 파란색들이 그이가 아닌 것과 똑같이, 모든 그이의 모습은 파란색이 아닌 것이다.

생각이 거기에 이르는 순간, 므므는 죽었다. 나는 여전히 그렇게 생각한다. 생각뿐이 아니다. 적어도 므므는 더 이상 사람이 아니다.

등 뒤에서 죽은 므므가 날 부르는 소리가 들려왔지만,

뒤를 돌아보면 마치 소금기둥이라도 될 것만 같은 기분이 들어 더 빠른 속도로 걸었다.

0/0

　　"그렇게 갑자기 가버리면 내가 난처해지잖아. 도대체 왜 그런거야? 아무리 생각해봐도 이해가 안 돼서 전화했어. 무슨 일 있었던 거야?"

　기억이 나지 않는다. 일어나자마자, 아니 정확히는 요란하게 울려대는 휴대폰 진동 소리에 눈을 떴을 때 민하는 전화 너머로 나를 마구 쏘아 댔다. 그렇게 쏘아붙인 게 조금 미안한지 타이르는 듯한 목소리로 질문을 덧붙인다. 다시 한번 말하지만 나는 아무것도 기억이 나지 않는다. 어제 민하를 만났나 보다. 그리고 내가 말도 없이 자리를 떠났나 보다. 어떤 상황에서 그런 건지는 모르겠지만 대충 민하의 말을 토대로 추측한다.

　"그냥 기분이 조금 안 좋았나 봐. 미안해. 아무리 그래도 그런 식으로 행동해선 안 되는 거였는데."

　이럴 땐 가능한 모호하게 말하는 게 좋다는 건 지난 시간을 통해 터득한 나름의 지혜이다. 마음 없는 반성문을 한 번이라도 써 본 사람이라면 공감하겠지만.

"너 이러는 게 벌써 몇 번째야. 사춘기도 아니고. 아무튼 그래 별일 없었으면 됐다. 끊는다."

다혈질 기질이 조금 있지만 또 그만큼 빨리 가라앉는 성격을 가진 내 친구는 종종 그랬던 것처럼 날 쉽게 용서해 준다.

전화를 끊고 휴대폰을 손에 쥔 채로 침대에 누워 아무 무늬도 없는 천장을 바라본다. 시선은 그곳을 향하고 있지만 내가 보고 있는 건 아무것도 없다. 어제 무슨 일이 있었던 걸까. 어제는 토요일이었고 토요일엔 보통 일을 하지 않으니 어제도 일이 없었을 거다. 낮에 만났나? 아니면 저녁 약속이었을까? 혹시나 도움이 될지도 모른다는 마음에 통화 기록을 살펴본다. 아무것도 없다. 마치 내 기억과도 같다. 눈물이 고인다. 이렇게 오랜 시간 동안 내 정신이 비정상적인 상태에서 벗어나지 못했음에 대한 고통이 느껴짐과 동시에, 이 정도면 적어도 그에 익숙해질 만한 시간은 충분히 지난 것 같다는 생각이 든다. 어쩌면 이런 류의 고통에 익숙해지는 데에 필요한 시간은 내가 헤아릴 수 없을 정도인지도 모르겠다.

그래도 15년이나 흘렀으면 난 충분히 고통받은 것 같은데. 갑자기 서러운 마음이 들었지만 탓할 수 있는 대상이 아무것도 없다는 게 더 슬프다. 내가 할 수 있는 건 약을 꾸준히 챙겨 먹는 것밖에는 없다. 이렇게 누워 있어 봤자 달라지는 건 아무것도 없으니 일어나 약이나 먹어야겠다. 그게 도움이 되는지는 전혀 모르겠지만.

　생각이라는 건 길어지면 피곤하기만 하다.

1

우울이 인간의 정상적인 상태
라고 말하던 한 작가는, 삶은 무의미하기 때문에 진지한
고민이 필요하다고 했다. 적어도 그의 이런 생각에 공감
하는 부류의 이들에게 나는 관심과 애정을 느낀다. 그것
은 단지 나와 같은 고민을 품고 산다는 점에서 오는 사
사로운 동질감 때문은 아니다. 그보다는 그 진지한 고민
의 결실이 궁금하며, 나름대로 고통스러웠고 또 여전히
고통스러울 그 시간을 겪고 있는 그 모습에 애정을 느낀
다고 하는 편이 솔직한 고백일 것이다. 적어도 생각하려

애쓴다는 그 사실 자체에 안쓰러움과 함께 즐거움을 느낀다.

그리고 나는 그 모두가 한계를 맛보고 가라앉길 기대한다. 이 말을 듣는 누군가가 나를 유치한 사디스트라고 부른다면 난 그 얄팍함을 비웃을 것이다. 난 그렇지 않다. 난 그들이 저 존재의 밑바닥까지 다다라 세상 모든 것이 자신의 존재를 너무나도 무겁게 짓눌러서 울음을 내뱉을 수 없을 때, 눈물은커녕 숨을 내뱉는 순간 액체로 바뀔 것만 같다고 생각이 들 그때, 그렇다고 아무것도 하지 않기엔 고통스럽게 사라져 가기만 할 것이라고 느끼는 그때, 앞선 고민거리를 안고 사는 사람에겐 언젠가 반드시 찾아오고야 말 그때, 그때 그들에게 귓속말을 건넬 것이다.

나는 누군가와 만날 때 마주 앉는 법이 없다. 그들은 내 모습을 보아서는 안 되며 실제로 내겐 보여줄 모습이라는 것도 없다. 그들은 나에게 말을 할 수 없으며 내가 들어야 하는 말이라는 것도 존재하지 않는다. 고로 눈과 눈을 마주하고, 서로의 귀가 서로의 입에서 나오는 음성을 향한 채로 마주앉아야 할 이유가 없다.

내가 귓속말을 건네는 이유는 그들을 위로하고자 함은 아니다. 나는 그저 있는 그대로의 나를 그들의 앞에 보이고 싶을 뿐이다. 내가 건네는 말이 모두에게 위로가 되는 것은 아니다. 누군가에겐 그이를 심연으로 빠뜨리는 말이 되기도 한다는 걸 나도 잘 알고 있다.

아까 말한 그 작가는 권총으로 스스로를 죽였다. 그럼에도 내가 그들을 배려할 필요는 없다. 나의 속성 중엔 배려라는 건 조금도 없다. 마치 검은색 같은 것이다.

그러나 이곳엔 그렇지 않은 인간들이 너무 많다. 그러니까 나에게 귓속말을 할 기회를 주지 않는, 진실한 의미에서 나의 하나뿐인 온전한 즐거움을 허락치 않는 그런 인간들 말이다. 어쩌면 허락하지 않는 것이 아니고 '못' 하는 것일지도 모르겠지만. 그러한 부류의 인간을 볼 때면 억누를 수 없는 미식거림을 느껴 나는 황급히 고개를 하늘로 쳐들고 구토를 필사적으로 막는다. 그 자리에서 구역질을 했다간, 토사물에 젖은 옷을 버리기 전까지는 내 기분이 정상적인 상태로 돌아갈 수 없을 것이기 때문이다. 세탁으로는 충분치 않다. 아무튼 중력은 이토록 쓸모가 있다.

이 또한 내가 온전히 내 즐거움만 생각하는 극단적인 이기주의자이기 때문이라고 생각하지는 말아줬으면 한다. 내 즐거움과는 관계없이 나는 그들의 삶에 혐오감을 느끼는 것이다. 그건 본질적인 혐오다. 혐오라는 강한 단어를 사용해서 미안하지만, 실은 이 단어도 내 진실된 감정을 표현하기엔 충분치 않다. 그 격렬한 혐오감과 구역질 나는 마음을 표현하기엔 파찰음이 제격인데 내가 이곳에서 구사할 줄 아는 언어엔 안타깝게도 파찰음이 많지 않다.

안부 인사를 나누는 것 이상의 관계를 쌓고 지내는 누군가를 제3자에게 말할 때 '므므'라고 말하곤 한다. 이름이 특별한 것이라고 생각해서 그러는 건 아니다. 오히려 그 반대에 가깝다. 이름은 아무것도 의미하지 않는 것인데, 심지어는 대부분의 경우 그렇게 불리는 이의 선택으로 인해 부여된 것마저 아님에도 불구하고 의미를 갖는 '척'하기 때문이다. 예컨대 "'수지'가 그랬어"라고 말할 때, 듣는 이의 주변 인물인 '수지'가 무의식적으로 튀어나오는 것이 싫다. 내가 아는 수지에 대한 것을 얘기할 때, 듣는 이가 다른 수지를 생각하고 있는 것을 보면 나의 수지에게 미안한 마음이 들기도 하고, 무엇보다도 이름만으로 어떤 이미지가 만들어진다는 게 싫다.

왜 굳이 므므냐고 묻는다면, '므므'라는 말을 발음할 때 느껴지는 울림은, 내가 그들을 떠올릴 때 느끼는 파동과 꽤 비슷하다고 말하면 충분하겠다. 어쨌건 이런 대상을 말하는 세상의 모든 말보다는 '므므'라는 표현이 훨씬 적절하다.

이름만이 문제는 아니다. 나는 성별이나 나이처럼, 어디든 빨리 발 딛을 곳을 찾기 위해 기회를 노리고 있는 멍청한 선입견이 반가워할 만한 요소들을 가능한 드러내지 않으려 지금도 애쓰고 있다. 나는 우리의 고유성을 지워내기 위해 존재하는 온갖 기준들을 거부한다. 여기서 우리라는 표현은, 나의 이 생각에 공감하는 이들을 다정히 여기는 마음을 담아 사용했다.

눈치챘는지 모르겠지만 '친구'라는 단어를 사용하지 않은 것도 같은 이유에서다. 친구라는 말이 나왔으니 하는 말인데, 같은 맥락에서, '진짜 친구란' 따위의 문구를 보면 욕이 나온다. 보다 정확히는, 욕을 하는 것은 습관이 아닌 탓에 욕을 가득 담은 눈물이 맺힌다. 거창한 의미를 품은 눈물은 아니다. 나에겐 내 마음을 표현할 적당한 단어가 없을 때 눈물을 보이는 습관이 있다. 물론 습관이라는 것이 본질적으로 그렇듯이 내가 의도한 것은 아니다.

모든 말, 특히나 명사에는 진실이라는 게 조금도 없어서 내가 숨쉴 틈이 없다.

나는 므므를 만날 때 이따금씩 형용할 수 없는 공포감을 느낀다. 예컨대 므므의 말투를 닮아가고 므므의 자세를 따라하는 나를 볼 때 바로 그렇다. 아무것도 내 것이 없다는 느낌이 든다. 나의 정체성이 말투는 아닐 것이고 타인을 대하는 태도도, 앉아있는 자세도, 웃음 짓는 지점들도 아닐 것이다. 이 말에는 누구도 이의가 없을 것이고 거기엔 나도 포함된다.

그러나, 그러면 나의 정체성은 무엇이 만드냐는 말이다. 어린아이가 아님에도 불구하고, 내 말투, 온전한 나의 것 하나 없는 나는 무엇이냐는 말이다. 므므의 개성이 더 강한 탓인가. 나의 말투를 순식간에 바꿔놓는 므므도 더 강한 개성을 가진 므므를 만나면 바뀐단 말인가. 그렇게 생각하기엔, 므므는 항상 같은, 그대로의 므므이다.

이런 생각이 들면 공포스러워진다. 내 앞에 앉아있는, 때로는 옆에 앉아있는 므므가 무섭다. 므므의 습관이 흑사병보다도 더 강한 전염성을 지녔기 때문이 아니다. 내 존재가 실은 없다고 느껴지기 때문이다. 아무런 무늬도 색깔도 없는 곳에서 카멜레온은 무슨 색을 띨까.

그러나 이러한 공포에도 불구하고 대개 나는 므므와 함께 시간을 보내기를 좋아한다. 이곳에는 나에게 온전한 즐거움을 주는 므므도 있고, 10분을 넘기지 못하고 고개를 쳐들게 하는 므므도 있다. 나는 그런 므므와 꽤 오랜 시간을 함께 보낸다. 실은 전자인 므므보다 후자인 므므와 더 오래 함께 한다.

그러한 므므를 통해서 나는 세상의 더 끔찍한 인간들과 함께 하는 데에 필요한 면역을 얻는다. 때문에 나는 더 강한 항체를 얻으려 여전히 이곳저곳을 찾아 헤맨다. 논리가 없는 인간도 좋고, 논리를 맹신하는 인간이면 더 좋다. 실제 나이는 상관없으나 본인이 체감하는 나이는 많을수록 좋다. 규칙이라고는 찾아볼 수 없는 인간이어도 좋고, 자기가 설정하지도 않은 규칙에 목메다는 인간이면 더더욱 좋다. 과학이 진리인 줄 아는 인간이 좋고, 가치관이 진리인 줄 아는 인간이면 최고다.

이러한 므므와 시간을 공유한다는 건 끔찍하다. 공유한다기보다는 빼앗긴다는 느낌이 들어서 더 역겹지만, 어쨌든 난 그 시간을 버텨낸다.

그런 므므를 버텨내는 내 모습이 꽤 마음에 든다는 것도 므므와 만나는 하나의 이유이다. 므므와 함께 할 때면 내가 꽤 인내심이 많은 사람이라는 느낌이 들어서 내적으로 만족감을 느낀다. 스스로가 꽤 괜찮은 사람이라는 착각이 드는데, 그 감미로운 착각은 술보다도 독해서 나의 조그마한 양심의 날을 충분히 마모시킨다. 이런 므므와 함께 하면서, 내가 아닌 므므에게 온전히 집중하는 것은 정신적 자살행위와 다름없는 것이기에 나는 내 자신에게 집중한다. 므므와 함께 하는 시간은 나 자신을 온전히 느낄 수 있는 소중한 시간이다.

므므는 내가 앞서 말한 존재의 공포를 느끼도록 할 만큼의 영향력이 없다. 만남에의 가장 큰 위험부담이 사라진다는 것은 꽤나 유쾌한 일이다. 또 다른 위해를 끼친다 해도 그건 사소한 일일 뿐이다. 나에겐 가장 중요한, 존재 의식과 직결되는 지점만 건드리지 않는다면 나는 그 공격을 위협적으로 느끼지 않는다.

정말로 그 위협의 크기 차이는, 일주일간 밥을 못 먹느냐, 물을 못 마시느냐 정도의 차이만큼 크다. 밥 정도야. 기꺼이 웃으면서 그 배고픔을 즐길 수 있다. 물론 기력이 부족해서 발걸음이 무거워지고, 해야만 하는 일들을 미루면서 때로 짜증과 서러움이 느껴지겠지만, 그쯤이야 숨을 쉬고 물을 마실 수 있다는 사실에 기대어 참을 수 있다는 것이다. 기간이 더 길어지면 양쪽 다 죽는 거야 마찬가지지만, 나는 그 정도로 내 정신을 혹사시키지는 않는다.

또 다른 만남의 이유는 '그냥'이다. 논리 없는 말이라고 느낄지 모르겠으나 세상은 그냥 원래 그렇다는 것이 진실인 걸 내가 어쩌겠나. 내 주위가 유별난 것이 아니다. 당신이 누가 됐든 관계없이 당신도 되돌아보면 당신을 숨막히게 만드는 인간들에게 많은 시간을 내어 주고 있지 않은가. 통계학적으로 어쩔 수 없는 일인 것이다. 그럴 수밖에 없는 현실로부터 빠져나오기 위해 필요한 기력을, 나는 갖고 있질 못 하다.

므므에게 쏟는 기력들을 모을 수 있다면 머지않은 미래에 이런 현실로부터 탈출할 수도 있겠으나, 나의 기력은 당신의 반려견과 같은 상태에 있다. 당신의 반려견이 어제 종일 밥을 먹지 않고 그대로 남겨 뒀을 때, 오늘의 밥을 또 주긴커녕 어디 아픈가 걱정스러워하며 들쳐 업고 병원으로 달려가는 것과 똑같은 일이 내게도 일어난다. 오늘의 내 마음을 모르는 내일의 내가, 아니면 내 주위 어떤 므므가 내 몸뚱이를 이끌고 병원이라도 다닐 것이 분명하다. 난 그것을 원치 않는다.

나머지 이유들은 나에게는 소중하지만 듣는 당신에겐 하찮게 취급될 것 같아서 혼자만 간직할 생각이다.

"피곤해?"
지금도 내 앞에 므므가 앉아있다는 걸 잠깐 잊었다. 항상 있는 일이라 그리 놀라울 것도 없다.

"나 담배 한 대만"

담배를 핑계로 카페 밖으로 나오자 찬바람이 얼굴을 스치면서 좀 살 것 같다는 느낌이 들었다. 습관적으로 담배를 피운다거나, 담배를 피우지 않는다고 해서 금단 현상이 일어나지는 않는다. 오히려 몸에 안 맞는 편에 속한다. 타르 1mg짜리 담배를 한 대 태우고 나면 머리가 핑하고 도는 느낌이 날 정도니까. 맨정신으로 앉아있을 자리가 아닐 때, 당장 술을 마실 수 있는 상황이 아닐 때 담배보다 좋은 건 없다. 연달아 세 개피 정도 피우면 밀려드는 어지러움을 즐기면서 머리 한쪽에서 나는 삐-소리에 집중하고만 있으면 되는 것이다. 다시 들어와 자리에 앉기도 전에 므므는 또 그 끔찍한 입을 연다.

"오늘 너무 내 얘기만 했나봐. 근데 이거 하나만 더 얘기해야겠다. 너도 알겠지만 솔직히 작년에 나 진짜 힘들었거든. 들어가려던 작품 엎어지고 한 세 달 놀았나? 왜 주말에 쉬는 건 좋아도 매일이 주말인 건 안 좋다는 건지 알겠더라. 근데 솔직히 말하면 난 논 것도 아니지. 연명이지. 그게 뭐가 논 거냐고. 대학 다닐 때 휴학 더 많이 안 했던 게 후회된다니까? 요즘 대학생들 보면 부럽더라. 휴학도 막 하고 유럽이고 동남아고 놀러다니고. 그래 부럽기도 한데 솔직히 한창 좋을 때 그러고 있으니까 취직하면 적응 못하는 거 아니냐? 내 사촌이 한 달쯤 전에 취직했다는데 벌써 월차 쓰고 놀러 다닌대."

삐-소리가 가실 때쯤 시계를 보고는 난처한 미소를 한 번 지어준다.

"벌써? 다음엔 좀 길게 보자고. 만난 지 삼십 분 조금 지났는데 가다니 너무하잖아. 뭐 그래도 오늘도 대화 재밌었다. 또 봐."

환담이 대화인 줄 아는 므므. '솔직히'라는 말 없이는 솔직한 말을 하지 못한다고 생각하는 므므. 자신에겐 과거라는 이유로 자신에게 지적할 권리가 있다고 믿는 므므. 인생의 목표가 단지 연명인 므므.

짙은 갈색을 띄는, 조금 남은 커피를 그대로 두고 자리를 뜬다.

　　　　　　맨 처음 내 상태를 자각한 건 주머니에서 담뱃갑이 만져졌을 때였다. 난 담배를 피우지 않고, 전날 폭음으로 기억을 잃지도 않았을뿐더러,

내 주머니에 장난삼아 그것을 넣어둘 만한 성격을 가진 친구는 없었기 때문이다. 으스스한 기분이 들어서, 나는 그것이 마치 귀신 들린 물건이라도 된다는 듯이 굳이 집 밖으로 가져나가 지하철역에 있는 쓰레기통에 버렸다.

"뭐야, 재수없게."

혹시나 그 장난질을 친 귀신이 듣고 있을까 하는 마음에 일부러, 나는 겁에 질리지 않았고 단지 불쾌할 뿐이라는 태도로 혼잣말을 중얼거리면서 말이다.

그래도 찜찜한 기분이 들어 날 소독해야겠다는 핑계로 가진 그날 밤 술자리에서, 소독은커녕 당혹스러움만 얻게 될지는 몰랐다.

"너 어제 담배는 왜 그렇게 피운거야? 그렇게 나에게서 담배 냄새 난다고 구박하던 네가 서너 대를 연달아 피우고 말이야."

"내가 어제 널 만났다고?"

"뭐? 야 서운하게 왜 그러냐. 기껏 삼십 분이기는 해도 만났잖아. 나, 너한테 중요한 얘기도 꽤 했는데 기억도 안 난다 이거야? 참."

"무슨 얘기?"

그를 서운하게 할 의도는 전혀 없었다. 친구를 의도적으로 서운하게 할 만큼 나쁜 사람은 아니다. 그저 가끔 내가 어제 뭘 했는지 기억이 나지 않을 때도 있으니까 그 얘기를 들으면 떠오르겠지 싶어서 물어본 것이다. 물론 이렇게까지 전혀 기억이 나지 않는 적은 없었던 것 같다. 아마 그랬던 것 같다.

"아 혹시 우리 어제도 술 마셨어?"

"병원 꼭 가봐."

요즘은 정신과 건물이 다른 병원 건물들보다 근사하다는 점에 놀랐다. 기분을 조금 가볍게 해보려고 건물의 예술적 매력에 취한 듯이 생각해봤지만, 역시 건물의 근사함보다는 내가 이런 곳에 오게 되었다는 사실이 더 놀라웠다. 그러나 놀라움보다는 두려움이 컸고 두려움보다는 나에 대한 실망감이 더 컸다. 내 모습을 받아들인다는 게 그렇게 힘든 일인 줄 그때 처음으로 알았다.

처음 증상이 있고 나서도 거의 5년간은 병원에 갈 엄두를 못 냈다. 모든 게 걱정거리였다. 사람들이 나를 어떻게 볼지가 가장 무서웠다. 친구나 가족들은 그래도 나를 조금 이해해 줄지도 모르겠지만, 익명의 다수가 합쳐진 사회는 이해심이 조금도 없는 존재다.

타인의 시선만이 문제는 아니었다. 병원을 가는 건 나 스스로 내가 비정상이라고 인정하는 것 같았다. 평소엔 결코 드러나는 일이 없던 빌어먹을 자존심이라는 게 나를 막아 세웠다. 용기를 내어 병원 건물이 보이는 곳까지 갔다가도 누군가 한 명이라도 길을 지나가는 사람이 있으면 마치 내 행선지는 다른 곳이라는 듯이 병원을 지나쳐 아무 편의점이나 들어갔다가 나오곤 했다.

결국 병원에 가게 된 것도 내가 용기를 내었기 때문은 아니었다. 상황이 점점 심각해졌기 때문이다. 그러니까 실제 객관적인 의미에서의 상황 말고, 내가 자각하는 주관적인 상황 말이다. 사실 실제 내 상태는 항상 심각했고, 내가 내 상태를, 기억은커녕 상상조차 못했기 때문에 모르고 있었던 것뿐이다. 시간이 흐를수록, 스스로가 느끼기에도, 내 정신이 온전한 상태인 시간이 줄어들었고 이유도 모르게 날 떠나는 사람이 많아졌다.

하지만 그 무엇보다도 내 발길을 병원으로 향하게 한 건 가족 때문이었다. 어느 날 눈을 뜨니 난 내 집이 아닌 다른 곳에서 자고 있었다. 더 중요한 건 내가 원래 살았던 곳, 내 부모님의 얼굴이나 이름, 연락처, 아무것도 기억이 나지 않는다는 거였다.

"이상한 소리처럼 들리시겠지만 그래요. 기억상실증 같지는 않아요. 다른 건 다 기억이 나요. 제정신일 때의

일은 다 기억이 나는데 중간중간 필름이 끊긴 느낌이에
요. 그런데 빌어먹을 그 끊긴 필름 속에서도 저는 뭔가
를 끊임없이 한다는 게 문제예요. 그렇지 않으면 그냥
그래 반쪽짜리 인생이라고 생각하고 살 텐데, 문제는 그
반쪽짜리도 온전하게 살 수가 없다는 거예요. 미친 상태
가 되면 내 사람들을 끊어낸단 말이에요. 평소에 안 좋
게 생각했던 사람이라면 '무의식중에 그랬겠구나' 하고
말겠지만 아주 소중한 사람들까지도 끊어버린단 말이에
요. 기억까지도 지워버릴 때가 있어요. 어디에 사는 사
람인지 이름은 뭐였는지 어떻게 생긴 사람인지. 근데 내
가 그 사람을 만났었고 눈물겹도록 행복한 시간을 보냈
었다는 기억은 없어지지 않아요. 그래서 더 고통스러워
요. 모든 게 사라지는 거면 차라리 편할 텐데."

긴 시간 동안 꾹꾹 눌러왔던 말을 쉼 없이 내뱉는 동안
인내심 많은 의사는 그저 침착하게 들어주기만 했다.

"그런 식으로 잃은 사람에 대한 얘기를 좀 들려줄 수
있겠어요?"

"가족이요. 바로 어제 그랬어요. 아니 어쩌면 어제가
아닐지도 모르겠어요. 저도 모르는 사이에 한 달이 지나
가기도 하거든요. 아무튼 제 기억에는 어제예요. 평소에
사이가 안 좋았다거나 불만이 있다거나 하는 건 전혀 없

었어요. 아니 있었죠. 그런데 그게 그렇게 연을 끊을 정도로 심각하다고 느낀 적은 한 번도 없었어요. 그러니까 그냥 평범한 가족이었어요. 가족이라고 해 봤자 저랑 부모님이 전부였지만 꽤 단란했어요. 제 상태가 이래도 짜증 한 번 내신 적 없는 좋은 분들이에요. 그런데 눈을 뜨니까 저는 집이 아닌 다른 곳에 있었고, 부모님을 찾아갈 만한 단서도 없어요."

의사의 표정에서 당황스러움이 묻어났다. 아니면 내 당황스러움이 투영되어서 그렇게 보였던 것일지도 모르겠다.

"신원조회를 해 보는 건 어때요? 아니면 경찰에 신고한다거나?"

"모르겠어요. 당장은 제 이름도 기억나지 않는걸요."

연락을 취할 만한 무언가를 갖고 있지도 않았을뿐더러, 그보다도 내가 제 정신이 아닐 때 가족들에게 몹쓸 짓이라도 했을까 봐 걱정스러웠다. 그리고 정말 내 이름조차 기억이 나지 않았다. 가족이 있다는 건 알고 있지만 그들의 얼굴도 이름도 기억 나지 않았다.

"접수하실 때까진 기억하고 계셨던 건가요? 접수증에 쓰셨을 거 아니에요."

"그냥 아무렇게나 썼어요. 혹시 그런 게 문제가 될까

요? 법적인 게 문제라면 어떤 국가의 도움도 필요 없으니까 치료만 받게 해 주시면 안 될까요?"

"걱정마세요."

집에 돌아갈 생각에 밀려오던 걱정은 기우일 뿐이었다. 발길 가는 대로 걸었을 뿐인데 낯선 거리들을 지나 아침에 나섰던 빌라로 들어섰고, 놀라긴 이르다는 듯이 나는 202호 앞에서 자연스레 주머니 속 열쇠를 꺼내고 있었다.

내 존재를 확인할 수 있는

유일한 것 말이다

2/
　●

　　　　원칙이라는 말 자체를 좋아하
지 않지만, 나에게도 유일한 원칙이 있다면 그건 내가
만들어 낸 규칙이 아닌 그 어떤 규칙도 따르지 말자는
것이다. 내가 만든 규칙 중 한 가지는 그 누구를 만나더
라도 오 분을 넘기지 않는 것이다. 이 규칙 탓에 모든 므
므들은 내가 굉장히 바쁜 사람이라고 알고 있지만 그건
조금도 문제가 되지 않는다. 사소한 오해는 서로에게 유
용하다. 그러니까 둘 사이의 '관계'가 아닌, 각자의 내면
에 말이다.

이 규칙을 정한 것은 내 바쁜 일상 탓이 아니다. 가장 중요한 이유는, 나를 그 이상의 시간 동안 견딜 수 있는 이가 없다는 것이다.

때문에 이 규칙을 지키는 것은 내가 나름대로 소중한 이야기를 하고 싶어지는 므므를 만날 때 더 중요하다. 나에게 소중한 것이, 타인에겐 상가 건물에서 흘러나오는 노랫소리쯤으로 취급되는 건 끔찍한 일이다. 그건 마치, 건넨 편지를 봉투에서 끼내지도 않은 상태로 찢어버리는 걸 눈앞에서 목격하는 정도의 충격이다.

또 다른 이유는 그 시간을 넘어가면 나도 더 이상 상대에게 집중할 수 없게 된다는 것이다. 의도하지 않아도 다른 생각들이 머릿속을 헤집고 다니기 시작한다.

그렇기에 내가 단지 청자의 입장이 아닌, 대화의 참여자가 될 므므를 만날 때에는 세심한 주의가 필요하다. 내가 뱉어 내는 것들이 진짜의 나와는 관련이 없는 하잘것없는 말이더라도, 그것이 므므를 위해 특별히 준비한 이야깃거리라는 느낌을 주어야 하는 탓이다. '우리가 옹골찬 오십 분 미만의 시간을 보내기 위해 밤잠을 설쳐가며 준비해 낸 나의 선물'이라는 느낌을 주어야 한다. 여의치 않을 땐 선물상자 안에 아무것도 없기도 하지만, 그래도 그 상자만큼은 잊지 않고 준비해야 한다. 므므는

상자를 열어보기 전까지는 설레는 마음을 느낄 것이기
에 그렇다. 더불어 내가 항상 선물을 준비하는 사람이라
는 이미지를 주는 것도 중요하다. 그래야 므므도 선물을
준비할 테니까. 순진한 므므는 나처럼 텅빈 상자를 들고
오지는 않는다. 물론 그렇다고 해서 선물이 항상 마음에
들거나 내가 필요로 하는 것은 아니다. 하지만 선물이라
는 것이 항상 그렇듯이, 나는 단지 그것을 준비한 므므
의 마음 씀씀이에 흡족함을 느낀다. 누군가가 나를 위해
시간을 쓴다는 것은, 특히나 나와 함께 하지 않는 순간
속에서 그렇게 한다는 것은 어려운 일이다.

이렇기 때문에 누군가를 만나는 것은 나에게 꽤 큰 부
담을 준다. 어찌 됐든 무엇을 꾸며내는 일에는 힘이 드
는 법이니까. 특히나 내 본질 탓에 그 일은 내게 유독 더
많은 힘을 요구한다.

그런 점에서 나는 대화 대상으로 인간보단 물건을 선
호한다. 돌멩이가 돼도 좋고 인형이 돼도 좋다. 정확히
는 사람, 인간만 아니면 다 좋다. 내 말을 잘 알아듣게 하
기 위해 어떠한 조치도 필요로 하지 않는 대상들 말이
다. 물론 그 대상들은 나에게 선물을 줄 수는 없다. 하지
만 선물을 받는 것도 나름대로 큰 기력을 필요로 하기
때문에 그것은 간혹가다 한 번 있는 것만으로도 충분하

고, 따라서 그 대상들이 나에게 아무것도 주지 않는다는 건 전혀 문제가 되지 않는다.

나에게 선물보다 필요한 것은 내 내면을 똑바로 바라보는 것이다. 나의 생각, 나의 내면. 내 존재를 확인할 수 있는 유일한 것 말이다. 그러기 위해서는 말을 많이 하는 대상은 그저 방해꾼이 될 뿐이다. 그냥 말을 들어줄 수 있는 대상이 있다는 깃으로 충분하다. 말을 해주는 대상은 필요하지 않지만 내가 말을 건넬 수 있는 대상은 필수적이다. 사람으로 살아가기 위해서.

허공에 대고 말하는 것은 사회적인 의미에서 부정적이기 때문에 그렇게 하지는 않는다. 물론 이건 내가 정한 의미는 아니고 내가 따라야 하는 것도 아니지만 내가 그 의미를 그대로 받아들인다고 해서 이상할 건 없다. 대부분의 경우에 나는 그러한 사회적 의미를 거부하지만, 그렇지 않을 때도 있다. 이는 전혀 모순적이지 않다.

내 앞에 어떤 물체가 있을 때 나는 주저하지 않고 말을 건다. 어떠한 반응을 바라고 자극한다는 의미에서 말을 건다는 것이 아니고, 일반적인 대화에서 쓰이는 단어를 그대로 가져왔을 뿐이니 오해는 없길 바란다.

그 물체는 나에게 대답을 하지 않지만 애초에 바란 것

이 아니었으니 아무 상관 없다. 그러면 나는 더 신이 나서 이것저것 하찮은 것과 소중한 것에 대해 아무런 구분도 없이 마구 쏟아낸다. 그러다 보면 나도 모르는 내 생각들을 직시하게 될 때가 있다. 내 안에 있는, 내 머릿속에 있는, 그러나 나는 그 존재를 모르던, 속된 의미에서 보석과도 같은 생각들이 내 앞에 모습을 드러낼 때 나는 정말 기쁘다. 기억력이 좋은 당신은, 나의 유일한 즐거움은 이것이 아니라고 하지 않았느냐고 반문하겠지만 그것은 여전히 사실이다. 앞서 말했던 유일한 즐거움에 대한 대목도 틀린 것이 하나 없고, 방금 한 말도 진실이다. 원기둥이 네모나기도 하고 동그랗기도 한 것처럼 말이다.

명확히 밝혀두건대 나의 유일한 즐거움은 내 내면의 소리를 듣고 내 고유한 존재를 인식하는 것에 기인한다. 그건 아주 근사한 일이다. 이러한 점에서 기꺼이 나의 대화 상대가 되어 준 내 집 붉은색 소파에게는 항상 감사한 마음을 갖고 있다.

인간이 아닌 것들과 대화를 나누는 걸 좋아한다는 점에서 예측할 수 있었을지 모르겠지만 나는 고양이를 기른다. 고양이가 나를 기른다는 편이 더 나을지도 모르겠다. 그 존재도 내 내면의 성장을 많이 도왔으니까. 므므

가 이민을 가게 되면서 기르지 못하게 된 고양이를 내가
맡게 된거라 원래 불리던 이름은 따로 있지만 나는 주로
그 존재를 앵무새라고 부른다. 그건 조금도 모순되지 않
으므로 나는 그렇게 한다.

붉은색 소파와 잘 어울리는 푸른 빛의 회색 털을 가진
앵무새는 두 번째 앵무새이다. 두 존재들에게 같은 이름
을 붙이는 것은 내가 첫 번째 존재를 잊지 못하는 마음
에 하는 행동은 아니다. 내가 별개의 수십 명의 므므를
갖고 있는 것과 같은 의미에서의 두 앵무새인 것뿐이다.

당신이 알고 있을지 모르겠으나 앵무새는 나와 같은
부류의 인간에게 굉장히 좋은, 일상적인 의미에서의 친
구가 된다. 앵무새에게 대화상대로서 내가 품는 기대는
자리를 뜨지 않는 것뿐이라는 점도 유의미하다. 나는 가
끔 예상치 못한 '야옹' 한마디에 충분히 감동한다.

"앵무새야 나는 글을 좀 써야겠어. 너에게 했던 얘기
들이 너무 많아져서 머릿속에서 몇 겹으로 합쳐져 있거
든. 더 엉켜서 풀어내는 게 불가능해지기 전에 좀 정리
를 해야 될 것 같아서 말이야.

아, 의사도 나에게 일기를 쓰라고 했어. 물론 나에게
한 말은 아니고, 그자에게 그랬지. 나는 그 인간 얼굴도
모르고 내 글을 그 인간에게 보여주게 될지 아닐지도 모

르지만 그런 건 상관없어. 아무튼 나는 그자랑 필체가
똑같거든.

그러고 보면 의사도 웃긴 인간이야. 그자가 아닌 내 글
을 원한 거면서 그렇게 태연하게, 그자에게 글을 쓰라고
말한 걸 보면 말이야."

앵무새는 내 말을 다 들었다는 의미로 그 예쁜 파란 눈
을 깜빡인다.

앵무새가 항상 내 곁에서 나의 모든 말을 들어주는 것
은 아니다. 지루하다는 듯 눈을 감아 버릴 때도 있고 심
지어는 어디 구석에 박혀서 나오지 않을 때도 종종 있다.

그러나 나는 그 행동으로 인해 상처받거나 실망하지
않는다. '오늘은 그러고 싶은 날이구나' 하고 만다. 그 존
재에게도 자유라는 것이 있기 때문이다. 난 신이 아니기
때문에 자신의 의지로 나의 즐거움이 되고자 하는 대상
과 그 순간들을 특별히 예뻐하지는 않는다.

오히려 나에게 너무도 충실한 므므는 부담스럽기 짝
이 없다. 내 하찮은 몸뚱이가 감기몸살이라도 앓을 때면
만사를 제쳐 두고 달려오는 지독히도 다정스런 므므가
있었다. 아니, 있다. 내 주변에 남아있진 않지만 지금도
여전히 므므는 다정함을 풍기며 어딘가에서 숨 쉬고 있

을 것이다.

나름대로는 꽤 고통스러운 얘기지만 말이 나온 김에 지금 해야겠다. 대부분의 마지막 날들이 그렇듯, 그 므므와의 마지막 날도 평소와 똑같았다. 내 몸뚱이는 상태가 별로 좋지 못했고 집에 있는 음식물이라곤 각종 영양제들과 나의 앵무새의 먹이밖에 없었다. 그건 그리 특별한 상태는 아니었다. 당신의 상상력을 제한하기 위해 말하건대, 나의 집에는 냉장고가 없다.

저녁 시간쯤 집으로 전화가 걸려왔고 난 그냥 받았을 뿐이다. 그때 내 목소리가 어땠는지, 내가 뭐라고 말했는지까지는 기억이 나지 않는다. 심한 열로 인해 잠이 드는지도 모르게 한참을 잠들었고 벨소리에 잠에서 깨어났었다는 사실만 기억난다.

한 삼십 분쯤 지났을까. 그 지독히도 다정스런 므므는 집 앞으로 죽을 사 들고 찾아왔다. 그이가 어떤 반응을 원하고 그런 행동을 하는지 전혀 관심이 없던 나는 그렇게 말했다.

"살면서 열 번도 더 있을 일일 뿐이야. 여기까지 뛰어오는 건 네 자유의지로 인한 거겠지만 그 충실함은 나 같은 인간보단 교회에 더 어울려."

어떤 면으론 그이의 마음은 꽤나 사랑스러운 것이었

지만, 장례식장에서의 빨간 나비넥타이만큼이나 나라는, 인간의 몸뚱이를 하고 있는 존재에겐 어울리지 않는 마음이었다.

므므는 아무 말도 하지 않고 뒤돌아 나갔다. 그이에겐 내가 필요하지 않았다.

아니 그럴 리가 없는데. 그럴 수가 없는데. 그런 상황이 되면 극심한 공황이 온다. 조금이라도 빨리 이 상태를 벗어나기 위해 나는 손을 심장보다 높게 한 후 손등을 다급히 문지른다. 그러면 푸른빛의 핏줄이 보이고 비로소 내가 여전히 존재한다는 확신이 들어 안도감을 얻을 수 있다. 마침내, 그이에게 나를 볼 용기가 없는 것일 뿐 여전히 내가 설 자리는 있다는 생각이 세력을 넓히면 공황은 잦아든다.

그 대면을 마지막으로 므므와 멀어졌다. 므므를 잃은 것은 아니다. 나는 그이를 가진 적이 없고 갖고자 했던 적도 없다. 그렇지만 감수성이 예민한 나는, 므므가 붉어진 얼굴로 현관을 나서고 난 뒤 꽤 허무한 기분이 들었다.

베란다로 나가, 손으로 적어둔 간략한 가계도를 바라보며 한참을 앉아있었다. 찬바람을 쐰 탓인지 그 병은 좀처럼 낫지 않았고 한 달을 앓았다. 그동안을 거의 집에서 나가지 않았더니 얼굴색이 좀 희어졌다.

2/○

　　　　　　　　약이 효과가 있는 것도 같다.
의사선생님은 약이 병의 진행을 멈출 수는 없으며, 단지
병이 악화되는 속도를 늦춰줄 뿐이라고 말하기는 했지
만, 최근 몇 달간은 분명한 호전이 있었다. 물론 의사가
아닌 나의 주관적인 의견일 뿐이다.

　난 그 미친 녀석이 나타나는 시기에 주기성이라도 있
을까 싶어서 달력에 매일 표시를 한다. 그러니까 내가 제
정신으로 깨어날 때마다 잊지 않고 표시를 한다. 그 놈은
지난 2월 동안 한 번도 나타나지 않았다. 의사선생님은
조금 다르게 표현하지만 나는 이런 식으로 표현하는 게
더 편하다. 기억조차 나지 않는 순간들까지도 나 자신으
로 받아들이는 것보다는, 어떤 미친 녀석이 가끔 허락 없
이 내 몸을 빌려 쓴다고 생각하는 편이 내겐 쉽다.

　또 한 명의 친구를 잃었다는 건 언뜻 알고 있었지만
한 달 동안 온전히 살아간다는 기쁨이 그 고통보다 한
참 컸다. 이름이나 생김새는 기억이 나지 않지만 항상

따뜻한 사람이었다는 것만큼은 확실하다. 처음 며칠 동안은 그 익숙해지지 않는 고통 때문에 우울했지만 시간이 지나면서 더 좋은 감정으로 그 사람을 남겨둘 수 있었다. 그 따뜻한 친구는 마지막 순간까지도 내게 큰 선물을 주었다.

애석하게도 한 달 내내 이유도 없는 심한 몸살에 시달리느라 많은 일을 하지는 못했지만 그런 건 문제가 되지 않았다. 다행히도 내가 이곳에 있다는 걸 알고 있는 몇몇 친구들이 집으로 찾아와 줬다. 그중 하나는, 얼마 전에는 옆집에 살지 않았느냐고 물어왔지만 달리 해 줄 말이 없었다. 그 녀석이라면 그러고도 남을 것 같았다.

그 모든 걸 차치하고 그 한 달 동안은 연달아 동그라미 쳐지는 달력만 보고 있어도 행복함이 가득했다. 그 미친 녀석은 그동안 무슨 일을 했길래 몸이 이렇게 아픈 건지 조금은 궁금하기도 했으나, 우울한 생각에 빠져들고 싶진 않았기에 추측하지 않기로 했다. 이건 내가 발견해 낸, 지금같은 상황에서 나름의 행복을 누리는 유일한 방법이었다.

"김준영 선생님 되시죠? 저예요. 무명이요. 저 완치된 것 같아요. 벌써 3주 동안 그 녀석이 한 번도 나타나지 않고 있어요."

겪어 보지 않은 사람은 어떤 말로 해도 공감하지 못하겠지만, 꿈만 같았다. 병이 호전된 그 순간이 꿈꾸는 것 같은 기분이었다는 뜻이 아니다. 지난 시간들이 끔찍한 악몽 같았다. 호전의 순간 맛본 그 기쁨을 내 힘이 닿는 한 멀리 알리고 싶었으나 여전히 조심스러운 마음이 드는 것이 사실이라, 우선 나의 고마운 주치의에게만 연락을 취했다. 섣부르다는 걸 스스로도 충분히 인식하면서도, 마치 말이라도 그렇게 하면 정말 완치가 될까 싶어 힘주어 '완치'를 외친 나와는 다르게, 첫 만남부터 매 순간 차분함을 뽐내던 의사는 오늘도 한결같았다. 선생님은 큰 변화 없는 목소리로 괜찮은 것 같아도 병원에 한번 들르라는 말밖에는 하지 않았다.

"지금 몸이 많이 안 좋아서 나으면 바로 갈게요. 아, 약을 거의 다 먹었는데 그것만 좀 집으로 보내주시겠어요?"

그게 뭐가 잘못됐는지는 알 수 없었으나, 그 말을 들은 의사는 조금 가라앉은 목소리로 말했다.

"제가 가도 되죠? 오늘 퇴근하고 들를게요."

일단 집을 좀 치워야겠다. 내 행색은 어쩔 수 없어도 예의는 지켜야 하니까. 내 방에 있는 모든 가구가 그렇듯 언제부터 있었는지 모를 노란색 일인용 안락의자가 유난히 눈에 띈다. 그 의자는 전체적으로 칙칙한 분위기의 방과 조금도 어울리지 않았다. 그 미친 녀석 취향인가. 뭐 그런 건 아무 상관없다.

냉장고를 열어보니 다행히 대접할 만한 과일이 꽤 있다. 냉장고 옆으로는 바구니 안에 알록달록한 색의 약들이 보인다. 얼마 남지 않았지만 선생님이 저녁에 가져다줄 것이니 신경 쓰지 않기로 한다. 이대로만 살 수 있다면 얼마나 좋을까. 평생을 고열에 시달리더라도 괜찮을 것 같다.

세상엔 믿음을 갖고자 해도

그럴 수 없는 존재들이 있다

3

꽤 길었던 이별의 시간을 보낸 후 첫 외출은 조금 특별했으면 했다. 좀처럼 멀리 나가지 않는 편이지만 이번엔 활동 범위를 조금 넓혀서, 남들이 떠들어 대는 여행이라는 걸 시도해보는 것도 괜찮겠다는 생각이 들었다.

미리 밝혀두건대 나는 여행을 좋아하지 않는다. 나는 내가 모르는 원리로 돌아가는 것들을 신뢰할 만큼 믿음이 좋지 못하다. 종교 지도자들은 요즘을 두고 믿음을 찾아볼 수 없는 시대라고 하지만 내가 보기엔 광신도들이 넘쳐난다. 그런 나에게 여행을 한다는 건 모든 것, 나를 에워싼 모든 것들을 신뢰한다는 의미이기에 난 그것을 싫어한다. 그렇다고 해서 내가 기술자와 학자들의 직업의식을 존중하지 않는다고 생각하진 말아줬으면 한다. 오히려 난 그들의 직업의식이 때로 너무 과하다고 생각하는 편에 속한다.

믿음을 키우고자 하는 이에게 이별 후보다 좋은 시기는 없다. 영화 관람 따위의 기분 전환 정도로는 이별의 슬픔에서 벗어날 수 없기 때문에 삶의 전환을 꿈꾸게 되는 것이다. 나는 별다른 계획도 없이 구름다리가 있는 곳으로 여행이라는 걸 떠났다.

출발했던 마음이 무색하게도 다리의 초입에 섰을 때, 난 발걸음을 급히 돌려 구석으로 가 담배 세 개피를 연달아 피웠다. 다시 다리 앞에 섰을 때도 여전히 두 발은 바닥에서 떨어지지 않았다. 이미 그 장소로 가기까지 자동차를 타고 숱한 다리들을 건너고 터널을 통과하며 내 약한 믿음은 여러 번 시험을 당했던 터라, 안 그래도 연약한 믿음은 쥐구멍으로 숨어 버렸던 것이다.

그래도 다시 한번 용기를 내어 그 쥐구멍으로 찾아들어가 믿음을 구하려 담배 네 개피를 더 피웠다. 그러고는 다리 앞에 섰으나, 그곳까지 가느라 소비했던 세 시간이 나를 보고 한숨 짓는 걸 느끼면서 다리 건너기를 포기했다.

그렇다고 해서 내가 약한 사람이라고 오해하진 말아 줬으면 한다. 나는 누구보다도 포기를 쉽게 결정하는 놀라운 힘을 가졌다.

나는 유별난 사람이 아니다. 난 당연히 다리 건너기를 포기할 수밖에 없었다. 나는 단 한 번도 건축이나 공학을 공부한 적이 없었으니까. 광신도들이 자신의 믿음을 뽐내며 그 위태로운 다리에서 뛰기도 하고 발을 구르고 있었으나, 나 같은 비신도에겐 미친 짓으로 보였을 뿐이다. 세상엔 믿음을 갖고자 해도 그럴 수 없는 존재들이 있는 법이다.

같은 맥락에서 나는 단 한 번도 현대 미술관에 가 본 적이 없다. 모든 예술이 일정 부분 그러하지만 특히나 현대 미술품을 감상한다는 건 그 작품을 만든 작가의 내면을 신뢰한다는 것을 의미한다. -나는 '작품'이라는 말에 어떠한 가치도 담지 않은 채로 사용한다.- 내가 공들여 감상을 끄집어내고 숨을 몰아 내쉬고 있을 때 작가가 나타나, 사실 아무 의미 없이 되는 대로 그려냈다고, 만들었다고 이야기할까 봐 두렵다. 아니 모든 열정을 다해 만들어 냈다고 하더라도, 그러니까 직업의식을 문자 그

대로 완전히 신뢰한다고 하더라도 상황이 나아질 건 없
다. 사실 나는 그들의 내면의 방향성을 신뢰하지 못한
다. 다시 한번 말하지만 세상엔 믿음을 갖고자 해도 그
럴 수 없는 존재들이 있다.

어쨌건 여행에서 내가 겪는 문제는 비단 과학기술에
의한 것뿐이 아니다. 첨단이라고 볼 수는 없는 오래된
건축물을 단지 바라만 보는 것도 문제가 된다. 그런 곳
에 있을 때면 참 멋지고 아름답다는 생각보다도 '지걸 그
당시 수많은 인간들이 죽어가며 지었겠구나' 하는 박애
주의적 상상력이 우세하게 작용하는 것이다.

그나마 절이나 성당 따위는 좀 낫다. 왕릉과 같은, 인
간을 위한 공간을 볼 때면 박애주의적 상상력은 심장을
찌를 정도로 날카로워진다. 고작 인간을 위해서 인간들
이 그렇게 많이 죽어 갔구나. 거만하고 악한 인간. 그런
생각이 내 몸 안을 가득 채워, 모기가 피를 빨면 그도 내
빨간 피로 인해 같은 생각에 젖게 될까 싶을 정도로 커
진다.

바로 집 근처로 돌아온 나는, 마침 3월이기도 했기에
원래의 습관대로 아무 대학에나 가서 건물 내외부를 가
리지 않고 한참 동안 앉아있었다. 이미 하루 종일 내 연

약한 믿음은 가혹한 시련을 겪었기에, 교통수단을 이용하지 않고 내 두 다리만을 이용해서 갈 수 있는 곳을 선택했다. 긴 여정이 나에게 남긴 건 날아간 하루의 낮밖엔 없는 탓에 캠퍼스는 벌써 조용한 저녁 시간이 되었지만, 허전한 그곳의 풍경도 광신도들이 다리 위에서 날뛰는 모습보다는 한참 나았다.

내가 좋아하는 모습들을 보기 위해 나는 바로 다음 날 낮 시간에 3월의 캠퍼스를 찾았다. 그곳엔 끝과 시작이 공존한다. 물론 모든 끝과 시작은 공존하지만 그것을 오감을 통해 직접 경험하는 건 분명히 다른 문제이다.

눈에 보이는 아무 건물에나 들어가 로비에 있는 소파에 앉아 노트를 펼친다. 그러면 너무나도 가까운 주변에서 시작과 끝이 동시에 내 귓가에 속삭인다.

"아까 교수님이 밥 사준다고 연락하셨는데 점심을 먹고 난 다음이어서 아직 확인을 못 했어요. 어쩌죠?"

"그냥 내비둬. 나도 어제 연락 왔었는데 안 읽었어. 이제 다 마쳤으니까 볼일도 없지 뭐. 교수고 뭐고 이젠 옆집 아저씨나 다를 바 없잖아. 꼭 졸업하고 나면 괜히 밥 사 준다는 사람들 있다니까, 피곤하게."

'과하게 조심스럽고 예의를 차리는 시작과, 가볍기 그지 없는 끝'

노트에 적는다.

"선배는 강의 뭐 들었어요? 저는 정말 하나도 모르겠어서 조금 무서워요."

'조금이 아니고 많이 무섭겠지. 그렇지만 무서울 건 하나도 없다. 정 모르겠으면 숨만 쉬어도 살아지는 게 생이니까.'

그들의 말을 옮겨 적지는 않는다. 어떤 말을 들었느냐보다 그것을 통해 내가 어떤 생각을 했느냐가 더 중요하다. 중요함에 정도를 부여할 수 있다면. 당신의 집 근처에도 대학이 있다면 한번 해보길 바란다. 꽤나 재밌는 일이다. 걸어서 삼십 분만 가도 새로운 대학이 나오는 이 도시에 당신이 살고 있다면 유리할 텐데.

3월의 대학 캠퍼스는 나의 박애주의적 상상력이 발휘되어도 나를 아프게 하지 않는다. 조금 역겹지만.

"약이 얼마나 남았어요? 제가 볼 수 있을까요?"

성질 급한 의사 선생님은 집에 들어오자마자 약통을 보여달라고 했다. 내용물이 조금 남은 몇 가지 약통을 가져오니 선생님은 안도의 한숨을 내쉬며 웃었다.

"이상한 약인 줄 알고 걱정했어요. 영양제네요."

상황 파악이 안 된 나는, 그동안 나에게 영양제를 처방해 줬던 거냐고 반문했다.

"저는 무명 씨에게 약을 처방해준 적이 없어요. 처음 오셨을 때 잠을 잘 못 잔다고 하셔서 수면제 한 번 처방해 드린 것 외에는요. 그것도 벌써 4년 전이네요."

선생님은 나를 무명이라고 부른다. 나도 그 이름이 꽤 마음에 든다. 무엇보다 잊어버릴 일이 없어서 좋다.

"그 녀석 선물인가 보네요. 죄송해요. 번거롭게 여기까지. 오신 김에 커피라도 한잔 하실래요?"

선생님은 한사코 거절하며 여전히 따뜻한 죽을 건네고 사라졌다. 단지 그 음식에서 전해지는 온기보다도 의사선생님의 마음씀씀이가 더 따뜻하게 느껴진다. 누구든 그렇겠지만 나는 따뜻한 사람들이 참 좋다. 아마도 그런 몇몇 이들이 없었다면 나는 이미 오래전에 삶을 포기했을지도 모른다. 그래서인지 그런 사람을 만날 때, 나에게 유독 차갑기만 한 현실을 버텨내야 하는 이유를 느낀다.

글을 적는다. 의사선생님을 세 번째로 만났을 때, 그

는 가능한 세세하게 하루하루 있었던 일과 느꼈던 것들, 그리고 날짜를 함께 적어 두라고 당부했다. 그게 내 치료에 도움이 될 수 있다고 말이다. 지난 일들도 관계 없으니 기억에 남는 것은 다 적으라고도 얘기해줬다. 오늘 적는 글은 다음에 의사선생님을 만날 때 꼭 보여줄 생각이다. 내가 그 죽 한 그릇으로 얻은 행복감을 선생님에게도 알려주고 싶다. 의사선생님이 내게 그랬던 것처럼 나도 누군가에게 따뜻한 마음을 전하는 사람이고 싶다.

'3월 2일. 오늘처럼 따뜻한 사람을 만날 때, 그런 모습을 대면할 때면 차갑기만 한 현실을 버텨내야 하는 이유를 느낀다. 나도 그런 사람이고 싶은데 그건 참 쉽지 않은 일이다. 멀쩡하지 않은 지금 같은 상태에선 더더욱 그렇다. 내 상황이 이렇게 되면서 아주 많은 소중한 것들을 잃었다. 특별한 친구, 사랑하는 가족, 찬란했던 꿈과 그 모든 게 함께 하는 미래를 전부 잃었다. 내가 스스로 알아채지 못한 모든 소중한 것들은 정말이지 눈물겹도록 아름다웠다.

이전에 나는, 날 괴롭게 하는 대상이 사람일 때, 내가 그에게 어떠한 행위도 할 수 있는 자유가 있다는 것에 더욱 절망을 느꼈다. 나와 같은 자유가 상대에게도 있기에. 그리고 그 자유를 다스리지 못하면 더 큰 괴로움을 받게 된다는 걸 경험적으로 알고 있었으니까.

지금 나는 그 자유가 없다는 게 얼마나 큰 고통인지 잘 배웠다.

아직까지도 남은 꿈이 있다면 누군가의 삶에 행복이 되는 것이다. 그 행복이 거창하고 오래 가는 것이 아닐지라도, 지금 이 순간의 나처럼 잠시 미소 지을 수 있다면, 그렇다면 그걸로 충분하다. 그것이 내가 삶을 포기하지 않고 살아가는 이유이다.'

글을 적고 나니 새삼스레 극심한 우울이 찾아들었다. 살아가는 이유는 있지만 내겐 버텨낼 힘이 없다. 한 달 정도는 가벼운 행복감에 취해 살 수 있었지만 솔직히 이 이상은 자신이 없다. 내 신분을 되찾는 일도, 가족과 친구들을 되찾는 것도, 생계를 위해 일을 하는 것도 막막하다.

외투 주머니 속에 들어있던 몇 안되는 돈은 거의 바닥났다.

어쩌면 나는 완치를 바라지 않는지도 모른다. 미친 녀석이 이뤄 놓은 삶에 얹혀살고 싶기도 한 것 같다. 그 녀석이 사다 놓은 음식으로 끼니를 때우고, 그 놈이 주머니에 넣어둔 돈으로 사소한 것들을 즐기고, 그 미친 녀석이 마련해 둔 집에서 어려움 없이 이렇게 사는 게 내가 진정으로 원하는 것일지도 모르겠다.

막막하다. 상태가 좀 나았던 지난해에 아무런 일도 하지 않았던 내가 원망스럽다. 내 이런 마음이 무색하게도 창밖의 나무는 새잎을 돋아내고 있었다. 그 놈을 알게된 후 매 봄이 이런 식이었다. 봄이란 항상 지난 겨울에 대한 미련이었다.

점점 자립심이 사라졌고, 온전한 나의 것을 갖으려 노력하기보다는 그 녀석이 이뤄 놓은 것들에 익숙해지는 걸 택했다. 일도 사람도, 사소하게는 점심으로 먹을 음식 종류나 별다른 생각없이 들르는 카페까지도 그랬다. 이제 와 새로운 길을 간다는 것이, 이미 검증된 길을 다 버리고 떠나는 것이라는 느낌을 받았기 때문인지도 모르겠다. 비록 그 검증이 나 자신에 의해 행해진 건 아니지만 그런 건 중요치 않았다.

익숙한 것에 대한 확신이 아닌, 새로운 것에 대한 막연한 두려움으로 그것들을 막았다. 그리고 여전히 익숙함이라는 굴레에서 벗어나지 못하고 있다.

참 고단한 일도, 한번 지나온 길은 어떻게든 견딜 수는 있을 거라는 걸 경험으로 인해 확신하고 있어서 그럴지도 모른다. 봄을 꽉 잡고 있으면서 마치 다시 지난 겨울로 돌아갈 수 있다는 듯이, 매번 그런 착각에 빠지곤 한다.

그렇다고 지난 겨울이 항상 행복한 것은 아닌데도 말이다. 오히려 다시 돌아온다면 몸서리치게 싫은 순간들도 많은데, '지난' 일이라는 건 그 모든 것을 아름다워 보이도록 만드는 힘이 있는 것 같다. 어쩌면 그 지난 겨울을 붙잡아 봤자 붙잡히지 않으리라는 걸 잘 알아서 이런 미련을 놓지 않는 것인지도 모른다.

솔직하게, 굳이 지난 일을 떠올릴 때 나빴던 일까지 기억하고 싶지는 않다. 나 스스로에게 썩 괜찮은 시간을 보내온 사람으로 인식되고 싶은지도 모른다. 실상은 그렇지 않은데 좋았던 기억만을 간직한다는 건 때로 스스로를 속이는 일처럼 느껴져서 창피하기도 하다.

내가 이 모든 걸 솔직히 털어놓을 수 있는 사람은 의사선생님뿐이다. 내가 온전한 내 삶을 살게 된다면, 치료가 되어 내 두 발로 서야 하는 상황이 온다면 내 모든 걸 받아들여 주는 그 사람이 필요할 것 같다. 내 깊은 곳까지 본 사람과 더 가까워지고 싶다. 어쩌면 의사선생님에게 끌리는 것도 그 익숙함이라는 것 때문인지도 모르겠다.

타인을 잠시 행복하게 하는 건

그리 어렵지 않다

4

　　역겹다. 진정한 의미에서 아름
다웠던 대화들을 되짚고 다시금 그 아름다움에 젖어 집
으로 돌아오는 길에 꽤나 다정스러워 보이는 연인과 마
주쳤다. 오해하지 말아 달라. 나는 모든 연인의 아름다
움을 볼 수 없는 눈을 가진 이가 아니다. 그러니까, 단지
서로 사랑하는 이들이 내 눈앞에 있다는 이유로 기분이
나빠지거나 하는 그런 부류가 아니란 말이다.

　"자기가 잠깐이라도 행복하다면 난 그걸로 충분해. 그
게 내 삶의 이유야."

내 비위를 건드린 건 그것이었다. 그 자리에서 참지 못하고 구토를 했다.

그게 삶의 이유라니. 그럴 수 없다. 사람이라면 그럴 수는 없는 것이다. 그건 꽃에게나 어울리는 삶의 이유이다. 꽃의 일생에도 삶이라는 단어를 사용해도 괜찮다면. 타인을 잠시 행복하게 하는 건 그리 어렵지 않다. 꽃 한 송이면 충분하다. 고작 그런 일에 사람의 삶을 걸다니. 역겨운 일이다. 그건 사람에 대한 모욕이다.

사람이 꽃이 아닌 데에는 그만한 이유가 있다. 그 이유를 모조리 짓밟는 멍청하기 짝이 없는 짓을 하고 있다는 걸 저 사람은 알까. 나는 저 인간과 같은 부류에 '사람'이라는 단어를 사용하는 걸 용인하지 못한다. '꽃의 삶'이라는 말은 차라리 용인할 수 있더라도 말이다.

나는 나에게 자기 자신을 꽃처럼 주는 이를 싫어한다. 그가 꽃이라면 나는 그를 위해 할 수 있는 일이 아무것도 없다. 꽃에게 꽃을 주는 일은 무의미하니까. 진정한 의미에서 무의미하니까.

무의미라는 말이 나와서 말인데, 내가 도저히 이해하지 못하는 인간들의 사고방식이 있다. 인간들은 '의미'라는 말을 꽤나 자주 사용하는데, 특히나 나처럼 혼자만의 생각을 즐기는 사람에게 생각만 하는 건 아무 의미가 없다고 말한다.

그러나 생각 자체에 아무 의미가 없다면, 그것이 행동으로 옮겨졌을 때에만 의미가 생기는 거라면, 그것은 왜 그런가. 혼자만의 생각은 의미가 없는 것이고, 그 생각이 전파되어 사회 전반의 생각이 된다면 의미 있는 것이라면, 그것은 왜 그런가. 만일 그것이 소수와 다수라는 차이에서 비롯되는 것이라면, 그것은 왜 그런가. 한 사람 한 사람은 의미가 없는데 그들이 모인 다수가 의미 있는 거라면, 그것은 왜 그런가. 의미 없는 것이 무수히 모여 의미가 생기는 것인가. 그렇다면 의미 있다는 건, 집단을 구성하는 구성요소가 의미 있다는 뜻이 아닌, 그들이 모이는 그 행위 자체라는 말인가.

그렇지 않다. 나는 나 자체로 의미 있는 존재이다. 하지만, 그 의미는 누가 부여한단 말인가. 내가 나에게 의미를 부여하는 것이라면, 의미 없는 존재가 스스로에게 의미를 부여함으로써 의미가 있어지는 것인가. 그럼 의미 없는 존재는 의미 있는 존재의 과거의 허물인가. 인간의 의미를 인간이 부여하는 것이 가능한 일인가. 합당한 일인가. 무의미라는 것은 의미라는 것이 없는 것인가, 무의미하다는 것을 의미하는 것은 아닌가. 의미가 있는 것은 무엇이고 의미가 없는 것은 무엇인가.

의미라는 말을 가치로 바꾸어도 마찬가지이다. '의미'
와 '가치'의 차이는 무엇인가. 그 이전에, 의미라는 말은
무엇인가. 그 자체의 정확한 뜻은 잘 모르겠지만, 인간들
이 흔히들 쓰는 것을 바탕으로 역으로 추측해봐야겠다.
'너의 의미', '그의 의미', '이것의 의미', 등등의 말이 쓰이
는 것으로 보아, 의미라는 말은 '개인 또는 어떠한 집단
에게 특정한 것이 갖는 가치' 정도로 볼 수 있을 것 같다.
특정한 누군가에게 특정한 것이 갖는 가치. 그것이 의미
이기 때문에, 내가 가치를 느끼는 순간 그것은 의미 있는
것이 되는 것이다. 재미있는 발상이기는 하다.

하지만 그런 발상은 순전히 개인적인 것이라는 한계
를 지닌다. 그러한 관점에서는, '절대적인 가치'를 고려
대상으로 삼을 수 없는 것이다. 이는 나의 본질처럼 절
대적인 가치에는 그들의 철학이, 논리가 확장될 수 없다
는 것을 의미한다. 그들의 논리가 성립되는 범위는 '절대
적인 가치'를 제외한 영역이다. 그럼에도 인간들은 주저
하지 않고 절대적인 가치까지 논하곤 한다. 우습다.

진실로, 절대적으로 의미 있고, 가치 있는 건 분명히
존재한다. 지금으로썬 나도 보여줄 방법이 없지만, 그렇

다고 해서 있는 걸 없다고 거짓말 할 수는 없다. 그건 내 본질의 문제이다. 지금은 그저 이렇게 말하는 게 최선이다. 정말이지 아주 순수한 의미에서의 최선이다. 나는 봤다. 육체를 갖기 이전에.

동전을 꺼내어 내 눈앞에 보여줬고, 내 주머니에 넣어줬다. 두 팔이 잘려 꺼내 보여줄 수 없는 상황이 되어도, 내 주머니 속에 동전이 들어있다는 사실은 절대 변하지 않는다. 이건 진실이다.

이 생각들을 해 나가는 동안 역겹도록 사랑스러운 연인은, 내 모습이 더 역겹다는 식으로 자리를 피했다. 어찌 됐든 사랑은 위험하다. 한 명의 사람을 한 송이의 꽃으로 만들어 버리는 위험한 사랑.

하지만 내가 사랑에 대해 부정적인 감정만을 갖는 건 절대 사실이 아니다. 오히려 나는 서로 사랑하는 이들을 보면 약간의 존경심마저 느낀다.

그도 그럴 것이 나는 기본적으로 인간을 싫어한다. 아니, 인간이 가진 속성들을 싫어한다. 그리고 그 속성들로 이루어져 있는 인간이 싫다. 거만함, 불결함, 시기, 질투, 허영심, 탐욕, 그 모든 것이 역겹다. 그중에도 단연 거짓됨이 가장 역겹다. 그것은 나와 어울리지 않는 것이기에 그렇다. 그런 역겨운 속성들에 대해 어쩔 수 없다며 스스로를 합리화시키는 그 태도가 더 역겹다. 생각조차 하지 않는 그 무관심이 역겹다. 진정한 의미에서 가진 거라고는 하나도 없으면서 가진 것을 자랑하는 그 태도가 역겹다. 스스로가 썩 괜찮은 존재라고 주장하는 그 가벼운 혀가 역겹다. 진정으로 가치 있는 것에는 관심도 없고 그에 대해 아는 것도 없으면서, 도무지 쓸모 없는 것들을 가르치지 못해 안달 내는 그 모습이 역겹다. 물질적인 것에 환호하고 고개를 숙이는 그 모습들이 역겹다. 누구든지 그렇게 하는 것이 당연한 것처럼, 그 분위기를 만든 인간들이 역겹다. 이렇게 역겨운 존재들이 스스로의 가치를 인정해야 한다며, 자존감을 가져야 한다고 주장하며 반성은커녕 스스로가 참 괜찮은 사람이라고 생각하는 꼴이 참 역겹다.

인간의 몸을 한 지금, 역겨운 존재인 내가 비슷한 누군가에게 연민의 마음을 품지 못하고 역겨움을 느끼는 순간 또한 역겨움의 연속이다. 나는 당최 인간을, 그전에 주변 이들을, 무엇보다 인간인 내 모습을 사랑할 수 없을 것 같다.

나는 사랑할 수 없다. 사랑받을 자격이 없으며, 비슷한 존재들에게 사랑을 베풀 수 있는 능력 또한 갖고 있지 않다. 도무지 생기지 않는 감정, 그것을 원하는 마음도 가질 수가 없다. 가지고 싶은 마음 또한 없다.

이렇게 모두 같은 역겨운 존재가 서로 사랑하는 것은 어려운 일이다. 나의 허물보다 남의 허물이 더 크다고 생각하기 때문일 수도 있고, 나도 갖고 있는 악한 부분을 지닌 그 존재들을 사랑한다는 것은 스스로의 악한 부분도 사랑하는 것이라고 생각되어 그 자체가 역겹게 느껴지기 때문일 수도 있다.

나는 후자에 가깝다. 인간은 사랑이라는 고귀한 것과는 어울리지 않는다. 그런 점에 있어서 신은 참으로 위대하다. 나와 같은 이가 인간을 사랑하는 것도 이렇게 어려운 일인데, 신의 입장에서 참으로 악하고 하찮은 인간에게 한없는 사랑을 베푸시다니.

사랑이라는 것은 과연 무엇일까. 인간적인 의미... 아니 인간적인 입장을 대변하기에는 나는 그 대표 자리에 적당하지 않다. 어쨌건 사랑은 상대의 단점까지도 감싸 안을 수 있는 상태, 또는 그것을 감싸 안을 수 있다는 확신의 감정이다. 그 마음을 가진 이들은 존경받을 수밖에 없다.

그들이 그저 꽃 한 송이가 아니라면.

4/o

　　　　　시작은 그저 호기심이었다. 한
번도 연인이라는 것을 가져본 적이 없었고 나를 좋아한
다는 사람이 없었기에, 누군가가 나의 모든 것이 좋다며
만나보자고 청했을 때 거절할 이유가 없었다.

　그의 마음은 모르겠지만, 나의 시작에 사랑이라는 감
정은 조금도 없었다. 설렘은 있었지만 그 설렘이 단지
연인이라는 존재가 생겼다는 데에서 오는 설렘인지, 아
니면 내 연인이 바로 그 사람이라는 것에서 오는 설렘
인지는 당시에는 구분할 수 없었다. 지금의 나는 확실히
전자가 맞았다는 걸 알고 있다.

　그와의 모든 것이 내겐 처음이었다. 손을 잡는 것조차
심장 떨려서 단번에 해내지 못한 것도, 하루 종일 함께
했고 심지어는 다음 날 또 만날 것을 알고 있음에도 헤
어지는 시간이 아쉬워서 그와 내 집 사이를 여러 번 오
고가는 것도, 누군가가 내 눈을 바라보며 아름답다고 말
해주는 것도, 나와 함께인 이런저런 미래를 말하는 그를
바라보는 것도 모두 처음이었다. 그 달콤함이 너무 커서
정신을 차릴 수 없을 정도였다.

　그렇게 한 달쯤 흘렀을까. 첫 연애가 주는 설렘이 시

68

들해지고 그와 함께 하지 않는 모든 순간에 내 마음은 혼란으로 가득했다. 그런 마음으로 그와 연애를 한다는 건, 이런 말이 웃기긴 하지만 일종의 부조리처럼 느껴졌다. 좋아한다는 말은 할 수 있어도 차마 사랑한다고 말할 수 없는 스스로가 싫었다. 그렇게 그와의 이별을 혼자 마음속으로 결정하고 그를 만나러 나가던 날이 기억에 선명하다.

우습게도 발이 땅에 닿을 때마다, 그와의 거리가 조금씩 좁혀질 때마다 고통스러움에 눈물이 흘렀다. 누가 보면 이별을 고하러 가는 사람이 아닌, 이별을 통보 받은 사람으로 보일 정도로 그렇게 눈물을 흘리면서 그와 가까워져 갔다. 길지 않은 한 달이라는 시간이지만, 그동안 그가 준 사랑이 나도 모르는 사이에 그에 대한 나의 사랑을 키웠다는 것을 그때 느꼈다.

원래의 생각과는 다르게 나는 그에게 이별을 말할 수 없었고, 그날부터 나는 완전히 열린 마음으로 모든 것을 다해 그를 사랑했다. 나에게 사랑을 가르쳐 준 그를 열렬히 사랑했다.

그에게 배운 건 그에 대한 사랑만이 아니었다. 그전까지 나는 다른 사람과 교류하는 방법을 몰랐다. 오가며 안부인사를 하고 시덥잖은 농담을 주고받으며, 때로 직장 상사를 욕하거나 의미 없는 말들을 나누기는 했지만, 정말로 내 마음속에 있는 것들을 나누는 방법은 몰랐다. 타인에 대한 내 감정이 깊고 따뜻한 것일 때나, 반대로 반감으로 가득찬 것일 때에나 상대를 대하는 내 모습은 똑같았다. 조금도 내 마음을 표현할 줄 몰랐다.

그는 처음으로 나에게 그런 표현을 하는 사람이었고, 자기 마음속에 있는 정말 소중한 것들, 꿈, 비전, 사신이 아름답다고 여기는 모든 것들에 대해 솔직하게 내게 공유해주는 사람이었다. 그와 함께 하며 나도 그런 인간적인 교류가 얼마나 소중한 것인지 뼈저리게 깨닫고 배웠다.

그와 함께 하면서 나는 정말 많이 변했다. 그것도 아주 긍정적인 방향으로 변했다. 다른 사람을 사랑하는 방법과 그 사랑을 표현하는 방법, 그리고 내 생각들을 남들과 나누고 그 생각을 다듬어 나가는 방법을 알게 되었다. 나를 낳아준 이는 따로 있지만 진정한 사람으로서의 삶을 살게 해준 것, 사람으로서 태어나게 해준 것은 그나 다름이 없다.

매 순간을 사람으로서 사는 행복을 선물해준 그에게 나도 무언가 특별한 존재가 되고 싶다. 내가 그렇게 이야기할 때마다 그는 지금도 충분히 특별한 존재라고, 심지어는 그를 만나기 이전부터 나는 이미 멋진 사람이었다고 말해주곤 하지만, 그가 나를 변화시킨 것처럼 나도 그를 조금이나마 긍정적인 방향으로 변화시킬 수 있는 존재가 되고 싶다. 그러기엔 내가 아직 너무도 작다면 그의 감정이나마 움직일 수 있는 사람이고 싶다.

그에게 그런 내 마음을 담은 글을 편지로 적어 선물할 때 그는 항상 깊은 미소를 짓는다. 그러면 자연스레 내 입꼬리도 함께 올라간다.

"자기가 잠깐이라도 행복하다면 난 그걸로 충분해. 그게 내 삶의 이유야."

그와 마음을 나누는 순간이면 그런 생각으로 마음속이 가득차서 자연스레 입 밖으로도 흘러나온다.

"우엑"

그 말이 끝나자마자 지나가던 행인이 구토를 했다. 연말 저녁 시간이 되면 그런 취객들을 심심찮게 볼 수 있다. 하필 우리 쪽을 향해 구토를 한 탓에 비위가 상하긴 했지만, 내 기분이 안 좋아졌을까 봐 괜히 더 화를 내는 그의 모습을 보고 있자니 웃음이 난다.

"가자. 난 괜찮아."

그 말에 괜히 멋쩍은 듯 웃음을 짓는 그의 모습마저 너무 사랑스럽다. 이런 사랑스러운 이가 날 선택한 건 행운이 아닐 수 없다.

생화가 조화보다

가치있는 것이라고

누가 말하던가

5

　　　　　　옛날에 한 수학자가 그랬더랬
다. 수학이 가장 무의미한 일이기 때문에 자신은 그것을
한다고. 그가 이 시대에 태어난다면 그는 여전히 그렇게
생각할까? 진정으로 무의미한 질문이지만 말이다.

　아무튼 나는 같은 이유에서 음악을 듣는다. 정확히는
대중음악을 듣곤 한다. 대중음악이 예술인가에 대해서
는 논쟁이 치열하겠으나, 대부분의 경우 이것이 고귀하
다고 말하지는 않는다. 그게 내가 이 행위를 즐기는 또
다른 이유이다.

대중음악이 예술에 속하는지에 대한 내 생각과는 관계없이, 나는 대개 예술을 좋아하지 않는다. 실제 그 논제에 대한 내 생각은 없다. 예술이 주는 즐거움이 있는 것은 사실이다. 감성을 풍부하게 해주고, 이성으로는 느끼지 못했던 것을 느끼게 해주기도 한다. 감성이 풍부해지는 느낌은 좋다. 다른 것으로는 채울 수 없는 어떤 부분을 채워주는 것처럼 느껴지니까. 나도 어느 순간에는 감동을 느끼고 눈물을 흘리기도 하며 심지어는 역시 예술 안에서만 내가 숨 쉴 수 있다고 찬양하기도 했다. 내가 막연하게나마 갖고 있던 생각을 창작자가 독특한 관점으로 보아 표현해 냈을 때 느껴졌던 감정은 지금 생각해도 충격적이었다. 그것이 대중 예술이 되었든, 소위 말하는 좀 더 수준 높은 고차원의 예술이 되었든 그것은 문제가 되지 않았다.

예술이 싫어졌던 건, 예술도 고작 인간이 즐기는 것임을 자각하면서부터였다. 인간들의 특성이 원래 그렇기는 하지만, 그들은 예술에도 급을 매긴다. 놀고들 있다.

학창 시절에 음악 선생이라는 이가 그런 말을 한 적이 있다. 자신은 대중음악을 예술이라고 생각하지 않는다는 것이었다. 사람들이 들었을 때, 보았을 때 어려워야 예술이라고 했다. 교사의 말에 따르면 예술이라는 것은,

수준이 높아서 대중들이 느끼기엔 어렵고 그렇기에 고귀함을 지닌다. 그때 그자가 아닌 내가 그 말을 들었더라면 아마 교사의 얼굴에 구토를 했을 텐데 아쉽다.

　어려운 것이 고귀한 것인가. 인간들은 누군가가 하지 못하는 것을 본인은 할 수 있을 때 희열을 느낀다. 보다 나은, 수준 높은, 고귀한 사람이 되었다고 느낀다. 왜 그런 것인가. 낮다는 것이, 수준이라는 것이, 고귀함이라는 것이 존재하기는 하는가. 결국 인간이 즐기는 것이라면, 많은 인간이 즐길 수 있는 것보다 소수의 인간이 즐기는 그것을 예술이라고 정의하는 것이 옳은가. 그것은 소수가 다수를 따돌리는 것으로밖에는 보이지 않는다. 그저 소수자들이 동질감을, 우월감을 느끼기 위해 다수에게 이질감, 열등감의 틀을 갖다 대는 것으로밖에는 보이지 않는다. 소수가 즐기는 것도 곧 인간이 즐기는 것이요, 다수가 즐기는 것도 곧 인간이 즐기는 것이다. 소수가 즐길 수 있는 것을 예술이라고 정의한다면 반박하지 않겠지만, 그 예술이라는 것에 고귀함이라는 특성을 댄다면 그에는 동의할 수 없다. 웃긴 일이다. 인간이 즐기는 것에 고귀함이라는 말은 전혀 어울리지 않는다.

　누군가 내가 듣는 음악을 함께 듣고는 고귀함을 논하

기보다는 아무렇게나 흘려듣고 짓밟고 가볍게 해석하길 원했다. 이런 점에서 다른 분야가 아닌 대중음악이라는 분야는 취미로 삼기에 딱 알맞다. 같은 맥락에서 나는 절대로 꿈이나 희망에 대한 가사를 가진 곡은 듣지 않는다. 돌멩이는, 꽃은, 꿈을 가질 수 없는 것이다. 돌멩이와 꽃이, 사람이 들어야 할 노래를 자신들을 위한 것이라고 생각하며 공감하는 꼴은 절대로 보고 싶지 않다.

사랑에 관한 건 괜찮다. 괜찮은 정도가 아니라 딱 알맞다. 사랑은 무거우면서 가벼운 것이기 때문에 알맞다. 이건 전혀 모순이 아니다. 이 세상엔 사랑보다 가벼울 수 있는 건 거의 없고, 사랑보다 무거운 것도 마찬가지다. 꽃은 무거운 사랑을 짊어질 충분한 힘이 없으므로 그의 사랑은 실보다도 가볍다. 물론 그조차도 꽃에겐 버거운 것이라 꽃은 자기 사랑이 제일 큰 줄 안다. 그 무게야 어떻든 사랑은 누구에게나 공감을 얻기 쉬운 요소다. 공감한다는 것은 그 안에 진실이 있다는 것이다. 사실보다 중요한 것이 있다면 그건 진실이다. 이건 나의 진실에 대한 편애가 아님을 명백히 밝힌다.

고귀함에 대한 것 말고도 난 인간들이 이성과 감성을 논할 때마다 역겨움을 느낀다. 특히나 그 멍청한 인간들이 이 둘에게도 우열관계를 주려고 할 때 말이다. 적어도 누군가를 설득할 때, 무엇인가에 대한 주장을 펼칠 때와 같은 상황에서는 이성에 따르는 것이 타당하다고 말한다. 감성에 따르는 주장은, 감정에 호소하지 말라며 외면된다. 논리가 없는 주장은 받아들일 수 없다고 말한다. 그런 류의 주장은 마치 생화 앞에 놓인 조화처럼 힘을 잃는다.

하지만 왜 그런가. 논리가 없는 주장을 받아들일 수 없는 이유는 무엇인가. 생화가 조화보다 가치 있는 것이라고 누가 말하던가. 논리는 진실이 아니다. 그럼에도 불구하고 논리가 마치 진실인 것처럼, 논리가 없는 주장은 받아들일 수 없다며 스스로를 기만한다.

이분화된 감성과 이성은 틀렸다. 감정에 호소하지 말라는 말이 타당하다면 '이성에 호소하지 말라', '논리에 호소하지 말라'는 말도 같은 맥락에서 타당하다. 이렇게 말을 하는 중에도 '감정에 호소하지 말라는 말이 타당하다면…'이라는 논리 구조를 무의식중에 갖추는 것은 모순적인 일이 아닐 수 없다.

그러나 이건 모순이 아니다. 이성에 호소하지 않고서는, 때에 따라 감정에 호소하지 않고서는 내가, 그리고 사람이라는 존재가 할 수 있는 일은 애초에 존재하지 않

는 것처럼 느껴진다. 그러나 그게 진실이다. 슬퍼할 것
없다. 그럼에도 불구하고 할 수 있는 것을 찾아서 하면
되는 것이다. 행동은 중요하지 않다. 이유가 중요하다.
그것이 진실이다. 이유가 진실된 것이라면 행동은 어떻
든 상관없다. 이건 어떤 류의 주장이 아니다.

　때로 취미 삼아 음악을 만들기도 하는데 그럴 땐 처음
떠오른 곡조를 고의로 조금 수정한다. 처음의 것이 마
음에 들지 않아서가 아니다. 그건 나에겐 딱 좋지만, 혹
시라도 그걸 듣게 될 인간들을 조금 배려하는 차원에서
내 귀에선 조금 오류가 느껴져도 묵인하는 것이다. 인간
들은 진실을 들으면 힘을 쓰지 못한다. 그건 그들의 뿌
리를 뒤흔들어 놓는다. 아무런 생각 없이 사는 인간들의
경우엔 더 그렇다. 그러니까 내 표현에서의 돌멩이들 말
이다.
　일상적인 것 외엔 생각을 하지 않는 삶은 끔찍하다. 그
건 진실한 의미에서의 삶은 아닌 것이다. 나는 그것을
구별하기 위해 '생애'나 '생'이라고 말한다. 그것의 사전
적 의미가 어떤지는 아무 상관없다. 어차피 사전은 거짓
이다. 나는 사전을 만드는 이들의 직업성을 논하는 게
아니다. 직업은 문자 그대로 완벽하다.

어쨌건 나는 돌멩이의 생애에 관여하고 싶은 마음이 조금도 없다. 그들은 나와는 아무런 관련도 없다. 많은 인간들이 삶이 아닌 생애를 살아가고 있다는 걸 생각하면 숨이 막히기도 한다. 이곳엔 내가 숨 쉴 공기가 충분치 않다. 다른 이들과 똑같이 숨을 쉬는데 나만 숨이 막힌다. 이건 본질에 의한 차이이다.

5/o

　　　　　　　　대여섯 살쯤 어머니의 권유로 바이올린을 처음 배우기 시작했다. 그 이전 시기에 대한 나 스스로의 기억은 없는 탓에, 적어도 내 기억 속의 나는 항상 바이올린과 함께였다. 가족들이나 친구들과 갈등을 겪고 힘들었던 때에도, 다른 사람들은 모두 길거리에서 분위기를 한껏 즐기는 크리스마스에도 나는 한 평 남짓의 조그마한 연습실에서 바이올린과 단둘이 시간을 보냈다. 숨을 쉬어야 살 수 있는 것처럼, 나는 바이올린을 내 삶과 불가분의 관계에 있는 어떤 것처럼 느껴왔다.

음악이 아닌 다른 일을 하는 내 모습을 상상해본 적이

없었다. 자연스럽게 예중, 예고에 진학했고 나는 꽤 잘하는 편에 속했다. 그래서인지 그 길이 내 길이 아닐 거라고 의심했던 적이 단 한 번도 없었다. 차라리 더 일찍 겪었으면 좋았을 절망의 시간은 그맘때쯤 날 찾아왔다.

연달아 세 번을 입시에 실패하면서 처음으로 좌절감이라는 걸 느꼈다. 음악에 대한 온전한 애정이 애증으로 바뀌었던 것도 아마 그맘때였던 것 같다. 스무 살이 채 되기도 전에 인생의 반 이상을 함께한 존재에게 느끼는 나의 애정은 각별할 수밖에 없었고, 그런 존재에게 배신을 당하는 건 그 당시의 어린 나로서는 견디기가 꽤 버거웠다. 지금에서 돌아보는 것이니 이 정도로 담백하게 이야기하지만, 당시에 느꼈던 내 감정은 절망 그 자체였다.

네 번째 입시에서, 순수 음악대학이 아닌 음악교육 전공을 선택한 건 나 나름대로 자존심이 상하는 일이었다. 동시에 그곳에서도 날 받아주지 않겠다고 할까 봐 굉장한 불안함도 느꼈다. 다행히도 합격이라는 결과를 얻기는 했지만 그때도 온전한 기쁨만 있었던 건 아니었다. 처음에는 불합격을 통보받았는데 내 앞의 한 합격자가 입학을 포기하면서 나에게 합격이 주어진 것이었기 때문이다. 그런 마음으로 진학 했기에 나는 학교에 쉽게 마음을 붙일 수가 없었다. 학교에 다니면서도 두번 더 다른 음악대학에 지원했지만 모두 낙방했다.

희망이 좌절될 때 미련과 사랑은 더 커지는 법이라 음악은 여전히 날 힘들게 한다. 고등학교에서 별 볼 일 없는 음악 교사로 일하는 지금도, 음악에 대한 사랑은 가끔씩 불쑥 고개를 내밀어 나를 힘들게 한다. 내가 인생의 좌절을 맛봤던 스무 살 무렵, 그 시기쯤에 와있는 학생들에게 고작 악보 읽는 방법을 가르치는 스스로의 모습을 자각하는 순간마다 복합적인 감정이 밀려온다.

그래도 그 정도의 감정은 충분히 감당할 수 있다. 진짜 고역은 음악 교사라는 이유로 예체능 계열로의 진학을 원하는 학생들의 진학 상담을 떠맡는다는 것이다.

"저 실용음악 할거예요."

"그래 작곡을 한다고 들었는데 내가 악보를 좀 볼 수 있겠니?"

"요즘 누가 악보에 곡을 써요? 저 악보 볼 줄도 몰라요."

이런 식의 반응을 보이는 학생들이 태반이라는 사실이 처음엔 굉장한 충격으로 다가왔다. 악보를 보고 쓰는 것이 대단한 능력을 필요로 하는 일은 아니지만, 적

어도 음악을 하는 사람으로서 아주 기본적인 것들조차
도 배우지 않고 음악을 하겠다고 말하는 그 모습이 그
렇게 실망스러울 수 없었다. 그 시절의 내 모습과 겹쳐
지면서 내 반의 반만큼의 노력도 하지 않는 그들에게
화가 났다.

놀랍게도 그렇게 졸업시킨 학생 중 하나는 유명한 대
중음악 작곡가가 되어 날 찾아오기도 했다.

"저 아직도 악보 볼 줄 몰라요."

그 학생은 웃으며 말을 했지만, 그 말에 화가 난 나는
그 이후의 모든 말들을 들을 수 없었다. 화가 났다기보
다는 허무했고 과거의 내가 안쓰러웠다. 그 감정이 너무
커서 그 학생의 성공을 직시할 수 없을 정도였다.

"여러분은 대중음악을 예술이라고 생각하나요?"

그 학생이 돌아간 뒤 들어간 수업에서 별생각 없이 뱉
어 낸 질문에 돌아온 답은 대부분 '아니'라는 것이었다.
그 말이 왜 그렇게 위안이 됐는지 모른다. 모르긴 몰라
도, 정말 큰 위안을 줬다는 것과, 내가 공부로 성공한 이
들의 삶을 보며 한 번도 허무함을 느끼지 않았던 것과
마찬가지로 대중음악가의 성공에도 아무런 타격을 입지
않게 된 데에 엄청난 공여를 했다는 건 확실하다.

대중음악이 예술이 아니라는 학생들의 대답을 나름대로 설명하던 와중에, 어려워야 예술이라는 스스로의 말에 흠칫 놀라긴 했지만 그 외엔 딱히 설명할 방법이 없어서 굳이 정정하지는 않았다.

그러나 모든 진실은

거짓 속에서 드러난다

"카뮈의 이방인 아시죠? 저는 그 첫 문장이 왜 그렇게 전 세계 사람들에게 정서적 충격을 주었는지 아직도 이해할 수 없어요. 저에겐 피붙이랄 것이 부모뿐이었는데 어머니는 얼굴도 본 적 없고 아버지랑 둘이 살았죠. 아버지도 죽었어요. 사망보험금을 받았을 때가 생각나네요. 저는 입금됐다는 연락을 받자마자 곧장 모두 수표로 뽑아서 불태웠어요. 그 전까진 아무 생각도 없었는데 막상 태우고 나니까 아까운 거예요. '기부를 조금 하는 건데' 하는 생각이 들어서요. 선행을 하고 싶은 건 아니었고 그냥 그 순간의 우월감을 맛보고 싶었을 뿐이에요. 물론 사진도 찍고, 그 단체에 내가 그만큼의 금액을 기꺼이 기부했다는 기록도 남겨 두고. 가장 중요한 건 기부증이에요. 벨벳보다는 액자에 넣어줬으면 좋겠어요. 그런 거 있잖아요. 알량한 우월감의 표시로 집 안에 하나쯤 걸어 두면 근사한 거."

새로 장만한 듯한 안락의자에 편히 앉아서 눈을 감고는 말을 이쯤 했을 때 갑자기 의사가 내 말을 끊었다. 꽤 많은 이야기를 나눈 사이임에도 불구하고 므므가 아닌 의사라고 부르는 이유는 내가 그이를 딱 그 직업인으로서만 인식하고 있기 때문이다.

"거짓말하지 마세요."

온화한 표정을 한 의사가 자신의 말을 힘있게 전달하려는 듯 표정과 어울리지 않는 다소 엄격한 목소리로 말했다.

"그럼 저는 무슨 얘기를 할 수 있죠?"

진실은 많은 말을 필요로 하지 않는다. 진실을 표현해 내기 위해 말을 덧붙일수록 실제 진실과의 간극은 커지기 마련이다.

그러나 모든 진실은 거짓 속에서 드러난다. 중요한 것은, 가족이라는 존재는 그리 특별한 것은 아니라는 거다.

하루란 누구라도 누구를 좋아할 수 있는, 얼마든지 자신이 원하는 대로 근사해질 수도 있고 친절해질 수도 있는 시간이다. 그 하루하루가 쌓여 서로가 더 이상 근사하고 친절한 존재로 남을 수 없을 때, 그리고 더 이상 서로가 서로에게 호감을 갖지 않을 때, 떠나갈 수 있는 것이 소위 말하는 친구, 나에게는 므므라면, 그럴 수 없는 것이 가족이라는 생각이 있다. 나에게는 아니지만 이 사회에 말이다. 하루 정도로 끝났어야 하는 관계가 너무 길어져 자연스레 개개인의 미성숙함이 드러나고, 그로 인해 상처를 받으면서도 서로를 끊어내지 못하는 이들을 이해할 수 없다.

가족을 끊어내는 게 얼마나 힘든 일인지 안 겪어봐서 모른다고 말하지는 말아줬으면 한다. 꽤 오래전 술에 조금 취한 아비란 인간이 본인의 무능력함을 말하며 눈물을 글썽였을 때, 나는 그 자리를 박차고 나왔다. 물론 표현과 다르게, 실제로는 조용히 짐을 싸서 나왔다. 그렇게 싫었던 게 그의 무능력함 그 자체는 아니었다. 내가 싫었던 건, 아직 그의 단점까지 안을 준비가 되지 않았던 내게, 그런 말을 뱉어 낸 그 행동이었다. 원치 않은 비밀을 들은 느낌이었다. 솔직함이라는 건 때로는 듣는 이에 대한 폭력이 되기도 한다.

그렇다고 그가 내 말을 들을 준비가 됐던 것도 아니다. 그에겐 들어줄 이가 필요했을 뿐이고, 그것은 나의 본질에 맞지 않는다. 그래서 떠난 것이다.

의사가 내 생각을 방해한다.

"자꾸 그런 식이면 제가 어떻게 치료할 수 있나요."

아무래도 상관없다는 표정을 지었다. 그건 꾸며낸 표정이 아니었다. 나는 꾸미는 것에 익숙하지 않다. 진밀 상관없었을 뿐이다. 나는 치료받으러 이곳에 온 게 아니다. 나는 치료가 필요한 사람이 아니다.

내가 원하는 대로 대화를 이끌기 위한 마지막 수단으로 나는 눈물을 흘린다.

"혹시 죽고 싶다는 생각도 드시나요?"

기다렸던 말에 고개를 끄덕였다. 난 한 번도 죽고 싶다고 생각한 적이 없지만, 그렇게 행동했다. 의사의 반응이 궁금했다. 정확히 말하자면 그이가 나를 어떻게 설득할 수 있는지, 납득할 수 있거나 최소한 공감할 만한 말이라도 할 수 있는지가 궁금했다. 그게 내가 그곳에 간 이유였다.

그러나 지금껏 만나온 의사들이 그랬듯, 이 인간도 내게 즐거움을 주지 않았다. 이유도 말해주지 못하면서 그냥 살아야 한다고만 말했다.

"잠은 잘 주무시나요? 공상에 빠져서 뒤척인다거나 하는 일이 자주 있진 않나요?"

잠은 아주 잘 자고 있지만, 생각에 빠져 일상 속에서 자주 뒤척이는 편이다. 내 생각을 공상이라고 말하고 싶진 않다. 의사의 말의 뜻은 잠자리에서 뒤척이지 않냐는 것이겠지만 뭐 어찌 됐든 상관없다. 진실은 거짓 속에서 드러나는 법이니까.

"자주 있어요."

더는 거짓말을 하고 싶지 않았기에 뒤 문장에만 대답했다.

의사는 약을 처방해준다고 했다.

먹을 생각은 조금도 없지만, 그이의 직업의식에 손상을 가하고 싶지는 않았기 때문에 흔쾌히 그러라고 했다.

혹시 마음 따뜻한 당신이 나를 걱정할까 봐 하는 말인데 나는 아주 건강하다. 병원에는 다니지만 비정상적인 곳이라고는 한군데도 없다. 이건 전혀 모순이 아니다. 특히나 신의 존재를 믿지 않는 이에겐 지극히 정상적인 상태이다. 그리고 같은 맥락에서, 내가 만난 의사들을 무능력하다고 욕할 이유도 없다.

오랜만에 말을 많이 했더니 허기가 진다. 기억력이 좋

은 당신은 기억하겠지만 나의 집엔 냉장고가 없다. 필요가 없는 것이다. 혼자 밥을 먹는 인간을 보면 기분이 이상해진다. 살기 위해 먹는 느낌이 든다. 먹기 위해 사는 인간만큼 한심한 존재도 없지만, 살기 위해 먹는다는 건, 그러니까 너무 인간적이다. 차마 받아들일 수 없을 정도로 인간적이라서 나는 그 행위에 거부감을 느낀다. 그런 음식은 내 앵무새의 사료보다도 더 사료에 가깝다. 내가 그린 음식물을 사료라고 말하는 건 조금도 이상하지 않다.

그럼에도 불구하고, 나 또한 먹지 않으면 살아갈 수 없는 존재이기에 밥만 함께 먹는 나 나름의 모임을 만들었다. 살겠다고 이렇게까지 해서 음식을 섭취하려는 나 자신이 스스로 느끼기에도 이해가 안되지만 아무튼 그렇게 한다. 가능 여부는 둘째 치고, 모든 걸 이해할 필요는 없는 것이다.

모임은 별다른 건 없이 항상 바뀌는 회원이 있을 뿐이다. 아무 음식점에나 들어가 내 앞이나 뒤의 일행의 것까지 내가 계산하고 그들과 합석을 해 식사를 하는 것이 그 모임의 전부이다. 나는 그들에게 궁금한 게 없고, 고로 아무 말도 하지 않으니 대부분의 경우엔 그리 싫어하지 않는다.

마침 내 바로 뒤로 어떤 사람이 따라 들어오기에, 오늘 회원의 음식까지 내가 계산하는 것으로 가입인사를 대신한다. 주문한 사료가 나오고 나와 오늘의 친구는 자리로 가서 마주보고 앉아 식사를 한다. 여기서 친구란 단어는 일상적인 의미에서의 친구는 아니다.

"성함이 어떻게 되세요?"

"정민이라고 해요."

가게 직원의 이름표를 읽었을 뿐이다.

나는 피치 못할 사정이 있지 않고서야 세 명 이상이 모인 자리나, 이런 낯선 이와 함께 하는 자리에는 가지 않는다. 그런 자리에서는 불가피하게 내 이름이 불리게 되기 때문이다.

나는 내 진짜 이름이, 그 단어가 함부로 입 밖에 나는 것을 원치 않는다. 이건 단지 이름을 특별하게 생각해서가 아니다. 그건 다른 차원의 문제이다. 내 부모가 지어준 이름은 잊은 지 오래고 내 진정한, 본래의 이름은 원래부터 정해졌던 것이다. 다른 이름들과는 다르게 나 그 자체이다.

본래 이름이라는 것이 그렇듯, 본질과는 아무런 상관이 없는 이름을 지을까도 고민해봤지만 아직까진 그냥 이렇게 여러 사람의 이름을 잠시 빌려 쓴다. 혹시나 내가 당신의 이름을 빌려 쓴다고 하더라도 기분 나빠할 이유는 없다. 이미 수십 명 또는 그 이상의 인간들이 당신과 이름을 공유하고 있으니, 나 한 사람 정도 더해지는 걸로는 당신에게 어떠한 해도 끼치지 않을 것이다.

"아, 그러시구나. 정민씨 밥 감사히 먹을게요."

말할 상대가 필요해서 이곳에 온 것이 아닌 나는 말 많은 이 친구기 조금 귀찮아지려고 했다. 눈으로 살짝 인사를 해주고는 식사를 했다. 다행히 눈치가 빠른 이 친구는 더 이상 귀찮게 굴지는 않았다.

"오늘 식사 맛있게 했습니다. 다음에 또 뵙게 되면 제가 밥 한 끼 살게요."

예의 바른 그 친구는 그렇게 얘기했지만 나는 앞으로 그 친구와 만날 일이 없길 바랐다. 내가 그이의 얼굴을 알아보지 못할 것 같고, 무엇보다도 나는 잠시 빌린 내 이름을 기억하지 못할 것이기 때문이다. '제가 기억하고 있는 이름과 다르네요?'라고 물어올지도 모르는 그 친구에게 이름에 대해 그 이상으로 길게 얘기하고 싶은 마음은 없다. 무엇보다도 친구라는 건 하루로 족하기 때문에 나는 그 친구를 다시 만나는 걸 원치 않는다.

어찌 됐든 한 끼의 밥값으로 그 친구의 하루가 꽤 즐거

위졌을 걸 생각하니 마음이 좋았다.

그 친구와는 나누고 싶은 이야기가 없었지만, 집에서 나를 기다리고 있을 사랑스런 앵무새와 빨간 소파에겐 할 말이 아주 많을 것 같다. 너무 오래 걸려서 내 멍청한 머리가 이야깃거리를 잃지 않도록, 그러나 너무 빨리 걸어서 바람에 날리지 않도록 적당한 속도를 내서 집으로 향한다.

취직을 한 후에 독립을 하면서 끼니를 거르는 일이 많아졌다. 회사 근처는 집값이 너무 비싸서 집값이 싼 동네를 찾다 보니 출퇴근을 하는 데에만 왕복 두 시간이 걸린다. 그 절대적인 시간보다는 출퇴근 시간에 버스와 지하철을 타는 것 자체가 너무 고단한 일이다. 아침 6시 30분 내지 7시쯤 일어나서 준비를 하고 출근을 한다. 의미 있는 무언가를 하는 것은 아니지만, 직장 상사들의 비위를 맞추고 서류 정리를 하거나, 더 사소하게는 담배나 커피 따위의 잔심부름을 하는 일에서 나름의 의미를 찾는다.

입사 지원서 속의 나는 뚜렷한 계획과 막대한 포부를 안고 사는 사람이었지만, 현실의 나는 단 한 번도 그런 거창한 것을 꿈꾼 적이 없었다. 그냥 평범하게 일을 해서 그 돈으로 행복하게 사는 것이면 충분했고, 지금도 같은 생각으로 하루하루를 산다. 나에게 월급만 준다면, 내 삶을 영위할 수 있는 돈만 주어진다면, 내가 하는 일이 서류 정리인지 잔심부름인지는 중요하지 않다.

직업이라는 것에 어떤 대단한 의미를 둔 적도 없었다. 때가 되어 자연스럽게 대학에 진학했고, 남들과 같이 졸업을 한 후에 적당한 회사에 들어가는 것이 순리였다. 그 과정에서 잠시 혼란스러운 시기도 있었지만 그 혼란스러운 시기라는 것도, 다들 겪는 때에 남들 겪는 만큼을 겪는 일종의 정상적인 단계였다. 다들 똑같은 고민을 안고 매일 똑같은 이야기를 안주 삼아 이야기하고 서로를 위로하는 그 시기는 그야말로 정상적이고 평범했다.

하나둘 취직에 성공한 후에는, 그 고민이라는 게 모양새를 조금 바꿔 이직이나 직장 상사에 대한 것이 되었을 뿐 그 외엔 아무것도 바뀐 게 없었다. 하지만 그마저도 평범한 것이었다. 직업이라는 것이 개인의 삶에 있어서 대단한 영향을 끼치던 시기는 이제 지났다고 생각한다. 직업은 다른 행복한 일들을 하기 위해 돈을 버는 수단일 뿐이다.

그렇게 생각하건만, 퇴근을 하고 집에 돌아오면 보통 8시가 다 된다. 그러면 하루가 아직 4시간이나 남았다는 사실보다는 12시간도 채 남지 않은 기상 시간이 먼저 걱정스러워 무언가를 할 엄두가 나지 않는다. 그렇게 하릴없이 누워서 시간을 보내거나 밀린 집안일을 하다 보면 다음날을 위해 잠자리에 들어야만 하는 시간이 온다.

1년 정도의 시간을 그렇게 보내고 나니 건강이 많이 안 좋아졌음을 느꼈다. 금세 지쳤고 매일을 상쾌함보다는 찌뿌둥함으로 시작했다. 흔한 감기에 걸려도 한 달 가까이 호전되지 않아 간절기만 되면 휴지를 붙들고 살기 일 쑤였다. 너무 코를 닦아 대어 코안이 다 헐 정도였다. 병원에 가려면 반차를 내거나 휴가를 써야 했지만 인원이 5명이 채 되지 않는 사무실에서 감기 정도로 빠지는 건 민폐처럼 느껴졌다. 대단한 희생정신을 지닌 탓은 아니었고 그냥 눈치가 보였다. 주말에는 몇백 원 내지 몇천 원의 할증이 붙는 게 그렇게 아까울 수가 없어서 주말이 지나면 나아지겠지 하고 미련하게 참아대는 게 일상이 되었다.

얼마 되지도 않는 돈을 아까워하는 스스로를 보며 그렇게 참아가며 일을 하는 의미가 무엇인지 가끔 공허함이 밀려오기도 하지만, 눈에 보이지도 않는 공허함보다는 눈에 너무도 뚜렷하게 보이는 통장 잔고의 힘이 더 강력했다.

그런 생활 속에서 병원에는 가지 않더라도 하루에 두 끼는 꼭 챙겨 먹자고 스스로 다짐을 했다. 병원 대신 선택한 일종의 합리화였지만 어쨌든 밥을 먹어야 면역력이 지켜지는 건 사실이니까 말이다. 확실히 퇴근 후에 저녁을 잘 챙겨 먹은 이후로는 잔병치레가 많이 줄었고 삶의 질도 상승했음을 여실히 느꼈다. 돈이건 시간이건, 다른 모든 것이 있어도 몸 건강을 지키지 않으면 전부 부질없다는 걸 깨달은 것이다.

할 줄 아는 음식이 거의 없는 수준이라 보통 밥을 밖에서 사 먹는데, 오늘은 참 희한한 일이 있었다. 집 앞 식당에 들어서는데 처음 보는 수척한 사람이 갑자기 말도 없이 내 것까지 계산을 해버리는 거였다. 특이한 유머코드를 갖고 있는 건지 '뒤에 분 사료까지 계산해달라'고 말하는 탓에 순간 내가 식당에 들어온 게 맞는지 확인하려 주변을 두리번댔다.

그 사람은 내가 뭐라고 말할 새도 없이 빈자리에 가서 앉더니 자신의 앞자리를 가리키며 앉으라는 식으로 눈

짓을 보냈다. 그 모습이 너무 자연스러워서 내가 원래 아는 사람인데 기억을 하지 못하는 것인가 싶어서 일단 그 맞은편으로 가서 앉았다. 이름을 들으면 기억이 날까 싶어서 앉자마자 그 낯선 이에게 물었다.

"성함이 어떻게 되세요?"

그러자 어디를 보는 건지 잠깐 허공을 두리번거리던 낯선이는 한 박자 늦게 대답을 했다.

"정민이라고 해요."

내가 아는 사람 중에 정민이라는 이름을 가진 사람이 몇 명 있기는 하지만, 그들 중 하나는 아닌 것 같았다. 혹시 성이 '정'이고 이름이 '민'일까 하는 생각도 해봤지만, 외자인 이름을 가진 지인은 한 명도 없는 내겐 쓸데없는 생각이었다. 낯선 이의 얼굴을 보아하니 별로 나를 반기는 기색은 아니어서 어쩌면 오랜만에 만난 아는 사람이 아닐지도 모르겠다는 생각이 들었다.

"아, 그러시구나. 정민씨 밥 감사히 먹을게요."

그 사람의 정체에 대해 추론하느라 미처 자리를 옮기지도 못한 차에 식사가 나와버려서 그냥 그 자리에서 함께 밥을 먹기로 했다. 대학과 회사에 다니면서 배운 것 중 가장 쓸모 있는 건, 이렇게 낯선 사람과 밥을 먹어도 어색해하거나 체하지 않고 내 밥그릇 하나는 다 비울 수 있게 된 것이다. 하지만 그렇게 밥을 먹으면서도 한마디도 하지 않는 이를 보며, 모르는 사람이 맞는 것 같은데, 알지도 못하고 알아갈 생각도 없는 내게 왜 밥을 사겠다고 한 건지 의아했다. 이상한 사람이긴 하지만 나는 그냥 공짜밥을 한 끼 먹었다는 것에 의의를 두기로 했다.

"오늘 식사 맛있게 했습니다. 다음에 또 뵙게 되면 제가 밥 한 끼 살게요."

반쯤 먹었을 때 그 사람이 먼저 자리에서 일어나기에 급히 인사를 했지만 그 사람은 별다른 대답 없이 먼저 자리를 떴다. 사실 또 마주친다고 해도 밥을 살 생각은 조금도 없었기 때문에 별로 신경이 쓰이지는 않았다. 그 사람이 떠난 자리를 보니 밥그릇은 삼분의 일도 채 비워지지 않은 상태였다. 하루에 그렇게 몇 끼를 먹는지는 모르겠지만 아마 그 사람도 감기를 달고 살 게 분명했다.

신의 아들과는 다르게,

내겐 태초부터 정해진

삶의 거창한 목적이라는 게

존재하지 않는다

7.

내가 누군지 이젠 말할 때가 됐
다. 지금껏 의도적으로 숨겨왔다고 생각하진 말아줬으
면 한다. 그건 내 본질과 맞지 않다. 내겐 그저 말할 기회
가 없었을 뿐이다. 다른 할 말이 많아서 말하는 걸 잊었
을 뿐이다. 이런 류의 말이 중요하지 않다는 것이 아니
라, 말하지 않아도 드러나기 마련이라 우선순위에서 제
외했다는 것이다.

서론은 집어치우고 얘기하자면, 나는 진실이다. 당신
이 아는 그 추상적인 개념인 '진실' 말이다. 놀라울 것은

하나도 없다. 신의 아들도 사람으로 태어나는데 일개 추상 개념이 인간이 된 것은 불가능한 일이 아니다. 신의 아들과는 다르게, 내겐 태초부터 정해진 삶의 거창한 목적이라는 게 존재하지 않는다.

오해할까 봐 말하는데, 인간들이 생 속에서 하찮고 섣부르게 일컫는 진실은 내가 아니다. 그런 류의 진실, 시간이 흐름에 따라 마모되기도 하고 심지어는 가치를 완전히 잃어버리기도 하는 상대적인 진실은 내가 아니다. 누구에게나, 언제나, 어디에서나 옳은 것, 그게 나이고, 그것이 진정한 의미에서의 절대적 진실이다. 문자 그대로 유일한 진실이다. 내 본질을 일컫는 다른 말이 있기는 하나, 그건 인간들의 이름과는 다르게 정말로 소중한 것이라 말하고 싶지 않다. 무엇보다도, 당신 나름의 그것에 대한 인식이 나에게 덧씌워지는 것을 원치 않는다.

당신도 알겠지만, 어린아이가 독특하면 유명해지는 법이기에 처음부터 내 자아를 드러낼 수는 없었다. 나는 진실로, 무명을 원한다. 내가 다른 이들과 구별되어도 큰 문제가 되지 않을 때까지, 그러니까 이 사회에서 인정하는 성인이 될 때까지 꽤 많은 시간을 기다렸다. 물론 자아가 없던 건 아니다. 긴 잠을 잤을 뿐이다. 자아가 없는 상태로도 충분히 인간처럼은 살 수 있다. 이건 전혀 놀라운 일이 아니다. 당신 주변에서도 흔히 일어나는 일이다. 난 부디 그런 부류에 당신은 속하지 않길 바란다.

진정한 의미에서 나와는 아무 상관도 없는 그자가 살아낸 시간, 그 길었던 시간은 그저 악몽이었다. 내 자아를 재운 건 인간의 지혜 덕분이다. 끔찍할 땐 잠을 자는 게 가장 편한 법이다. 이건 인간이 체득한 것 중 몇 안 되는 유용한 것이다. 정말이다. 인간은 아무짝에도 필요 없는 것에는 꽤 재능이 있지만 그건 정말이지 문자 그대로 아무짝에도 쓸모가 없다. 염세적인 관점에서 말하고 있는 것이 아니다. 나는 염세주의자가 아니다.

나는 어떤 류의 주의자도 아니다. 그런한 류의 이들은 어떤 개념 하나에 자기 생을 온전히 거는 이들이다. 어쩌면 삶이 될 수도 있던 생을. 어떤 개념도 인간이 사람이 되는 것보다는 중요하지 않다.

그러나 내가 그 모든 개념의 가치를 부정한다고 생각하진 말아 달라. 진실로 나는 그 개념들의 가치를 존중한다. 인간에 대한 존중의 크기보다 한참은 크다. 모든, 각자가 선택하지 않은 것을 이유로 행해지는 차별은 틀렸다. 그러나 여전히 나는 어떠한 류의 주의자도 아니다. 그저 옳은 것에 찬성하고 그른 것에 반대하는 것, 이 말에는 누구나 같은 답을 내야 하는 것이다. 이건 선택의 문제가 아니다. 머리 아프게 생각할 것 없다. 당신의 친구라는 자가 주는 위로를 위한 위로가 아닌, 나를 통해 위로를 얻는다면 당신은 제대로 생각하고 있는 것이다.

위로를 위한 위로만큼 인간적이고 동시에 사람에게 해로운 것은 없다. 그건 인간들끼리 서로 사람인 체 하기 위해 사용하는 익릴한 수법에 불과하다. 눈을 가린 두 인간이 구덩이를 조금 앞에 남겨 두고 서로 잘 가고 있다고 얘기해주는 꼴이다. 부디 당신이 사람에 속한다면, 그 구덩이를 두 눈으로 똑똑히 보고 있는 '사람'이라면, 배려라는 부끄러운 이름을 붙인 하찮은 그런 짓은 하지 않길 바란다.

요즘도 온전히 나의 모습만으로 살고 있지는 못하다. 세심한 당신도 느꼈겠지만, 내게는 나에 부합하지 않는 세상을 견뎌낼 만한 면역력이 없다. 고작해야 돌멩이 같고 꽃 같은 인간들을 만나 오 분이 채 되지 않는 시간을 보내는 게 내 최선이다.

인간관계만의 문제는 아니다. 내가 혼자서 밥을 먹는 경우가 없다고 했던 것을 기억하는지 모르겠지만, 내겐 '사람'스럽지 못하고 인간적인 것들을 거부하는 경향이 있다. 이건 건강한, 그러니까 육체적으로 건강한 삶을 살 수 없게 만든다. 그럴 땐 내 자아를 재운다. 나는 그 상태를 '자아숙면상태'라고 부른다. 그때의 나는 나와는 완전히 다른 모습으로 행동하고 사고한다.

나는 가치 없는 생각을 사고라고 부르곤 하는데 이건 사전적 의미와는 관련이 없다. 다시 말하지만 사전은 무의미하다. 만약 아직도 당신의 오래된 서재에 사전이 있다면 지금 당장 갖다 버리길 권한다. 관련 종사자는 기분 나빠하지 말라. 버려야 또 팔리지 않겠나.

같은 맥락에서 나는 인간과 사람이란 단어를 구분해서 사용한다. 사람은 사전에서 벗어나 자유롭게 생각해야 하는 의무가 있다. 자기만의 언어가 있어야 한다. 자기만의 언어 없이는 절대로 유의미한 생각에 도달할 수 없다. 유의미한 것은 굉장히 세심한 구분을 필요로 하기 때문에, 뭉뚱그린 언어로는 헛소리와 사고만 할 수 있을 뿐이다.

자꾸 내가 주제를 벗어나는 소리를 한다고 느낄지 모르겠지만, 그건 단지 나와 가장 알맞은 방식으로 말하고 있기 때문이지 절대 주제를 벗어나는 말로 종이를 낭비하고 있는 것이 아니다. 이 전부가 주제인 것이다. 진실은 순식간에 떠오르고, 움켜쥐고 있지 못할 정도로 빠르게 사라지므로, 그 순간을 잘 주시하다가 포착하는 게 중요하다.

내가 자아숙면상태라는 이름을 붙인 이유는 그것이 정말로 잠과도 같기 때문이다. 신경 쓰이는 것이 많아 불면증에 빠질 때도 있고, 나는 그러고 싶지 않은데 내 생명 유지를 위해 강제적으로 잠에 빠져드는 때도 있다. 가끔 기면증이 생길 때도 있다. 구역질로도 내 자아를 지키지 못할 때 그렇다. 실제 잠과 다른 점이 있냐면, 그건 항상 꿈을 꾼다는 것이다. 아주 생생한 꿈. 그러니까 나는 내 자아가 자는 동안 있었던 일들을 빠짐없이 기억한다. 꿈속의 나는 온전한 나를 모르지만 말이다.

진정한 숙면을 위해 나는 나름대로 많은 준비를 한다. 옷을 사다가 그 방에 걸어 놓기도 하고, 음식들을 사서 그 집 냉장고에 넣어 두기도 한다. 아, 무엇보다 꿈속의 나를 위해 집도 따로 마련해 주었다. 나는 꿈속의 나, 그 자의 사생활을 정말이지 존중한다. 나의 바로 옆집이긴 하지만, 그러니까 옆 건물 말고 옆집. 그건 절대로 내가 그 자의 사생활을 침해하기 위한 것이 아니다. 당신도 알 겠지만, 잠자리가 너무 멀면 불편한 법이다.

눈 밑이 떨린다. 그 자가 영양제를 챙겨 먹지 않더니

이 꼴이 났다. 맨 처음 이런 일이 있었을 때가 생각난다. 눈 밑 떨림을 처음 느끼고서는, 놀란 마음에 거울 앞으로 달려가 들여다봤다. 거북했다. 온전한 내 공간인 내 몸에, 누군가 무단 거주 중인 느낌이 들었다. 사실이 무엇이건, 어찌 됐든 그것이 내게 거북한 느낌을 주었다는 건 진실이다. 그 느낌이 싫어서 그 이후로 각종 영양제를 챙겨 먹곤 했다.

기분이 나쁜 것뿐만 아니라 내 생각에도 집중할 수 없게 만든다는 점 때문에 싫었다. 생각이라는 건 강하면서도 섬세하고 연약한 생명을 지닌 것이라, 조금이라도 수가 틀어지면 금방 숨어 버린다. 그 연약한 아이에게 눈 밑 떨림이란 대단한 강도의 지진과도 같은 것이다.

영양제는 그자의 집에도 갖다 뒀는데, 항상 잘 챙겨 먹더니 지난번 의사라는 인간이 와서 그것이 영양제라는 걸 알려준 후로는 왜인지 전처럼 잘 챙기지 않는다. 나는 그자의 언행이나 행동에 대해 관여하고 싶은 마음이 조금도 없지만 이것만큼은 좀 불편하다. 내가 그자의 생활을 존중하는 것만큼 그자에게도 나를 존중하는 마음이 있었으면 한다. 이건 과한 욕심이 아니다.

강함과 약함을 떠나, 나의 본질만큼 단단한 것도 없겠

지만, 인간의 몸으로 태어나며 갖게 된 육체는 그렇지 못하다. 예컨대 너무도 쉽게 쪼개지는 내 모습에 나조차도 놀랄 때가 많다. 그러나 성격도 곧 내 본질은 아니다. 마치 외모나 이름처럼, 그것은 '무'로 둘 수는 없으니 갖고 태어나는 많은 것 중 하나일 뿐이다. 외적 생김새와 마찬가지로 그것은 모두에게 평등하게 주어지지 않지만, 그래도 외모에 비해 나은 점이 있다면 그건 외부의 도움 없이 스스로가 원하는 모습대로 바꿀 수 있다는 것이다.

그러나 한계는 존재한다. 또한 강한 의지가 없이는 조금도 바꾸기가 어렵다. 성격과 외모에는, 내가 선택하지 않은 특성이며 그의 본질과는 아무런 상관관계가 없다는 점 외에도 공통점이 있는데, 이는 특히나 마음에 들지 않는 특성을 볼 때마다 나의 그 특성을 닮은 부모가 상기된다는 것이다.

이는 이것을 이유로 부모에게 반감을 느낄 때도, 아니면 '부모 닮아서 원래 그렇다'고 생각하게 될 때에도 문제가 된다. 여기서 문제라는 건, 개인에게 아무짝에도 도움이 되지 않는다는 의미이다.

그러나 후자와 같은 인간들에 비하면, 전자는 사람이라고 볼 수도 있다. '원래' 그렇다는 말만큼 무책임하고 역겨운 말도 없다. 혹여나 유교 사상의 광신도로서 부모가 물려준 성질 그대로 살아야 한다고 주장하는 것이라면, 신앙심 없는 나는 그 선을 넘진 않겠다.

그러나 '원래' 그런대로 사는 것이 진정한 의미에서 삶이라면, 인류는 모든 희망을 잃는다. 단언컨대 그것이 맞다면, 빛을 보지도 못하고 죽은 사산아가 가장 축복받은 인간이다. '원래' 그런대로 살기엔 인간 개개인에게 할당된 시간은 터무니없이 과하다. 내가 이런 식으로 말한다고 해서, 내가 진실보다는 어떠한 논리에 따라 진실을 왜곡한다고 생각하진 말아줬으면 한다. 그건 내 본질에 어긋난다. 난 그저 당신에게 와닿는 방식으로 말하고 싶었을 뿐이다.

'원래 그런대로' 살기 위해선 인간만큼의 능력이 필요하지 않다. 인간이 아무리 잉여를 좋아한다고 한들, 필수품을 잉여 취급하는 건 참을 수 없다. 오히려 인간에겐 제대로 살기 위한 능력이 부족하다. 이 부족함을 인정하지 못하는, 그야말로 거만한 인간들이 자주 쓰는 방법이 이것이다.

부족함을 받아들이지 않는 유일한 방법은, 그것이 애초에 필요하지 않았고, 그러므로 갖고 있는 적은 양은 엄청난 잉여라고 생각하는 것이다. 이런 식의 자위는 똑똑하다고 여겨지는 인간에게서도, 사회적인 의미에서 도태된 인간에게서도 그 규칙을 찾아볼 수 없을 정도로 혼란스럽고 빈번하게 나타난다. 이따금 내게서도 이런 식의 행동이 나타난다는 점을 인정해야겠다. 이것은 본질적으로 나와 결코 공존할 수 없으나, 인간적 특성이라는 추악한 가면을 쓰고는 내 그림자 행세를 할 때가 있다.

마음에 들지 않는 이런 점을 바꿔야 옳지만, 아까 말한 한계는 인간의 몸을 한 나에게도 유효하다.

성격 개조뿐 아니라 모든 방면에서 인간은 어쩔 수 없는 한계를 갖는다. 인류는 자신들이 오랜 역사를 거쳐 무한대로 뻗어 나가고 있다고 여긴다. 그렇게 믿고 싶어 한다. 웃기고 있다.

$$\frac{1}{2} + \frac{1}{4} + \frac{1}{8} + \frac{1}{16} + \frac{1}{32} \cdots$$

인류는 기껏해야 위에 적힌 수처럼 1을 넘어서지 못한다. 그나마 똑똑한, 보편적 의미에서가 아니고 진실된 의미에서의 총명함을 지닌 사람들은 인류의 한계를 인정한다.

그러나 그들도 진짜 가치가 '1'이라고 생각한다. 그러니까, 인류가 도달하지 못할지언정 진짜 가치에 가까워지고는 있다고 믿는다.

그러나, 진짜 가치는 무한하다. 아무리 인류가 '1'에 다가서 봤자 진짜 가치와의 거리는 여전히 무한한 것이다. 결코 닿을 수도, 유의미하게 가까워질 수도 없다.

다시 한번 말하건대 나는 염세주의자도 낙천주의자도 아니다. 지금 나는 인류에게 희망이 없고, 아무런 존재 이유도 없다고 말하는 것이 아니다. 이러한 진실에도 불구하고 분명히 추구해야 하는 것이 존재한다. 곧 인류가 살아야만 하는 이유가 존재한다.

인간이 가질 수 있는 크기는 어차피 유한하기에 그건 더 이상 고려 대상이 될 수 없다. 인류에게 허락된 유일한 희망은 방향성이다. 그것을 잃은 인간은 존재의 이유가 없다. 그러나 이유가 없이도 존재할 수는 있다. 그 끝이 불 속에 뛰어드는 나방과 같을 뿐이다.

어차피 그 끝이 죽음이라면 뜨겁게 불타오르고 죽겠다는 안쓰러운 나방이 당신이라면, 그것은 상당히 고통스러울 것이라고만 일러두겠다. 그리고 라틴어 속담에 이런 것이 있다.

'죽음이 모든 것을 끝내는 것은 아니다.'

만일 당신이 이 말에도 동의할 수 없다면, 차라리 지금 죽는 편이 낫다. 그런 이가 긴 삶에서 얻는 것은 생의 길이와 비례하는 긴 고통뿐이다.

방향성을 잃게 된다면, 더는 그 방향으로 나아갈 희망이 없다면, 더 살아봤자 뒤틀릴 일만 남는다면 과감히 죽는 것도 좋은 방법이다. 물론 나도 예외는 아니다. 나도 방향성을 잃을 수 있느냐고? 당연하다. 본질적으로는 절대 그럴 수 없으나, 자신의 본질을 지키며 사는 것만큼 인간에게 어려운 것도 없다.

일단 본질을 발견하는 깃부터가 거의 불가능에 가깝다. 성격도, 외모도, 이름도, 성별도 그 외 다른 모든 것들, 이를테면 피부색이나 국적 등은 당신의 진짜 본질과는 아무런 관련이 없다. 그럼에도 인간들은 그것이 본질을 드러내주는 요소라고 착각한다. 본질은 오직 생각 속에만 존재한다. 오해하지 않길 바란다. 멍청한 사고 말고, 진정한 의미에서 생각을 말하고 있는 거다. 오직 그 안에서만 찾을 수 있다. 그 안에 나를 향하는 무언가가 당신이 찾아야 하는 유일한 것이다.

당신의 생각이 곧 당신의 본질이라는 뜻은 아니다. 사실 온전한 당신의 생각이라는 건 없다고 봐도 좋다. 당신의 생각과 타인의 생각, 그리고 쓸모없는 사고, 나의 앵무새의 귀지보다도 쓸모없는 온갖 것들이 단단히 결합되어 온전한 생각인 척 하는 것일 뿐이다. 그 혼합체

속에서 순수한 의미에서의 생각을 끌어내는 것은 상당한 노력과 연습을 요한다.

하지만 절대 포기하지 않길 바란다. 이 행위는, 평생을 들여도 아깝지 않을 만한 막대한 가치를 지닌다. 진정한 의미에서의 유일한 삶은, 그 본질에 있어 최선의 순도로 살아가는 삶이니 말이다.

중요한 이야기를 하느라 참고 있었지만 더는 못 참겠다. 아까 당신의 이해를 돕기 위해 숫자를 사용한 것이 화근이다. 앵무새의 예쁜 눈을 피해 집 앞으로 나와 담배를 피운다.

수, 뿐만 아니라 수학이라는 것이 인간이 추상적인 개념을 이해하기 위해 쓸 수 있는 좋은 수단이기에 어쩔 수 없이 사용했으나, 역시나 나와는 별로 맞지 않는다. 대충 설명하기엔 좋지만, 수학의 엄밀함은 때로 치명적인 오류를 묵인시킨다.

그럼에도 인간들은 숫자를 참 좋아한다. 유명한 작가도 지적했지만, 그 지적은 인간 누구에게도 미치지 못했다. 수많은 수에 관한 표현 중에도 인간들은 특히 '몇 배'라는 표현을 참 좋아한다. 담배를 피우면 폐암에 걸릴 확률이 몇 배 높다느니, 귀걸이를 하면 몇 배 예뻐보인다느니. 도대체 예뻐보임의 정도는 누가 측정하며, 어떻게 수치화한다는 건지 알 수가 없다. 수학은 추상으로 남아있어야 한다.

담배를 한 대 더 태운다.

7/

또 윗집 사람이 나와 우리 집 창문 앞에서 담배를 몇 개피 연달아 피워 댄다. 왜 항상 남의 집 창문 앞에서 그러는 건지 이해할 수 없지만, 내가 할 수 있는 건 그저 '쾅'소리를 내며 창문을 세게 닫는 것밖엔 없다.

"엄마 왜 그래?"

처음부터 이렇게 아무런 말도 하지 못한 건 아니었다. 쫓아 나가서 담배를 피우고 있던 아저씨한테 직접 화를 낸 적도 있고 주인집 할머니에게 항의를 한 적도 있었다. 하지만 돌아오는 말은 아무런 도움도 되지 않았다.

"집 안에서도 피우지 못하게 하고, 거리에서 흡연하면 벌금이라고 맨날 떠들어 대는데 내가 우리 집 앞에서 담배도 마음대로 못 피우나? 그 집에 다른 사람 살 땐 아무 말도 없었어. 유별나게 참."

"거, 그러니까. 내가 처음부터 얘기 했잖소. 반지하에 살면 불편한 점이 많을 거라고. 그걸 다 듣고도 괜찮다고 했던 건 새댁 아니우? 이제 와서 그런 식이면 나라고 뭐 별 수 있나. 정 그렇게 싫으면 방을 빼야지."

틀린 말은 아니었다. 심지어 전에 살던 사람은 취객이 창문에 대고 노상방뇨를 한 탓에 잠결에 오줌 세례를 받은 적도 있다고 했었다. 우린 그런 적은 없었으니 이 정도면 양호한 편이기는 했다. 사실 해가 지고 나면 그 오줌 세례가 두려워 창문을 항상 닫고 지냈으니 양호하다고 말하기 어려울 것 같긴 하지만 말이다.

"우리 딸은 나중에 커서도 담배 피우지 않기로 엄마랑 약속한 거 잊지 않았지?"

"응"

사실 정말 싫은 건 담배 연기도, 오줌 방울 그 자체도 아니었다. 이 작은 집에 얼마 안 되는 빛을 비춰줄 수 있는 조그맣지만 유일한 창문, 그것을 닫아야 하는 현실이 싫은 거였다. 고작 두 뼘 정도의 크기도 안 되는 창문 하나 내 마음대로 하루 종일 열어둘 수 없다는 게 화가 나는 거였다. 이런 집에서밖에 살지 못하는 현실에 화가 나고, 그 무엇보다도 창문 너머로 떨어져 있는 담배 꽁초의 수를 세며, 저게 동전이면 3일은 걱정없이 밥을 먹을 수 있겠다고 생각하는 스스로의 처지가 너무 싫었다. 하지만 그런 말을 입 밖으로 꺼낼 수는 없다. 그럼 너무 비참해지니까. 어린 딸아이에게 할 수 있는 말이라고는 '담배 피우지 말아라'가 전부였다.

불행은 언제나 나의 편이었다. 남편과는 고아원에서 만났다. 나는 대여섯 살쯤 입양이 되었지만 양부모는 자신들이 처음 기대하던 모습과는 다른 모습으로 커가는 나를 보며 점차 관심을 거뒀다. 그리고 그 무관심은 점차 육체적인 학대가 되었다. 나는 그곳에서 탈출해 한참 동안을 구걸하는 거지들 틈에서 함께 살았고, 그마저도 단속이 심해지며 살기 힘들어졌기 때문에 수소문 끝에 다시 내가 살았던 고아원으로 돌아갔다. 그런 나에게 돌아온 말은 '나이가 많아서 더 이상 그곳에서 생활할 수 없다'는 것뿐이었고, 마침 독립을 준비하던 남자가 날 데리고 살겠다고 했다.

우린 자연스럽게 결혼식 없는 결혼을 했다. 하지만 불

행은 언제나 나의 편이었다. 딸아이가 태어난지 얼마 지나지 않아 남편은 교통사고를 당했다. 병원으로부터 연락을 받자마자 갓난아이를 업고 달려가면서, 남편이 사고를 당했다는 슬픔보다 그가 혹시 잘못되면 어떻게 살아야 하나, 나는 아무것도 할 줄 아는 게 없는데 우리 딸을 책임질 수 있을까 하는 걱정들이 머릿속을 가득 채웠다. 그런 생각밖에는 못 하는 스스로의 모습을 한심해하며 병원에 도착했을 때 들은 말은 그가 사고 당시 즉사했다는 것이었다. 불행은 언제나 나의 편이었다.

일주일쯤 지났을까, 보험사 직원이라는 사람 둘이 집으로 찾아와 알아듣지 못할 말들을 섞어가며 보험금을 줄 수 없다고 했다. 경황도 없고, 처음 듣는 단어들이 너무 많아 그들의 말의 절반도 채 알아듣지 못했지만 돈을 줄 수 없다는 말만은 정확히 알아들을 수 있었다.

"그러니까 돈을 못 받는다는거죠? 그래도 어떻게 안 될까요? 어린 딸아이가 있어요. 저는, 당장은 직업도 없고요. 그러니까 제가 직업을 구할 때까지만이라도, 아니 한 달이라도 살 수 있을 만한 돈 정도도 안 될까요?"

"죄송합니다."

사정을 했지만, 내가 그들의 말을 반도 못 알아들은 것처럼 그들도 내 말을 반도 알아듣지 못한 것 같았다. 그렇지 않고선 그렇게 냉정하게 한마디만 남기고 떠날 수는 없었을 것이다. 그렇게 차갑게 두 생명을 내버려둘 수는 없었을 것이다.

남편과 함께 살던 집이 크거나 좋지는 않았지만, 당장에 월세를 낼 돈도 없었을뿐더러 집을 빼면 그래도 조금이나마 돈을 얻을 수 있지 않을까 하는 마음에 집부터 뺐다. 불행은 언제나 나의 편이었다. 또 위약금이다 뭐다 하는 온갖 구실이 따라붙으며 결국 내 수중에 남은 돈은 50만 원 정도였다. 그 돈으로 우리 두 모녀가 몸을 누일 만한 곳을 찾기란 정말 힘들었다. 당분간의 생활비도 그 안에서 해결해야 됐기에 더욱 그랬다.

그렇게 찾은 곳이 바로 이 달동네에 있는 2층짜리 빌라였다. 주인이 까막눈이어서 서류 같은 걸 작성할 필요는 없었고, 그건 그런 복잡한 일을 잘 모르는 나에겐 다행이었다. 언제나 나의 편이던 불행도 이때만큼은 나를 조금 빗겨갔다.

하지만 집을 구하는 것만이 문제는 아니었다. 살기 위해서는 일을 해야 했는데, 일을 구하는 것도 내겐 쉬운 일이 아니었다. 어린 딸이 있기 때문에 낮에 오랜 시간 집을 비우는 것은 여의치 않았다. 그렇다고 아이를 돌봐줄 만한 부모나 시부모가 있는 것도 아니었다. 솔직히 말하면 아이를 보육원에 맡길까 하는 생각도 했지만, 그랬다간 아이도 나와 같은 불행을 겪을 것 같다는 막연한 불안 때문에 실행에 옮기지는 못했다. 그때와는 시대가 많이 달라졌고, 또 그 아이에겐 나라는 엄마가 있다는 점도 달랐지만 그런 사실이 불안을 재워 주지는 못했다.

일면식도 없는 이들이

나에 대해

편견을 갖는 것이 두렵다

8

흡족한 공연, 딱 그 정도인 것
이다. 아니, 그조차도 되지 못할지 모른다. 그 의미를 조
금도 이해하지 못했지만, 시간과 돈을 들여 문화생활을
했다는 그 자체에 취해있기에 그저 '흡족하다'고 말하는
것에 불과할지도 모른다.

사는 곳 근처에 어울리지 않게 공연장이 있는 탓에 주
말 밤이면 그런 얼굴들을 심심치 않게 볼 수 있다. 바라
보고, 듣고, 박수를 치고, 때로는 눈물을 흘리기도 하며,
집으로 돌아가는 그 길에서는 여운에 흠뻑 젖어 있지만

일상의 공간인 집으로 들어서는 순간 잊고 마는 것. 꽤 특별해서 절대 잊지 못할 것 같아도 며칠만 지나면 전부 잊어버리고 마는 것. 단지 그런 것이 있었고 자신도 그곳에 있었다는 추억뿐인 것. 이따금씩 곱씹으며 실제보다 아름다운 모습으로 미화되고 마는 것. 공연에 대한 이야기를 하자는 게 아니다.

나를 만난 이들을 떠올린다. 왜 그들은 잠시도 나를 온전히 곱씹지 못하는 것인가? 나는 그 누구에게도 좋은 모습으로 추억되거나, 실제와 아무런 관련이 없는 추악한 모습으로 남고 싶은 생각이 없다. 생각이 없을 뿐 아니라, 내게는 그런 식으로 판단할 만한 어떤 인간적인 요소 자체가 없다.

그러나 그 모든 이에게 나는 항상 편향된 모습으로 묘사된다. 마치 그 누구도 나를 만난 적이 없는 것처럼, 온전히 자신의 상상력으로 빚어낸 모습을 나라고 소개한다. 그런 식으로 우상이 되는 것은 조금도 원치 않는 바이다. 나름의 판단을 내리지 않고선, 평가를 하지 않고서는 한 걸음의 사고도 할 수 없는 게 인간이라는 건 잘 알고 있지만, 정말 그렇다면 그냥 나를 만났다는 사실조차 입 밖으로 내지 않을 수는 없을까?

나는, 아직 나와 일면식도 없는 이들이 나에 대해 편견을 갖는 것이 두렵다. 개인에 따라 그 시기나 횟수가 다르기는 하지만, 누구에게나 적어도 한 번은 내가 만남을 요청한다.

나에 대한 편견 탓에, 내 노크 소리만 듣고도 문을 걸어 잠그고 심지어는 자신의 귀를 잘라내버리는 이가 있는가 하면, 내가 무슨 선물 보따리를 들고 온 산타라도 되는 것처럼 버선발로 마중 나오는 이들이 있다. 그 모습들이 싫다. 아무런 기대도 없이, 불안함도 없이 맞을 수는 없는 것인가? 마치 어린아이들이 놀이터에서 친구가 되는 것처럼 말이다. 물론 나는 친구를 둘 생각이 없고, 당신이 누가 됐든 나와 친구가 되기는 힘들 것이다. 우리 관계와 친구 사이는 비슷한 점이 있기는 하다. 그건 한쪽의 마음에 들지 않는다면 언제라도 그 관계를 정리할 수 있다는 점이다.

나는 항상, 상대가 누가 됐든 관계없이 그런 선택을 하는 주체가 아니다. 그런 주제에 대해서라면 내 의견이라는 건 존재하지 않는다. 나와의 관계성에 대한 선택은 온전히 당신들 개개인에게 달린 것이다. 이것이야말로 자유가 아닌가. 그러나 모든 선택에는 대가가 따르는 것이고, 이때의 선택도 예외는 아니다.

"재밌었다. 커튼콜 때 사진을 찍어둘걸 그랬어. 너에게도 보여주고 싶은데 깜빡했다."

사진에 무슨 의미가 있을까. 동영상이라 한들 어떤 의미가 있을까. 공연이라는 것 자체에 의미가 있기나 한가. 만족스러운 것, 스스로가 느끼기에 아름다운 것을 보고 그것을 그의 소중한 이와 공유하고자 하는 그 마음은 꽤나 아름답다. 그러나 사진과 동영상으로 온갖 권위 있는 공연을 모아와도 그것이 가지는 의미는, 그것에 내포된 의미는 전혀 없는 것이다.

혹시 인간들이 이런 이유로 나와의 만남을 떠벌리고 다니는 것인가? 나와의 만남을 단지 그렇고 그런 공연쯤으로 생각하는 것일까? 끔찍하다. 혹시나 나를 문전박대하는 이들 중 일부가, 돈과 시간만 있다면 언제든 찾아갈 수 있는 공연장쯤으로 나를 생각하기 때문일까 봐 절망감이 느껴진다. 단언컨대, 인생에서 놓쳐서 가장 후회스러울 만한 것이 있다면, 그것은 건강이 아니라 나와의 만남이다.

"그래, 다음에는 꼭 같이 오자."

안 된다. 두 명 이상의 인간을 동시에 만나는 일은 절대 없을 것이다. 내 잘못이 아니다. 그건 만남이 이루어지는 방식 때문이고, 그 방식에 있어서는 나는 아무런 선택권을 갖지 않는다.

　같은 길을 통해 같은 시간에 같은 곳에 도달한다고 하더라도 모두가 나를 만날 수 있는 것은 아니다. 그러니 내 얼굴을 보고서는 가족을, 친구를, 연인을 데리고 올 테니 잠시 기다려 달라고 말하고 돌아서 버리지는 않기를 부탁한다. 내가 그 자리를 지키고 있으면 그 둘은 영원히 함께 하지 못할 테고, 내가 자리를 뜨면 셋이 마주하는 경우는 없을 것이다. 물론 인간들 셋은 동시에 마주할 수도 있다. 내가 조금 자리를 많이 차지하는 편인가 보다.

　공연장 쪽으로 다가간다. 공연자의 퇴근길을 보기 위해 모인 사람들로 여전히 북적거린다. 무대에서 내려온 이는 그들에게 어떤 의미를 갖는 것일까. 하나의 인간이 그토록 사랑을 받는다는 사실이 꽤 새삼스럽다.

　모두는, 무대에 서는 직업을 갖는다면, 매력적인 면들이 많이 노출되는 일을 한다면 추위에 떨며 퇴근길을 밝혀줄 인간들쯤은 모을 수 있다. 가까운 이들은 우습다고 말하는 어떤 것이, 어떤 이에게는 매혹으로 느껴질 수도 있는 법이다. 우습지만 절대적인 매혹이라는 건 없다.

　이런 이유에서, 차라리 내가 무대에 섰으면 좋겠다는 이를 만난 적이 있었다. 솔직하게 이야기하자면 요즘도 곧잘 그런 말을 듣는다. 순수한 이들. 그건 아무 효과도 없을 거라는 걸 나는 안다.

나는 굳이 무대에 서서 쏟아지는 조명을 받지 않아도 모두에게 충분히 노출되고 있다. 그리고 앞으로도 그럴 것이다.

나에게 앞선 조언을 해 준 이들도 내 퇴근길을 함께 해 주지는 않는다는 것이 꽤 서글프게 느껴진다. 단지 혼자 라는 것이 슬픈 건 아니다. 아무도 날 사랑하지 않는다 는 것이 오늘은 유독 슬프게 느껴진다. 상대적 박탈감이 아니다. 단지 눈앞의 화려한 퇴근길이 나의 현실을 환기 했을 뿐이다.

손을 심장보다 높게 한 후 손등을 문지른다. 푸른빛의 핏줄이 보이고, 그런 현실에도 나는 여전히 존재한다는 확신이 든다.

방으로 돌아와 침대에 누워 어제의 일을 되짚어 본다. 오만한 자식. 그리고 그 앞에 앉아 꽤나 설레어 하던 그 자의 모습이 선명하게 보인다. 그 모습에, 구역질 나는 그 자식은 더욱 기세등등해져서는 다리를 꼬고 오만한 미소를 입가에 걸며 말을 이어간다.

자만심에 찌든 인간 앞에서 그 인간의 말에 동조하는

것은 위험하다. 불붙고 싶어 안달난 성냥개비들이 가득
차 있는 통에 든 한 개비에게 불을 붙여주는 것이 되고
만다.

 역시나 그 의사의 혀는 멈출 줄을 몰랐고, 달콤함과 오
만함의 감미로운 조화에 속아 그자는 눈물을 흘리기까
지 했다. 당황하는 기색 없이 의사는 그자의 등을 한 번
쓸어 준다. 같은 육체를 공유하고 있다는 사실이 이토록
역겨웠던 적은 없었다. 그자가 마음대로 가슴팍에 문신
을 해왔을 때에도 그렇게까지 역겹지는 않았다. 그냥 그
자가 자신의 몸을 소중히 여기는, 그러니까 마치 육체라
는 것에 어떤 가치가 있는 것처럼 대하는 꼴이 보기 싫
었을 뿐이다. 그래서 그자가 그려 둔 내 가슴팍 위의 글
씨에 빗금을 덧대는 일을 했던 것이고.

 이대로 누워있기엔 침대에 닿는 그 등짝이 역겨워서
견딜 수 없다. 의사를 찾아가야 한다. 내가 아니더라도,
다른 환자에게 그 따위로 구는 일이 더 있어서는 안 된다.

 "어, 오늘도 오셨네요? 원장님 얼굴 보러 오셨구나. 잠
시만 기다리세요."

 간호사의 업무에 환자에게 괜한 친근감을 드러내는
일도 포함되어있었던가? 얼굴을 보겠다는 목적으로 오

지는 않았으나. 그렇다고 아주 틀린 말도 아니어서 그냥 아무 말 하지 않기로 했다. 그자인 척 할 생각이 없다면 로비에서까지 나를 드러낼 필요는 없다.

흰색으로 가득 찬 내부에, 탁한 파스텔톤의 의자가 바닥, 그리고 벽과 같은 흰색의 의자들 틈에 섞여 있다. 흰색이 빛을 반사해 대는 탓에 눈이 아프다.

"들어가시면 돼요."

여전한 흰색이다.

"무슨 일이 있는 건 아니죠?"

딱딱한 표정과는 대비되는 다정한 목소리다. 직업적인 다정함이 우습다.

"없습니다."

나는 직업인으로서 의사의 앞에 있는 것도 아닐뿐더러, 엄밀히 말하자면 그 의사의 환자도 아니므로, 완전한 타인인 내겐 그에 상응하는 다정한 말투로 의사를 대할 이유가 없다.

"앉으세요. 원하신다면 소파에 누우셔도 좋아요."

내 말투가 의사가 아는 평소의 말투와 달랐던 탓인지 의사는 조금 당황한 듯 보였다. 자신을 좋아한다고 생각했던 이가 호감을 잃은 것처럼 보일 때, 인간들은 다급해지는 법이다. 그 다급함을 숨기기 위해, 그리고 아직

완전히 떠나지는 않았다고 믿고 싶은, 그 도망치는 마음
을 붙잡기 위해 조금 더 신경써서 상대를 대한다.

의사는 그자에게 단 한 번도 소파에 눕길 권한 적이 없
다. 꽤나 소중히 여기는 공간일 거다. 환자와 자신, 시간
을 내어 주고 손길을 내어줄 수는 있으나, 그 공간만큼
은 불가침의 영역으로 남겨 두고 싶었을 곳. 그래서 휴
식 시간이 되면 꼭 찾고는 하는 그런 장소.

그런 그가 그 자리를 권한 것은, 그로서는 꽤 대단한
호의이며 결단이다. 그이는 내가 그곳에 눕는 것을 조금
도 원치 않는다. 조금도. 그이는 그저, 내가 그이의 호의
에 고마움을 느끼고 그이의 다정함에 황송함을 느끼며
거절하기를 기다리고 있을 뿐이다. 안경 너머로 의사의
눈 밑 근육이 떨리는 게 느껴진다.

그이의 오만함을 벌하기 위해 조금 시간을 끌어본다.
의자에서 일어나 그이가 애정하는 소파, 이 공간에서 의
사의 유일한 안식처인 소파 쪽으로 조금씩 걸어간다. 이
제 의사는 팔짱을 끼고 초조함을 숨겨보려 노력한다. 코
끝에 걸쳐진 안경 덕에 흔들리는 눈빛을 감출 수 있을
거라고 생각하는 듯 하다.

안경. 그이는 언제 처음으로 안경을 착용했을까? 늦은
밤, 밝은 스탠드 등에 눈이 상했을까? 어쩌면 어렸을 적,

안경을 쓴 인간들이 멋져 보인다는 이유로 시력검사에 거짓된 태도로 임했을지도 모른다. 거짓된... 갑자기 어지럼증이 몰려온다.

안 된다. 여기서 정신을 잃으면 의사가 또 내 몸에 손을 댈 것이 분명하다. 이를 악물고 그 자리에 멈춰선다. 소파로부터 두 걸음 정도 떨어져 있다.

의사는 이제 손에 땀이 나는지, 입고 있는 가운의 소매 부분에 반대쪽 손바닥을 문질러 대고 있다. 그 꼴이 꽤 우습다.

"정말 앉아도 됩니까?"

내 행동을 주시하고 있던 그이의 눈동자가, 이제는 안경도 가려주지 못할 정도로 경련을 일으킨다. 그러나 목소리는 여전히 차분하다. 역겨운 차분함. 진실이라고는 조금도 찾아볼 수 없는 그 잔잔함으로 의사는 말한다.

"얼마든지요."

그러고는 고개를 홱 돌려 창문 쪽을 바라본다. 보이는 거라곤 콘크리트로 된 멋없는 건물들밖에 없는 창밖으로 시선을 던진다. 차라리 보고 싶지 않은 거겠지. 이따위 사건조차 직시하지 못하는 그이의 연약함은 우습기 짝이 없다. 저 연약함으로 도대체 어떤 진실을 마주할 수 있을까. 단언컨대 그이가 정말 중요한, 그야말로 유일한 진실을 마주한다면 그이는 단 한순간도 버티지 못하고 죽어버리고 말 것이다. 버티지 못한다는 말이 무색할 정도로, 계절이 봄에서 여름으로 넘어가는 것처럼 눈치채지 못하게, 진실과의 대면과 동시에 죽어갈 것이다.

연약한 대상을 괴롭히는 일은 이 정도면 충분하다. 정도가 지나쳐 그 연약함이 스스로를 지탱할 수 없을 정도가 되면, 예측할 수 없는 일이 일어날지도 모른다.

"사양할게요."

연민 때문일까. 스스로의 말투가 꽤나 부드럽게 느껴졌다. 물론 내가 느끼기에 말이다. 그제서야 의사는 내 쪽을 돌아본다. 이마에는 식은땀이 가득했고, 땀 때문에 안경이 아까보다 더 흘러내려와 있었다. 땀을 닦아 내기 위해 안경을 벗은 의사에게 묻는다.

"시력이 얼마나 됩니까?"

그 순간, 초점없이 흔들리던 의사의 눈동자에 생기가 돈다.

"마이너스 5 정도 됩니다."

시력, 그마저도 숫자구나. 잠시 깜빡했다. 역겨움을 달랠 새도 없이 의사가 말을 잇는다.

"고등학교에 다닐 때까지만 해도 1.2였는데 대학가서 공부하느라 다 망가졌죠."

퉤. 숫자와 자만에 찌든 입꼬리의 연이은 공격이라니. 무자비하다. 의사가 이래도 되는 건가? 아, 나는 환자가 아니니 그이는 내 앞에서 의사로 있지 않은 것일까?

망가졌다는 말과는 어울리지 않게 그이의 목소리는 옹골차게 울렸다. 의사는 마치 낮은 시력이 훈장이라도 되는 양 굴었다. 정신이 모조리 망가져 버린 환자들을 만날 때에도 아무런 감정을 느끼지 않는 의사가, 고작 눈 한쪽에, 그것도 유리로 된 물체 하나만 있으면 너는 아무런 장애도 되지 못하는 그 정도 불편에 자부심을 느낀다는 것이 역겹다. 의사가 자신의 환자의 상태 호전에 기쁨을 보였다면, 그건 단지 자신이 자신만의 지식으로 무언가를 해냈다는 뿌듯함, 자만 그 자체인 뿌듯함 때문일 것이다.

왜곡된 나르시즘. 의사는 스스로를 나르시스트라고 부르는 것에 거리낌이 없는 인간이다. 그리고 그것이 높은 자존감으로부터 기인하는 것이라 믿는다. 진실이라고는 조금도 원치 않는 인간. 그이가 인간들로부터 존경받는 직업을 가졌다는 사실은 정말로 위험하다. 선두에 선 불나방. 퉤.

그자는 이런 인간의 어떤 부분에 끌렸는지 이해가 되지 않는다. 한 육체를 공유하고 있기는 하나, 어쨌든 타인의 사랑은 항상 이해할 수 없는 법이다.

그래도 사랑이라니. 그자가 그런 감정을 느끼는 것은, 이제 내가 자아숙면상태 없이 온전한 내 삶을 살 때가 되었다는 증거이기도 하다. 물론 자아숙면상태라는 것이, 잠이 그런 것처럼 온전한 내 의지로 찾아오는 것이 아니기는 하지만 그래도 최선을 다해봐야겠다.

무명 씨는 어제 상담 시간에 예상치 못하게 나를 좋아한다고 말했다. 사랑한다며 곁에 계속 있어줬으면 좋겠다고 말했다.

환자들을 상대하다보면, 이따금 환자들이 의사인 나에게 자신의 개인적인 기억들을 덮어씌워 환자와 의사 관계 이상의 감정을 느끼기는 것을 본다. 몇 번 겪어본 일이기도 하고 동료들에게도 흔히 있는 일이라 자연스럽게, 적당히 무마했다고 생각했다. 물론 그 과정에서 무명 씨가 눈물을 보이기는 했지만 그래도 이해한다고 했고 다음 상담 시간에 보자는 말까지 남기고서 떠났던 것이다.

그런 무명 씨가 상담일도 아닌, 바로 다음 날인 오늘 나를 찾아왔다는 소식을 듣자마자 불안함 때문에 손발에 땀이 나기 시작했다. 이전에 한 번 환자에게서 자신의 마음을 받아주지 않으면 자살하겠다는 협박도 받은 적이 있던 터라 더 불안했다.

"무슨 일이 있는 건 아니죠?"

긴장 때문에 굳어진 표정을 느끼며, 스스로를 달래듯이 가능한 부드립게 물었다. 굳이 거울을 보지 않아도 바짝 긴장한 얼굴이 눈에 선했다.

"없습니다."

어제와는 너무 다른 딱딱한 말투가 긴장감을 더 키웠다. 이전에 날 협박했던 환자도 이런 식으로 돌변했던 게 떠올라서 눈 밑까지 떨리기 시작했다.

"앉으세요. 원하신다면 소파에 누우셔도 좋아요."

앉는 것보다는 눕는 것이 신체적으로도, 정신적으로도 사람을 안정시키는 경향이 있다. 그럴 때를 위해 마련해 둔 소파를 무명 씨에게 권하고는 가능한 평소처럼 웃어 보이려 했지만 쉽지 않았다.

"정말 앉아도 됩니까?"

무슨 말인지 그 의중을 제대로 파악할 수 없었다. 분명 어제도 저 자리를 권했고, 무명 씨는 한참을 그곳에 앉아있다가 갔는데 말이다. 혹시라도 우리 관계가, 의사와 환자로서의 관계가 여전히 유효한지 묻고 싶은 것인지 조금 당황스러웠다. 당연히 그 관계는 변함없다는 의미에서 대답을 했다.

"얼마든지요."

눈 밑 경련이 심해지고 흐르는 땀의 양이 점점 많아져서 민망함에 고개를 창밖으로 돌렸다.

"사양할게요."

머리털이 쭈뼛 서는 기분이 들었다. 다시 시작인 건가. 어제의 그 위로와 다독임의 시간이 다시 시작되는 건가. 차라리 그런 거라면 다행이겠다 싶었다. 설마 다른 말을 하는 건 아니겠지? 만일 날 협박한다면 그때는 어떤 식으로 대처하는 게 가장 좋을까? 땀이 너무 많이 나서 안경이 자꾸만 흘러내렸다. 땀을 닦아내기 위해 안경을 벗자 무명 씨가 물어왔다.

"시력이 얼마나 됩니까?"

다행이다. 일상적인 질문을 하고 누군가에게 관심을 보이는 태도를 지녔다는 건 그리 나쁜 신호는 아니다. 다른 생각을 하지 못하도록 쓸데없는 말들까지 괜히 쏟아 내며 무명 씨의 눈치를 본다. 별로 흥미 없다는 표정을 짓더니 가볍게 목례를 하고는 나가버린다.

최선의 대처는 아니었지만 고비는 넘겼다.

9/
.

온전한 내 삶을 위해, 그자가 흩뿌려 놓은 흔적들을 지워야 한다. 의사의 거만한 얼굴은 보고 싶지 않지만, 내 목적을 위해 그 역겨운 얼굴과 마주하는 시간을 힘껏 참아보려 한다.

"네, 들어오세요. 어떻게 지내셨어요?"

또 다정하다. 견딜 수 없는 다정함이다. 본론부터 말해야겠다.

"진료 차트를 삭제해주십시오."

"음, 그건 정책상 불가능해요. 혹시 이유라도 알 수 있을까요?"

의사는 난처하다는 표정을 짓는다. 역겹다.

"이곳에 흔적이 남는 게 싫습니다."

"그런 거라면 걱정 마세요. 본명으로 적혀있지도 않을
뿐더러 외부로 노출되는 일은 없을 테니까요. 어, 고양
이 기르세요? 그때 못 봤던 것 같은데."

쓸데없는 말로 화제를 바꾼다. 역시 역겹다.

"앵무새를 키웁니다. 그게 문제가 됩니까?"

"아니요. 이건 진료와는 전혀 상관없는 이야기예요.
어깨 위에 고양이털 같은 게 보여서 물어본 것뿐이에요.
그런데 앵무새라니 의외네요. 분명히 고양이털 같은데
말이에요."

하얀 옷은 앵무새를 키우는 사람에겐 적합하지 않다.
외출하기 전엔 옷에 붙은 털을 꼭 떼어 내고 나오는데
아직 남은 것이 있었나보다.

"동물에 대해 잘 아시는 것 같은데 선생님이야말로 고
양이를 기르십니까?"

"그건 아니지만 고양이가 요즘 워낙 친숙한 동물이잖
아요. 진료하다보면 환자분들께도 많이 이야기 듣게 되
기도 하고요. 아, 개인적으로 강아지보다 고양이를 좋아
하기도 해서요."

"다 안다는 듯이 말하십니다. 난 당신과 같은 부류의 인간이 싫습니다. 당신은 의료 전문가일 뿐이지 동물 전문가가 아니잖습니까? 당신과 같은 부류의 인간을 만날수록 전문인에 대한 애정이 사라집니다. 원래 그럴 생각이었지만 어쨌든 더 이상 뵐 일은 없을 것 같군요. 안녕히 계십시오."

병원을 나서자마자 담배를 입에 문다. 한 분야에 대한 전문인으로는 성에 차지 않나 보다. 하나의 지위에 오르게 되면 왜 모든 분야의 정상에 오른 것처럼 행동하는지 이해할 수 없다. 이건 내 포용력의 문제가 아니다. 반쯤 피운 담배를 병원 쪽으로 집어던지고 집으로 향한다.

"애옹"

문을 열기 무섭게 날 반겨주는 파란 눈의 앵무새에게는 조금 미안한 일이지만 이젠 정말 이별의 시간이 온 것이다. 고작 앵무새 한 마리 키우는 걸 가지고. 그런 중요치도 않은 것에 대한 얕은 추측을 하면서 뭔가 대단한 사실을 발견한 것인 양 구는 꼴을 보고 싶지 않다.

나는 의사를 포함한 어떤 인간과도 조금의 공통점도 갖고 있지 않은데, 그런 하찮은 것이 공통점인 것처럼 여겨지는 것이 싫다. 멍청한 인간들이 그런 식으로 착각하고 우쭐대는 꼴을 보고 싶은 마음은 조금도 없다. 나는 나의 본질과 인간의 모습으로 살아가면서 지니게 된 사생활의 구분을 명확히 해낼 수 있지만, 인간들에게 그런 구분까지 요구하는 것은 지나치다는 걸 알고 있다. 인간들은 나의 본질만 알아챌 수 있더라도 충분한 존재이다.

주인집 문을 두드린다.

"무슨 일 있소?"

"이사를 갈 생각입니다. 제 앵무새를 키우시겠습니까?"

"앵무새? 고양이겠지."

내 손에 들린 캐리어 안을 들여다본 집주인은 앵무새를 보며 그렇게 말한다. 고양이라고 부른다고 하더라도 안될 건 없다. 내가 그렇게 말할 일은 없겠지만.

"아이고, 예뻐라. 이렇게 예쁜 아이를 왜 두고 가려고 그래? 하기야 애완동물까지 데리고 가려면 집 찾기가 더 어렵긴 하겠구려. 그런데 어쩌나 내가 키우지는 못 하겠는데. 전에 강아지를 키워본 적도 있고 내가 동물을 좋아하기도 하지만, 집 밖으로 돌아다닐 일도 많고... 또 이 애가 살 날까지 내가 살아있을 거라는 보장도 없고 말이야. 미안하네. 보증금은 내 이번 주 내로 찾아다 주겠네."

알겠다는 의미에서 가볍게 목례를 하고 돌아선다. 집주인이 앵무새를 맡아줄 거라고는 기대하지 않았기 때문에 별로 실망스럽지는 않다. 생각하던 새 주인은 따로 있다. 아래층 반지하로 가서 문을 두드린다.

"윗집 분이시죠?"

"네, 제 앵무새를 키우시겠습니까?"

뒤따라온 아이가 캐리어 안 앵무새를 보자마자 소리친 탓에 이번엔 내 앵무새에 대한 호칭을 정정당하지 않았다.

"죄송해요. 저희 사정이 좋지 않아서 고양이까지 키우기엔 여력이 없네요."

잠시 동안 가만히 기다린다. 기다림의 시간이 길어지기 전에 아이가 치고 들어온다.

"엄마, 우리가 키우자. 응? 우리도 고양이 키우자."

다시 기다린다. 고민하는 시간에 내 존재를 알려봤자 좋을 게 없다. 어린아이와 단둘이라는 느낌을 받는 편이 나을 것이다.

"그렇게 할게요. 딸아이가 뭔가를 조른 건 이번이 처음이거든요."

집주인의 말은 반은 맞고 반은 틀렸다. 모든 것이 앵무새를 위한 것인 양 말했지만, 사실은 그 작은 생명체를 위해 자신의 생의 일부를 내어줄 생각이 없었던 것이다.

생명을 책임지는 일은 이런 식이다. 앵무새가 아니고 갓난아이였다고 하더라도 달라질 건 없었다. 집주인에게 다른 가족이 있었다고 해도 달라질 건 없었다. 집주인이 앞으로 20년간의 생을 보장 받았다고 하더라도 달라질 건 없었다. 객관적으로 생명체가 자라나기에 적합한 환경이 집주인 쪽이었다고 하더라도 달리질 건 없었다. 환경 같은 건 중요하지 않다.

9

"고양이를 기르세요? 그때 못 봤던 것 같은데."

무명 씨가 복용 중이라는 약을 확인하러 집으로 들렀을 때 고양이를 보지도 못했었고, 상담 시간에 단 한 번도 고양이에 대한 이야기가 없었기 때문에 아무런 악의 없이 물었던 거였다.

고양이가 아닌 앵무새를 키운다는 무명 씨의 대답이 조금 뜻밖이기는 했다. 무명 씨는 길거리에서 참새를 만나도 돌아갈 정도로 조류 공포증이 심하다는 이야기를 한 적이 있었기 때문이다.

하지만 그 대답보다도 뜻밖이었던 건 며칠 전과 같은 무명 씨의 말투여서 내 질문을 수습하기에 급급했던 것 같다. 혹시라도 내 질문이 의도치 않게 너무 사적인 것으로 느껴졌을까 봐 걱정스러웠다. 놀란 마음에 집으로 찾아갔던 것도 조금 후회하고 있었던 터라 더 조심스럽게 느껴졌다.

"당신과 같은 부류의 인간을 만날수록 전문인에 대한 애정이 사라집니다. 더 이상 뵐 일은 없을 것 같군요. 안녕히 계십시오."

무명 씨가 그렇게 쏘아붙이고 가버렸을 땐 정말 절망스러웠다. 실수를 다잡을 새도 없이 한 환자를 놓쳐 버렸다는 것이 아팠다. 내 인간적인 불완전함 때문에 하나의 생명을 완전히 놓쳐 버릴 수도 있다는 생각에 정말 고통스러웠다.

문을 박차고 나가버린 무명 씨를 뒤따라갔지만 차가운 표정으로 병원 쪽으로 담배를 내던지는 모습을 보면서 차마 더는 다가갈 용기가 나지 않았다.

"기억상실증이 심하다며. 아마 그 환자는 자기가 그랬다는 걸 기억도 못할지도 몰라. 기다려 봐. 그래도 그 전까지는 우호적인 태도였으니까. 곧 다시 찾아올지도 모르잖아."

동료가 해주는 말도 별로 위로가 되지는 못했다. 달리 할 수 있는 것이 없어서 이런 일이 있을 때면 동료들과 술자리를 갖곤 하지만 별다른 도움이 되지는 않는다. 이런 저런 위로의 말을 건네는 동료를 앞에 두고 술만 마셔 댄다. 감당할 수 없는 고통을 느낄 땐 술을 많이 마시는 게 그나마 도움이 된다는 걸 매 상실의 순간마다 느낀다.

의학의 힘을 믿으며 한참 공부를 했건만, 내 개인적인 결함으로 인해 치료를 망치는 순간이 찾아오면 모든 게 의미없는 것처럼 느껴진다. 열 명의 환자가 호전을 보여도 한 명의 환자가 치료를 포기하면 그로 인한 좌절감이 모든 것을 압도한다.

"항상 계획대로 되면 그게 신이지 사람이야?"

위로한답시고 그렇게 말하는 동료도 아무런 힘이 되지 못한다. 나에겐 의학이 신이다. 어렸을 적에 시한부 판정까지 받았다가 의학의 힘으로 살아난 내가 그렇게 느끼는 건 어쩌면 당연한 일이다. 종교를 가진 많은 사람들이 그렇지 않은가. 죽음의 순간에서, 상실의 순간에서 건져 올려준 대상을 믿는 건 자연스러운 일이다. 어떤 병을 고칠 수 없다면 그건 인간의 부족함으로 인해 아직 의학적 사실이 덜 밝혀진 탓이고, 더불어 치료 과정에서 인간의 실수가 있었기 때문인 것이다.

나와 같은 부류의 사람이 싫어진다는 환자의 말이 귓가를 맴도는 것 같다. 단지 내가 싫어진 거라면 다른 병원을 추천해 줄 수도 있었을 텐데, 나 한 사람의 실수로 인해 모든 의료인을 욕보인 것 같아 고통스럽다. 회의감이 강하게 밀려온다. 나 같은 사람은 신성한 의학을 공부하고 의료계에 종사할 자격이 없는지도 모른다.

동료가 따라주는 술잔을 연거푸 비워낸다.

많은 것에 가치를 부여하고

애정을 품는 것은

길을 잃는 가장 쉬운 방법이다

10.

"오늘은 술 한잔 안 할래?"

"나 안 자."

나는 술을 마시지 않는다. 여러 이유가 있겠지만 건강에 관한 건 결코 포함되지 않는다. 건강이라는 건 정신과, 보다 더 본질적인 내면에만 있다면 충분한 것이다. 육체적 건강은 오히려 적당히 부족한 게 낫다. 과한 육체적 건강은 정말 중요한 것의 건강을 해칠 뿐이다.

술은 그 기능에 비해 너무 많은 시간을 필요로 한다. 술자리를 위해 갖는 시간, 그날 밤 전부, 그리고 다음 날

오전 시간까지 말이다. 이건 비효율적이다. 이런 면에서는 역시 담배를 선택한 것이 훌륭하다고 생각한다. 시간만이 문제는 아니다. 나는 나의 자아, 나의 생각을 너무나도 사랑한다. 내가 사랑하는 게 있다면 그건 온전한 내 자아뿐이다. 취함이라는 건 자아와 내 사이를 갈라놓는 아주 악한 존재이다. 피하는 게 좋다.

"그땐 무슨 안 하던 사랑 타령을 다 하던데 괜찮은 거 맞아?"

어떤 일이 있었는지, 그자가 므므에게 무슨 쓸데없는 말을 했는지는 정확히 알고 있지만, 뭐 어쨌건 내가 참견할 바는 아니다. 그냥 어깨를 한 번 으쓱하고 만다. 사랑이라니, 정말이지 나는 내 자아만을 사랑할 뿐이다. 여기에는 조금의 거짓도 없다.

"난 네 조언이 참 좋아. 앞으로도 잘 부탁해."

아무튼 감사 인사는 빠뜨리면 안 된다. 온전한 나는 전혀 조언을 받을 이유가 없지만, 누구나 때로는 필요 없는 잉여의 것을 갖고 싶을 때가 있는 법이다. 나는 물질적인 잉여에는 전혀 감흥이 없지만 감정적 잉여에는 꽤 끌리는 편이다. 거기엔 그 자체로 무언가 내면 깊숙한 곳에 있는 것을 움직이게 하는 힘이 있다.

더 큰 결핍으로 이어진다는 점에서는 물질적 잉여와

다른 점이 없지만 그럼에도 나는 그것이 좋다.

므므와 나는 별말 없이 카페 테라스에 앉아 있다. 정적만큼 진실한 것은 없다. 나는 그래서 므므를 특히나 좋아한다. 그이는 내 생각을 방해하는 법이 없다. 므므는 나름대로 정적의 시간을 보낼 수 있는 내면의 힘이 있다. 건강하다. 므므가 음료를 한 모금 마시면 나도 따라 마신다. 내가 건너편 건물의 불빛을 바라보면, 므므도 그곳을 바라본다. 이것으로 교류는 충분하다. 진실은 많은 말을 필요로 하지 않는다.

"일어날까?"

므므의 간결함, 그 속의 진실됨을 나는 사랑한다. 내가 사랑하는 것이 내 자아 외에는 없다고 했던가. 그러나 그 말도, 그리고 이것도 모두 진실이다. 여기엔 아무런 모순이 없다.

집으로 돌아가는 길에 마트에 들른다. 빨갛게 잘 익은 딸기를 바구니에 담고, 두 바퀴 정도 마트를 돌며 뭐가 좋을지 생각한다. 치즈보단 우유가 낫고, 냉동고기보다는 직접 정육점에서 사는 생고기가 좋다. 가능하면 빨리 상하는 음식들이 좋다. 그래야 내가 원할 때마다 장 보는 기분을 낼 수 있다. 장을 보는 것뿐만 아니라 돈을 소비하는 행위들을 좋아하는 편이다. 거창한 이유는 없고 단지 돈을 모으고 싶은 마음이 없기 때문이다. 나에겐 미래를 위해 저축해야 할 이유가 전혀 없다. 좀 더 정확히 말하자면 꿈꾸는 미래라는 개념이 전혀 없다. 어쩌다 보니 너무 많이 사버려서 양손이 무거운 관계로 이에 대한 이야기는 다음에 마저 하도록 하자.

구름다리를 싫어하는 것과 같은 이유로 엘리베이터도 좋아하지 않기 때문에 항상 계단을 이용하지만, 이럴 땐 물리학과 공학을 공부해볼까 하는 충동도 든다. 하지만 집은 이 층에 있기 때문에 항상 그 충동이 결심으로 바뀌기 전에 그자의 집 앞에 도착한다. 이 짧은 고민도 이제 며칠 후면 하지 않게 될 것이다.

말이 나왔으니 말이지만, 과학은 취향이 아니었다. 명왕성이 더는 행성이 아니게 된 이유를 알게 된 후로, 과학에 대한 점만한 관심이 사라졌다. 예리한 당신은, 점이란 실존하지 않는다고 지적할지 모르겠다. 그러나 그 지적의 위험을 감수하고도 난 그렇게 표현하겠다. 아니, 사실은 그런 통찰을 바라고 하는 말이다. 앞선 사람들, 정확히는 논문을 쓸 정도의 교육을 받은 선대의 사람들의 말을 빌리지 않고서는 한 마디도 할 수 없는 인문학도 취향이 아니었다.

그까짓 교육은 아무 의미도 없다는 걸 많은 이들이 아직도 모른다는 점이 참으로 놀랍다. 정말 중요한 것, 진정으로 가치 있는 것은 가르칠 수 없다. 스스로 평생이라는 시간을 들여 찾으려는 시도만이 그것을 배울 수 있게 한다. 지금 이 시대만의 문제가 아니다. 나는 단지 고작 조금 먼저 태어났다는 걸 권력 삼아 다음 세대에게 쓴 소리를 하고 싶은 마음은 없다. 이건 시대의 문제가 아니다. 항상 그랬고, 앞으로도 항상 그럴 것이다. 이건 본질이기 때문이다. 인간의 본질이고 교육의 본질이다.

고상하고 바람직한 의미에서의 교육과 공부라는 건 존재할 수 없다. 그저 하나의 유희에 불과한 이것들에 대한 인간의 왜곡된 관점 때문에 소위 말하는 특권 의식이라는 게 생겨났다. 특권 의식을 갖고 있는 자들을 비난할 것 없다. 그들은 당신들이 사랑하는 역겨운 논리, 당연한 논리의 흐름으로 그런 생각을 갖게 된 것뿐이다. 시작부터 틀린 그 생각의 끝은 그럴 수밖에 없다. 시작을 바꾸지 않고서는 해결할 수 없다. 공기 놀이가, 휴대폰 게임이 하나의 유희인 것과 정확히 같은 의미에서 수학, 철학, 독서, 미술, 음악 그 모든 건 단지 유희이다.

그리고 모든 유희는 천한 것이다. 이건 진실이다.

며칠쯤 지나 집주인이 보증금을 들고 찾아왔다. 방 두 개 분의 보증금이었다. 이전까지는 그자의 사생활을 존중하느라 굳이 방을 두 개 얻었던 거지만 이젠 그럴 일이 없을 것 같다. 가능한 내가 할 수 있는 만큼 버텨볼 생각이다. 더는 자아가 잠들지 않게 항상 깨어있겠다.

봉투에 든 돈 중 일부만을 남겨 두고 모두 꺼내 집 뒤 작은 화단에서 태웠다. 내가 혼자 살기 위해서 그 이상의 돈은 잉여일 뿐이다.

불을 피운 김에 쓸모없는 편지와 사진, 책, 옷 따위를 함께 태웠다. 나도 모르는 사이에 너무 많은 걸 소유하고 있었다는 사실이 놀라웠다.

집으로 들어가 쓸 만한 물건들을 칼로 마구 그어 댄다. 소파에서 흰 솜이 빠져나와 방 안을 어지럽힌다.

삶을 살아내는 데에는 많은 것이 필요치 않다. 오히려 많은 것에 가치를 부여하고 애정을 품는 것은 길을 잃는 가장 쉬운 방법이다. 건강, 행복 따위도 진정한 삶을 이루기 위해 필요한 요소는 아니다. 성치 않은 몸을 가졌음에도 그것에는 신경 쓰지 않고 화려한 옷과 신발을 찾는 이는 미련하다고 생각된다. 이와 마찬가지임에도, 자신의 성치 않은 정신에는 아랑곳하지 않고 다른 많은 걸 소유하려는 이를 볼 때에는 의아함을 느끼지 못하는 인간의 정신은 이미 죽은 것이다. 물론 모든 '인간'의 정신은 죽은 것이지만, 일부 인간의 정신이 죽었다는 이 말도 틀린 건 아니다.

자신이 충분한 양을 갖지 못한 탓에 자기 자신이 추구하는 이상을 현실에서 실현하지 못한다는 이들을 자주 만난다. 자신의 환경이 부족해서 자기 마음만큼 좋은 사람이 되지 못하는 것이라고 말하는 모든 인간은 틀렸다. 그 인간은 환경이 나아져도 계속 자신을 둘러싼 모든 것이 여전히 부족한 탓이라고 말할 것이다.

환경은 그다지 중요한 것이 아니다. 실제로 부유하고 안정적인 환경이 좋은 삶을 보장해주는 경우는 드물다. 오히려 자신이 처한 처지와 상황에 만족하게 되면 더 이상 생각할 필요성을 느끼지 못하게 되는 경우가 많다. 그 후로는 단지 사고를 할 뿐이다. 그런 식의 행복은 인간에게, 사람에게 아주 해롭다.

행복으로 인해 나에게서 멀어진다면 행복도 버리는 것이 낫다. 행복은 삶의 목표도 목적도 될 수 없다. 행복한가 그렇지 않은가는 조금도 중요하지 않다. 그보다는 '어디에서 행복을 느끼는지'가 중요하다.

어느새 길어진 머리카락이 이마를 간지럽히며 자꾸 내 생각의 흐름을 방해한다. 서랍 안에 넣어 두었던 바리캉을 가져와 싹 다 밀어버린다. 온전한 생각을 방해하는 모든 것들은 버려져야만 한다. 그것들을 버릴 수 있어야만 한다.

순식간에 두피를 보호하는 것이 사라졌지만 상관 없다. 몸뚱이는 하찮은 것이다. 필요하다면 머리카락뿐 아니라 팔다리라도 잘라버릴 수 있다. 이건 과장이 아니다. 나는 무엇이 '더' 중요한지에 대해 말하고 있는 것이 아니라 어떤 것이 '진정으로' 중요한 것인지를 이야기하는 것이기에 어떤 극단적인 이야기를 하더라도 결코 과장이 될 수 없다.

인간관계도 마찬가지이다. 가족이 됐건 므므가 됐건 내가 온전한 정신을 지키는 것을 방해하는 이가 있다면 차라리 관계를 끊는 편이 낫다. 인간관계, 물질적인 것, 신체에 속한 모든 것들, 그렇게 인간들에게는 대단해 보이는 대부분의 것들이 사실은, 진실된 의미에서의 '삶'을 살지 못하도록, 중요치 않은 것에 집착하도록 만드는 악한 것들이다.

물건, 돈, 꿈, 신체 따위가 '악한' 속성을 지녔다는 말이 아니다. 영혼이 없는 하잘것없는 것들이 무슨 속성을 지니겠는가. 내가 악하다고 말한 것은, 그것들을 제대로 다룰 줄 모르는 인간들의 능력 부족에 의해 악한 결과를 낸다는 의미에서이다. 인간의 부족함을 영혼없는 그런 류의 것들의 탓으로 돌리고 싶은 마음은 조금도 없다.

정말로 물건, 돈, 꿈, 신체 따위의 것들은 그 누구에게 도 쓸모가 없다. 그것들을 통제할 능력이 없는 인간에 게는 말할 것도 없고, 능력을 갖춘 이가 있다고 하더라 도 여전히 그이에게는 쓸모가 없다. 더 정확히는, 필요 가 없는 것이다. 본질적으로 이러한 부분에서 강력한 능 력을 갖추고 있는 나는 그 모든 것이 무의미하다는 것 을 잘 알고 있기에 그런 것들을 조금도 필요로 하지 않 는다. 그런 맥락에서 돈을 기부하지 않고 태우는 행동은 조금도 낭비가 아니다.

망치를 들고 그자의 집으로 간다. 장식장에 놓인 피규 어를 내려친다. 티비를 내려친다. 그자의 옷도 더는 필 요치 않다. 아직 타오르는 불 속으로 던져 넣는다. 그자 의 휴대폰이 바닥으로 떨어진다. 이까짓 게 뭐라고. 사 망신고가 되어 자신의 명의를 쓸 수 없게 되자 그자는 친구라는 이의 명의까지 빌려가며 이걸 소유하고 싶어 했다. 망치로 내려친다. 사생활 따위는 중요치 않다.

물질적인 것만이 문제가 되는 게 아니다. 정신적인 요 소 중에도 버려야 하는 것들이 많이 있다. 논리, 이성, 감 성 따위의 것들은 때에 따라 버려야 하는 순간들이 있

다. 그래야만 나에게 한발 더 다가올 수 있을 때가 있다
는 말이다. 특히나 논리. 그것이 모든 옳은 것을 설명할
수는 없다는 걸 한참 전에 한 수학자가 증명했지만, 인
간들은 학문과 생을 완전히 분리하는 경향이 있다.

일상 속 모든 것, 온전한 의미에서의 모든 것은 버려져
야 한다.

10

"장기방도 가능하다는 팻말 보고 들어왔습니다."

이전에 근처에 공장들이 몇 군데 있었을 때에는 노동
꾼들에 의해 많이 이용되곤 하는 곳이었다. 하지만 시간
이 흐르면서 주변 공장들 전부가 모두 문을 닫았고, 엎
친 데 덮친 격으로 여관 주변으로 번지르르한 모텔이 들
어서면서 여관을 찾는 이가 많이 줄었다. 싸구려 침대
몇 개를 들여오기는 했지만 모텔로 빠져나가는 손님을
막기는 쉽지 않았다. 금토일 저녁을 제외하면 하루에 두
세 명 정도가 머무니까 손님이 거의 없는 수준이었다고
해도 무방하다. 아내가 여전히 살아있었다면 아마 한참
전에 폐업하자고 닦달했을 테지만 불행인지 다행인지

아내는 이제 곁에 없다.

집에서 하릴없이 우울감에 젖는 것보다는 이렇게 파리 날리는 여관 카운터에 앉아서 신문이라도 읽는 것이 낫다고 생각해, 아내가 떠난 지 일 년쯤 후부터 집도 정리하고 이곳에서 생활하고 있다. 그러던 차에 이런 외진 곳에 장기방을 찾는 손님이 있다니 믿기 힘들 지경이었다.

"가능하오. 한 달이면 되겠소?"

마음 같아서는 길게 머물러 줬으면 했지만, 그런 기대를 드러냈다가는 실망하게 될 게 뻔해서 나름대로는 조심스럽게 물었다.

"이거면 얼마나 가능할까요?"

숙박 기간에 대한 대답은 하지도 않고 다짜고짜 현금이 든 봉투를 내미는 탓에 깜짝 놀랐다. 그리고 봉투를 열어봤을 때는 생각보다 얼마 되지 않는 액수에 다시 한 번 놀랐다.

"한 달 치 정도 되겠네요. 원한다면 두 달도 괜찮소."

"아닙니다. 어느 방을 쓰면 되겠습니까?"

무슨 이유로 이곳에 머물게 된 건지, 왜 건너편 모텔이 아닌 여관에 머물려고 하는 것인지, 뭐 하는 사람인지 물어보고 싶은 게 많았지만 그토록 수척한 모습으로 들

어온 이에게 그런 질문을 퍼부어 대는 건 적절치 않다는
생각이 들었다.

"102호를 쓰시오."

겸손한 인간이라니,

내가 생각하고도 과하게 우습다

11/

　　　　　　　　　'작가님 말이 맞습니다. 인간이
라는 존재는 무능합니다. 하지만 이 무능한 존재가 과연
'인간'이라는 범주 안에 온갖 존재들을 싸잡아 무능하다
고 말하는 것, 일종의 정의를 내리는 것은 가능한 일인
지요. 불가능하다면, 그렇다면 정말 인간은 할 수 있는
게 아무것도 없어집니다.

　하지만 그런 것이 무슨 의미가 있겠습니까. 작가님과
제가 무언가 행위를 한다는 것이 가능하지 않다고 한들,
또는 가능하다고 한들 무슨 의미가 있겠습니까. 정말 실

존주의에서 말하듯 존재는 의식에 의해 정립되는 것이라면, 이러한 고민은 정말이지 아무 의미 없는 것이 될 겁니다. 하지만, 이런 고민에 의미를 부여하고 각자의 초월성을 발휘하는 것도 결국 각자의 선택이지 않은지요. 모순입니다. 어쩌면 인간 자체가 모순적인 것 같다는 생각도 듭니다. 인간은, 보여지는 모든 것은 진짜가 아니라고 생각한다고 말하면서, 타인이 우리의 보여지는 것을 통해 각자를 높이 평가해주기를 바라지 않습니까.

인간의 모든 것은 아무 가치 없는 것임에도, 인간은 참 가치 있지 않습니까. 순수한 의미에서 말입니다. 또 학벌 좋은 사람들이 그 특권의식을 가지면 안 된다고 말하면서, 사회에서는 그들에게 다른 잣대를 대어 높이 쳐주기를 바라지 않습니까. 인간에게 하등 높고 낮음이 없다고 말하면서, 이런 생각을 말하기 위해서는 머릿속에서 같은 단어를 사용해야 하지 않습니까. 모든 것에 '왜?'라는 질문을 하는 것이 곧 사람을 바른길로 이끌 것이라고 말하면서, 정작 왜 바른길로 가야만 하는지를 물어보면 대답할 수 없지 않습니까. 또한 왜 그것을 바른길이라 말하냐고 물어보면 대답할 수 없지 않습니까. 왜 대답을 해야 하는지조차 알 수가 없지 않습니까. 당신 자신을 찾으라고, 작가님 눈에는 아무것도 하는 게 없는 것 같은 사람에게 말하면서, 정작 작가님이 하고 있는 행위는 존재합니까. 또 존재한다면 그것은 의미가 있습니까. 작가님이 선호하는 방식대로, 아주 분명한 인과관계에 따라, 왜 사람이 자신을 찾아야 하는지에 대해 대답을 할 수 있습니까.

이쯤 되니, 작가님의 오백 여 페이지의 글 중에서 인간의 생각은 신뢰할 수 없다는 말 외에는 신뢰할 만한 게 없는 것 같습니다. 이 말조차도 모순적이지만, 적어도 저는 그렇게 생각합니다.

하지만 아직도, 그러니까 오백 페이지의 분량을 다 쳐내고 한 문장만 남기더라도 문제는 남아있습니다. 스스로의 생각을 신뢰할 수 없고, 앞서 지나간 사람들의 생각도 당최 신뢰할 만한 것이 되지 못한다면, 무엇을 신뢰해야 합니까? 그야말로 가치 있는 것은 무엇입니까?'

책을 읽고 작가에게 메일을 보내는 습관이 있다. 물론 메일 주소를 모르거나 이미 저자가 메일을 사용하지 못할 상태가 되어 보내지 못한 메일들도 많다. 그건 미래의 나를 위해 보관한다. 미래를 꿈꾸지는 않지만, 이 말은 전혀 모순이 아니다.

메일을 쓸 때를 포함해서 모든 경우에 나는 절대로 '선생님'이라는 말을 쓰지 않는다. 선생, 先生, 그것보다 아무 감정 없고 의미 없는 공허한 호칭도 없지만, 듣는 이로 하여금 어깨에 힘이 들어가게 한다는 점이 싫다.

책을 읽을 땐 분야를 가려가며 읽진 않지만 절대로 자기계발서는 읽지 않는다. 그 말을 처음 들었을 때 얼마나 경악했던지 지금도 그 느낌이 선명하다.

물론 인간들이 성장을, 그러니까 보편적이고 긍정적인 의미로시의 그것을, 얼마나 한심하게 해석하는지는 조금만 주의를 기울이면 어디에서나 볼 수 있다. 그러나 '자기계발서'라는 부류의 책을 봤을 때에는 그 한심함이 너무도 노골적으로 드러나 있어서 정신을 잃을 뻔했다. 최초의 자기계발서 저자보다도 '계발'이라는 말을 붙인 그 인간이 가장 한심하다.

그 책들은 나름대로 성공의 방법에 대해 말하는데... 정말이지 인간들은 성공이라는 말을 굉장히 하찮은 것에 사용한다. 경제적 성공, 사회적 성공, 우스워서 더는 말할 수 없다. 이 모든 건 타락한 숟가락, 네모난 원, 그리고 '겸손한 인간'만큼이나 헛소리다. 겸손한 인간이라니, 내가 생각하고도 과하게 우습다.

내가 이 세상에 존재하는 말 중 가장 그 존재 의미를 이해하지 못하는 말이 '겸손'이라는 말이다. - 내가 '가장'이라는 단어를 수시로 사용한다고 해서 그 정도를 낮춰 생각하진 말아야 한다. 나는 매번, 가장 순수한 의미로써 '가장'이라는 말을 사용한다. - 쓸 일도 없는 말을 왜 만든 건지 알 수 없다. 인간은 잉여를 변태적으로 좋아한다는 점에서 보면 완벽히 이해가 되지만. 아니, 차라리 잉여라면 낫겠다. 겸손이라는 말이 역겨운 것은, 이것이 자주 사용되기 때문이다. 특히나 내가 끔직해 하는 위로를 위한 위로의 말로써 사용된다는 점에서 나는 구역질을 참지 못한다.

인간은 본질적으로 겸손할 수가 없다. 이 부분에서만큼은 사람도 마찬가지다. 이건 지극히 본질적인 이야기이다. 겸손이라는 건 무언가 유의미한 것을 소유한 존재에게만 허용된 영역이다. 사람을 포함한 모든 인간, 그러니까 보편적인 의미에서의 인간은 그럴 능력이 없다. 모든 것을 소유할 수 없다고 주장하는 것이 아니다. 그중에 유의미한 것은 하나도 없다는 걸 말하는 것이다.

멍청한 인간일수록 성공, 겸손, 가치 따위의 말을 가볍게 지껄인다. 짖어댄다고 표현하지 않은 것이, 그럼에도 내가 그들을 있는 힘껏 존중하고 있다는 증거이다. 나는 내가 존중받기 위해서 남을 존중하는 그런 부류의 인간은 아니다. 단지 그 본질을 존중하는 것이다.

인간으로서 이룰 수 있는 최선은 단지 오만하지 않은 것이지 겸손이 아니다. 그건 인간의 것이, 사람의 것이 아니다. 단언하건대 모든 인류보다 내 앵무새가 더 겸손하다.

11/○

　　　　　　　아침에 눈을 뜨자마자 메일이 왔다는 알림 소리에 잠이 단숨에 깼다. 첫 문장을 보고 내 생각에 공감하는 이가, 소위 말해 팬이 메일을 보낸 것이라는 생각이 들어 꽤나 행복한 하루의 시작이 될 거라고 생각했다.

'작가님 말이 맞습니다. 인간이라는 존재는 무능합니다. 하지만 이 무능한 존재가 과연 '인간'이라는 범주 안에 온갖 존재들을 싸잡아 무능하다고 말하는 것, 일종의 정의를 내리는 것은 가능한 일인지요.'

그렇게 시작한 글은 꽤나 길게 이어졌다. 하지만 세 번째 문장을 읽는 순간 나머지 내용을 모두 읽지는 않기로 결정했다. 석박사과정을 밟으며 논문을 쓸 때부터 꽤나 자주 있는 일이었다. 자신이 이미 논문으로 써낸 내용이라면서 그것이 자신의 영역임을 강하게 주장하는 이부터, 대놓고 내 글은 쓰레기 같은 논문이라고 말하며 무차별적으로 폄하하는 이, 심지어는 나의 어투가 마음에 들지 않는다며 메일을 보내는 이들도 있었다.

처음 그런 메일을 받았을 때에는 당황스러운 마음에 진정하지 못하고 흥분해서는 반박하는 글을 길게 써서 답장을 하기도 했고, 그렇게 일주일 넘게 메일을 통해 설전을 벌인 적도 있었지만 그 모든 건 의미 없는 일이었다.

한 사람의 마음을 바꾸는 일은 기적에 가까운 일이라는 걸 그때 알았다. 그냥 무시하는 게 답이라고 주변 작가들이나 선생님들도 입을 모아 말했다. 어쨌든 내가 해야 하는 일은 묵묵히, 나름의 삶을 통해 터득한 진실을 적어내는 것뿐이라며 말이다.

모두의 생각이 같을 수는 없는 법이다. 아주 훌륭한 책이라고 한들 그 내용에 동의하지 않는 이는 있기 마련이다. 모두와, 그러니까 적어도 내 글을 읽는 모두와 어떤 것을 나누고 싶은 마음에 작가라는 일을 시작하기는 했지만 그럴 수 없는 것이 현실이라는 것은 이미 한참 전에 체득했다.

가끔 내 생각에 공감하는 이들이나 내 생각에 영향을

받았다는 이들이 편지나 메일을 보내오기도 한다. 그럴 때 항상 그 글을 몇 번이고 정독하며 힘을 얻는다. 제대로 된 길을 두 발로 잘 걸어가기 위해서는 그런 말 한마디가 필요하다. 때로는 얼굴도 모르는 이의 말 한마디가 엄청난 힘을 준다.

나는 그들에게 집중하고 싶다. 그러기로 결정했다. 내 삶의 소득을 아무 가치 없는 것이라며 짓밟는 이들은 내 삶과 연구의 성취를 방해하는 존재들이며, 그 존재 하나 하나를 의식하거나 특정한 한 사람을 설득하기 위해 힘을 썼다가는 내 힘만 빠지게 될 것이다.

한 사람을 제외한 모두에게 사랑받는 일보다, 특정한 한 사람에게 사랑을 받는 일이 더 어려운 법이다. 나는 나와 나의 저작물에 대한 반감으로 마음이 가득 찬 이를 위해 나의 저작물을 통해 힘을 얻는 여러 영혼들을 내버려두고 싶은 마음이 없다.

무시하면 될 메일 한 통에 이렇게까지 많은 생각을 하고 있는 꼴이 스스로도 우습다.

'삭제하시겠습니까?'

그 문구에 '예'를 누르고는 침대에서 일어나 커피를 내린다. 그 사이에 우편함을 보자 카드사에서 온 편지들 사이에 손으로 꾹꾹 눌러쓴 글씨가 보인다.

'존경하는 선생님께.'

그런 말로 시작하는 편지에 절로 웃음이 번진다. 그새 다 내려진 커피를 마시며 의자에 걸터앉아 편지를 읽는다. 한 글자도 빼놓지 않고 음미하며 읽는다.

'안녕하세요, 선생님. 저는 선생님의 책을 정말 감명 깊게 읽은 평범한 직장인입니다. 그렇게 많이 배우신 분이 인간은 무능한 존재라고 말씀하신 걸 보고 정말 많이 놀랐습니다. 사실 주변에서 높은 자리에 오른 사람들의 거만한 모습을 보며 삶과 성공에 대한 회의감이 많이 들던 차였습니다. 하지만 선생님 책을 읽으며, 여전히 이 사회엔 바람직한 어른이 계신다는 생각에 정말 많은 힘을 얻었습니다. 선생님, 누가 뭐라고 해도 그렇게 항상 바른길을 걷는 분으로 남아주셨으면 합니다. 항상 좋은 책을 선물해 주셔서 한 사람의 독자로서 정말 행운이라고 느낍니다. 선생님이 어떤 길을 가시든지 항상 응원하겠습니다.'

편지글에 집중하다 보니 편지를 다 읽었는데도 손에 든 커피는 조금도 마시지 않았다는 걸 뒤늦게 깨달았다. 내가 어떤 길을 가든 응원해주는 한 사람의 독자가 있다는 사실은, 내가 지금처럼 온전히 내 길을 걸어가게 하는 원동력이 된다. 무명의 직장인 덕분에 하루의 시작이

다시금 상쾌해졌다.

내 글을 통해 한 사람이라도 긍정적인 방향으로 변화할 수 있다면, 그거면 충분하다. 그 이상을 바라는 것은 한 사람으로서 스스로의 능력을 과신 하는 일종의 거만이라는 것을 나는 안다.

나는 어느 곳에든 존재하고,

그 작은 세계라고 한들

예외는 될 수 없다

12.

　　　　　요즘은 길을 가던 이와 눈을 마주치게 되는 일이 적다. 자연스럽고 잦은 만남의 기회가 줄어든다는 것은 그리 달가운 현상이 아니다. 많은 이들은 손에 들린 전자 기기 속 작은 세계에 심취해있다. 그 세계가 쓸데없는 것들로만 가득 찼다는 말을 하고 싶은 것이 아니다. 그건 사실도 아니다.

　나는 어느 곳에든 존재하고, 그 작은 세계라고 한들 예외는 될 수 없다. 그 작은 세계 속에 '사실'은 부재할지 모르지만 나는 분명하게 존재한다. 예컨대 가짜 뉴스 안에 사실이라는 건 존재하지 않지만, 때때로 나는 그 안에도 존재한다.

인간들은, 특히 종교 지도자들은 요즘 시대를 보며 '진실이 사라진 시대'라고 부르지만 그건 사실도 진실도 아니다. 나는 지금 이 순간에도 여기에 존재한다. 오히려 '사실이 사라진 시대'라고 하는 편이 더 옳을 것이다. 옳음에 정도를 부여할 수 있다면 말이다. 나는 이런 류의 말장난을 통해 스스로를 보호하려는 경향이 있다.

어쨌건 문제는 작은 세계가 나보다 자극적인 것들을 너무 많이 포함하고 있다는 데에 있다. 그것은 내용의 자극성일 때도 있고, 형식의 자극성일 때도 있지만 대부분은 두 가지를 동시에 포함한다. 큰 세계에서도 훨씬 밋밋한 것들이 늘어놓인 그곳에서도 내 존재를 알아보지 못하는 이들에게 그 자극적인 것들 사이에서 나를 추출해 내라는 것은 너무 무리한 요구이다.

심지어 그 자극이라는 것은 본질적으로 인간들을 중독시키는 힘까지 갖고 있다. 모든 중독은 내적인 갈등에서 온다. 그것을 취해도 되는지 그렇지 않은지 얕게나마 고민하는 과정에 중독은 뿌리를 내리는 것이다. 이런 고민이 부재한다면 그것은 중독이 아닌 매료이다. 그들 스스로도 그 자극이 그다지 건강하지는 못하다는 것을 알고 있음에도 계속해서 탐닉하도록 하는 것이 바로 중독성이다.

그런 상태의 인간은 '중독된 인간'이라기보다는 차라리 '자극의 숙주'라고 불리는 편이 더 옳다. 이 역시 옳음에 정도를 부여할 수 있다면 말이다. 하지만 방향성을 잃은 존재라는 점에서, 중독된 인간과 자극의 숙주, 그리고 온전한 '인간'은 조금도 다르지 않으므로 나는 그것들을 세심하게 구분하는 데에 기력을 조금도 사용하고 싶지 않다. 그렇지 않았다가는 그야말로 기력을 '낭비'하는 꼴이 될 것이고, 나는 모든 잉여를 좋아하지 않기 때문이다.

나의 모든 기력은 내가 이곳에서 숨을 쉬고 있는 것만으로도 충분히 바닥을 보이고 있다. 간혹 누군가를 만난 후 일어날 때 순간적으로, 오래된 텔레비전을 켤 때처럼 무언가를 내 시야에 두기 위한 시간이 필요할 때가 있는데 그건 단지 빈혈 탓이 아니다. 이곳에 내가 숨 쉴 만한 공기가 충분치 않은 탓이다. 심호흡도 도움이 되지 않는 것은 바로 이 때문이다.

내 건강을 고려했을 때 길거리에서 스치는 인간들과 눈을 마주치지 않는 것은 어쩌면 내겐 좋은 일일지도 모른다. 하지만 내 하찮은 신체라면 몰라도 내 본질에는 그 만남의 부재가 조금도 도움이 되지 않는다.

하찮은 신체에의 이득은 아무런 의미가 없다. 신체는 숨을 쉬지만 내적인 상처로 인해 질식에 이르게 될지도 모른다. 숨을 쉬는 동시에 질식한다는 이 말에 대해 이상하게 느낄 것 없다. 인간이라면, 사람이라면 누구나 갖고 있는 존재 자체의 모순성이 육체를 가진 내게도 예외없이 적용될 뿐이다. 그러니까, 신의 존재로 인해 고단한 현실을 굳이 견디며 살아내야 하는 이기, 그럼에도 불구하고 자신에게 버틸 힘을 준 신께 감사하는, 그런 류의 모순성 말이다.

이러한 모순성 때문에 '인간다운 인간', '사람다운 사람' 따위의 말은 조금도 우스운 것이 아닌 게 된다. 우습기는커녕, 존재의 모순성을 이겨낸 그 모습은 때로 눈물겹도록 아름답기까지 하다. '사람다운 사람'이라는 말을 무의미한 동어반복이라고 여기는 이는 조금도 아름답지 않다.

노인들의 사랑이, 그들을 보는 젊은 이들의 마음에 따스함을 주고 그 얼굴에는 미소를 걸어주는 이유는, 젊은 그들도 어렴풋이 존재의 모순성을 느끼고 있기 때문이다. 인간과 사람처럼, 사랑 또한 가지고 있는 그 본질적인 모순성. 그 모순성을 인지하고도 이겨낸 노인들의 시간과 그 사랑에 감동을 받는 것이다.

마침 두 노인이 손을 맞잡고 반대편에서 걸어온다. 나는 '노인'이라는 호칭에 조금도 가치판단을 담지 않은 채로 사용하고 있지만, 그럼에도 그다지 마음에 드는 단어는 아니다. '늙은 사람'이라는 그 단어는 진실을 조금도 담고 있지 않다. 내가 그토록 싫어하는 '선생'이라는 말이 더 나을 정도이다.

'노인'은 공경의 대상이 되어야 마땅하다는 말도 그 단어를 역겹게 만드는 데에 큰 기여를 한다. 노인들은 단지 주기적으로 반복되는 시간들을 참을성 있게, 비교적 여러 번 겪었을 뿐이다. 때로는 그 순환성에 속아 새로운 다짐들로 마치 무언가를 다시 시작하는 것처럼 행동하기도 했고, 또 동시에 실제로 순환되고 있는 것은 아무것도 없음을 느끼며 여러 번 허무함에 침몰되지 않기 위해 애를 썼을 뿐이다. 나는 지금 과학 따위를 말하고 있는 것이 아니다.

일종의 눈속임에 해당하는 시간의 순환은 많은 인간들에게 기회와 위로를 선물한다. 그것은 아쉬움이 남더라도 '지난달', '지난해'라는 것에 '추억'이라는 라벨을 붙여 보관하고, '희망'과 '기회'라는 라벨의 '새해'라는 것을 반기게 한다. 그 눈속임이 없다면 똑같은 매일일 뿐인 것이 새로움이라는 가면을 얻어내는 그 순간은, 내 두 눈으로 직시하기엔 심히 역겹다. 하지만 동시에, 그러한 눈속임도 없다면 삶을 제대로 지켜낼 이들이 사실상 없다는 것을 알고 있기에 나는 가까스로 그 변장의 순간에 찾아오는 구토감을 참아낸다.

손을 맞잡은 두 노인이 빵집으로 들어가 케이크를 사드는 것이 보인다.

나의 이 인내심도 생일을 챙기는 이들을 볼 때면 사라진다. '생일'이란 일 년을 주기로 찾아오는 것이 아니며, 개개인이 '가졌다'고 믿는 날짜가 자신의 소유인 것은 더더욱 아니다. '아닌' 것에 정도가 있다면 말이다.

"우웩"

12

젊은 시절에는 오히려 내 부인의 소중함을 몰랐다. 둘 다 어린 나이에 서로의 얼굴도 모른 채로 하게 된 결혼이었다. 아내에게 내 첫인상이 어땠는지는 물어본 적 없지만, 나에게 내 아내의 첫인상은 그리 매력적이지 않았다. 박색인 아내를 얻었다고 소문이 날 정도였으니 내가 눈이 높았던 탓은 아니다.

그래서인지 지금 돌아보면 아내에게 몹쓸 짓도 참 많이 했던 것 같다. 외박도 밥먹듯이 했고 친구놈들과 같이 창녀촌을 들락날락거리기도 했다. 생활비를 갖다주는 것도 아까워서 돈이 없다는 핑계로 몇 달을 한 푼도 갖다주지 않은 적도 있었다.

그러다가 내 부모님이 돌아가시고 나보다 슬퍼하는 아내를 보면서 처음으로 짠한 마음이 들었다. 아내도 내가 마음에 들어서 시집을 온 게 아닐 텐데 내가 너무 내 생각만 하고 행동했었음을 느꼈다. 나보다 일곱 살이나 어린 아내는, 채 성인의 몸이 되기도 전에 나 같은 망나니에게 매여서 40여 년간 고생을 했구나 싶었다. 그럼에도 제 시부모가 죽었다고 그렇게까지 슬퍼하는 아내를 보며 여러 감정들이 얽히는 건 자연스러운 일이었다. 장례식장에서 내가 눈물을 흘렸던 건 효심보다는 아내에 대한 미안함과 나의 태도에 대한 반성 때문이었다.

장례식을 마치고 집으로 돌아와 수고했다는 한 마디에 감동하는 아내를 보자니 더 미안한 마음이 들었다. 그까짓 게 뭐라고. 바른 행동은커녕, 따뜻한 말 한마디 전하지 않는 내가 뭐라고 옆에서 이렇게까지 고생하는지 미안했다. 그리고 이런 사실조차도 깨닫지 못하던 지난 시간들을 홀로 견뎌왔을 아내를 생각하니 이제라도 달라져야겠다는 생각이 들었다. 내가 밖으로 나돌아다니느라 아이를 가질 시기도 놓쳐 버려서 그 흔한 아이 하나 없는 아내에게 의지할 만한 사람은 나밖에 없다는 걸 너무 늦게 깨달았다.

"당신 생일이잖아요. 뭐 하고 싶은 거 없어요?"
"산책할까요?"
"그건 매일 하는 거잖아요."
두 손이 맞닿는 어색함을 이기려 애쓰던 지난날이 거짓말처럼 느껴질 정도로, 이제는 내 손에 꼭 들어맞는 아내의 늙은 손을 잡고 거리로 나선다. 아내도 처음에는 생경해했지만 이제는 아무렇지 않게 외출만 한다면 손을 내어 준다. 별말 없이 걷는 순간에도 든든함이 느껴지는 건, 아내가 지난 세월 동안 보여준 희생 덕분일지도 모른다.

아내는 됐다고 사양하지만 빵집에 들어가 케이크를 사든다. 함께 하는 첫 번째 생일은 챙겨주지 못했지만, 죽기 전 마지막 생일은 꼭 내가 챙겨주고 싶은 마음이 있다. 그리고 한 해, 한 해 초의 개수가 늘어감에 따라 올해가 마지막일수도 있다는 느낌이 점점 강하게 든다.

"어머 저 사람 좀 봐요. 대낮부터 웬일이람."

아내의 말에 창밖을 보니 마른 체구를 한 사람이 길 한 복판에서 구토를 해대고 있었다. 금방이라도 쓰러질 것 같아 쳐다보고 있었더니 한참 동안 제 손등을 문지르고는 아무렇지도 않게 자리를 떠나갔다.

"아이구, 걱정돼서 어쩐담. 괜찮겠죠?"

"그럼요. 그건 그렇고 오늘은 당신 생각만 하자구요. 당신의 날이잖아요."

성탄의 진정한 의미를 가리는

화려한 불빛들은

빛나는 쓰레기일 뿐이다

13.

　　　　　나에게 별다른 외부 사건이 없
다는 점에 당신은 무료함을 느낄지도 모르겠다. 하지만
'진정한 의미의 글'을 쓰는 작가에게 문체가 아무 쓸모
없는 것처럼, 외부 사건도 인간에게 중요한 것은 아니다.

　정말이지 유려하고 아름다운 문체는 아무짝에도 쓸모
없다. 그건 너무 강력해서 인간들의 눈을 가린다. 성탄
의 진정한 의미를 가리는 화려한 불빛들은 빛나는 쓰레
기일 뿐이다.

　외부 사건도 똑같다. 진정한 의미에서의 사건이라는

건 외부에 있는 것이 아니다. 외부 사건들은 그저 내면에 자극을 줄 수 있을 뿐이다. 진정한 사건은, 그 자극을 통해 내면에 일어나는 파동이다. 그 자극에만 집중하는 생은 그저, 점점 큰 자극에도 만족하지 못하는 불감증으로 이어질 뿐이다.

이런 의미에서, 혹시 당신이 무료한 일상을 지내고 있다는 생각이 든다면 불감증은 아닌지 살펴보길 바란다. 당신에겐 자극이 부족한 것이 아니라 내면의 파동이 부족한 거라고 단언한다. 무료한 내면, 잠잠한 내면은 그야말로 인간이 상상할 수 있는 가장 순수한 의미에서의 '무'이다.

나는 진실로, 모두가 격동하는 내면을 갖기를 바란다. 잠잠한 내면으로 만족하기 위해서는 코끼리로 태어나는 것이 더 알맞다. 혹시나 코끼리도 파동을 갖는다고 말하고 싶은 충동을 느낀다면, 당신은 파동의 의미를 잘못 파악한 것이다. 그건 본질적으로 동물이 가질 수 있는 성질의 것이 아니다. 내 앵무새도 마찬가지다. 물론 이젠 '내' 앵무새는 아니지만, 그 존재는 한 번도 내 것인 적이 없었으니 여전히 이렇게 말하는 것도 틀리지 않다.

호흡보다 작은 자극에도 요동칠 수 있는 내면을 가져야 한다. 나는 감정 기복에 대해 말하고 있는 것이 아니다. 감정은 내가 말하는 내면에 비하면 가을 녘 떨어진 나뭇잎 하나에 불과하다. 필연적으로 버려져야 하는 것이다.

이러한 내면을 가질 능력이 없다는, 소질이 부족하다는 핑계는 대지 않도록. 모든 인간은 충분한 능력을 갖고 있다. 적어도 이 방면에 대해서는 말이다.

불감증만이 문제는 아니다. 자극에 광적으로 휩쓸리는, 그야말로 색광도 문제이다. 자극에 감동하고 무언가를 느끼는 것과, 내면의 파동은 같은 것이 아니다. 일정 부분 겹치기는 하나, 분명히 다른 것이다. 감동과 느낌의 방향성이 틀렸다면 이것이야말로 불감증보다 심각한 문제를 낳는다. 그들은 자극에 매혹되어 더 이상의 변화에 대한 필요성조차 느끼지 못하기 때문이다. 황홀함은 색광이 더 느끼겠으나, 불감증 환자보다는 색광 쪽이 파멸에 이르기 쉽다. 멍청한 이보다 본인의 지능을 맹신하는 이가 더 위험한 법이다.

이런 점에서 노인들은 젊은이보다 더 위험하다. 세상을 나름대로 오랜 기간 살아내며 배운 것이 꼭 정답을 의미하지는 않는다. 대개는 완전한 오답으로 이끄는 경우가 많다.

나이 든 노인들에게만 문제가 있는 것은 아니다. 세상

의 시간이 흘러감에 따라 지식이라는 건 넘쳐날 수밖에 없고, 이 역겨운 사회는 지식이 많은 이들을 보고 똑똑하다고 말한다. 요즘 젊은이들은 너무 똑똑하다는 식으로 말하곤 한다.

그리고 그것이 곧 총명함을 의미하는 것이라고 믿는 젊은이의 영혼은, 앞서 말한 노인의 그것과 같아진다. 시간에 대한, 그리고 경험에 대한 믿음과 지식에 대한 믿음이라는 차이만 있을 뿐. 이 자이는 너무나 경미해서 문제의 본질에는 아무런 영향을 끼치지 못한다.

단언컨대 그들이 믿는 그 모든 것은, 나의 앵무새에게 있어 인간용 우유 같은 존재일 뿐이다. 그것에 의존하면 처음 얼마간은 살아낼 수 있으나 금세 병에 걸리고 만다. 그 성분을 분해시킬 능력이 없기 때문이다. 궁극적으로는 죽게 되겠지.

똑같다. 경험과 시간, 그리고 지식은 물론 아주 불필요하고 무의미한 것은 아니나, 대부분의 인간에겐 그것을 분해시켜 적당한 것을 유용하게 사용할 수 있는 능력이 없다.

앵무새 얘기가 나와서 말인데, 그 애를 볼 때면 가끔 슬퍼질 때가 있다. 궁극적으로는 죽게 되겠지. 인간에게

는 죽음이 모든 것을 끝내는 것이 아니지만, 앵무새에게
는 조금 다르다. 모든 것이 끝나는 것이다. 어찌 보면 그
것은 그들의 특권이기도 하지만 그들이 그 특권을 정말
반길지, 그것이 정말 그들이 원하는 것인지는 잘 모르겠
다. 당사자가 원하지 않는 권리는 때로 폭력이 된다. 안
타깝게도 내게 그 폭력을 막을 힘은 없다. 그래서 슬퍼
진다.

과거의 일이지만 현재시제를 사용하는 것은 조금도
잘못되지 않았다. 내게 있어 시간이나 순서라는 건 아무
의미가 없다.

앵무새 한 마리라는 작은 세계, 그곳에서 느껴지는 무
력감은 진짜 세계에서 느끼는 그것보다 크다. 그 작은 세
계에서는 마치 내가 뭐라도 된 것 같으니까. 그것은 진실
이 아니기에 그런 착각에 빠져서는 안되지만, 부끄럽지
만 나도 앵무새와 단둘이 있을 때면 그런 착각에 빠지곤
한다는 점을 고백한다. 세상에서 나는 나를 믿지 않으나,
그 작은 세계에서는 내가 전부인 것이다. 그 연약한 존재
에 비하면. 그래서 내 작은 무력함을 곧, 전부, 전 세계의
무력함처럼 크게 느끼는 착각에 빠지곤 한다.

이런 맥락에서, 절대자는 이름에 걸맞는 일을 충분히
하고 있다고 느껴진다. 그 존재가 느낄 무력함. 그것을

견디고 있다는 것만으로도 충분한 것이다. 인간 같았다면 누구라도 그 무력함을 견디지 못하고 사라져 버렸을 것이다.

빵집 안에서 케이크를 사던 두 인간이 내 쪽을 바라본다. 뭐라고 중얼거린다. 그들은 내 본질 따위에는 관심이 없다. 단지 내 하찮은 몸뚱이를 걱정하고 있을 것이다. 그런 건 아무 의미가 없다고 말하고 싶으나 나이든 이의 고집을 꺾기엔 내게 남아있는 기력이 충분치 않다. 나이 든 이들은 대개 나를 필요로 하지 않는다. 무력함이 느껴진다.

손을 올리고 손등을 문질러 혈관을 들여다보지만 아무런 도움도 되지 않는다. 정신이 아득해진다. 이곳에서 잠들어서는 곤란하다. 누군가 내 몸에 손을 대어서는 안 된다.

의사선생님에게 섣부른 고백을 한 후 잊기 위해 술을 마셨던 게 기억난다. 그리고 잠에서 깨어났을 때 내가 누워있던 곳은 허름한 여관방이었다. 언제부터 내가 이곳에서 살았던 건지 알 수 없었다. 미친 녀석은 그 이름에 알맞게 미친 짓을 잘도 골라서 한다. 멀쩡한 집을 두고 왜 여관방에서 살기로 결정한 건지는 모르겠지만, 그냥 따르는 것 외에는 내가 할 수 있는 것이 없었다.

로비라고 부르기도 창피할 정도인 여관 로비로 나가, 주인으로 보이는 사람에게 가장 중요한 질문부터 했다.

"오늘이 몇 월 며칠이죠?"

안경을 코끝에 걸친 채로 난로 앞에 앉아 신문을 읽던 그는 신문을 반으로 접고는 나를 보며 말했다.

"2050년 8월 2일이오."

그 답을 듣자마자 방으로 돌아왔다. 30년이 남짓한 시간 동안 제 정신으로 돌아오지 않았다니 혼란스럽다. 내 인생이 너무 허무하게 느껴졌다. 차라리 영원히 제 정신으로 돌아오지 않는 편이 더 나았을 것이다.

정신병원에 처음 갔던 날부터 나는 단 한 번도 가족들을 찾거나 내 신원을 되찾으려는 노력을 하지 않았다. 가족들의 곁에서 이런 정신 상태로 살아가는 건, 내가 아닌 그들에 대한 폭력이라고 생각했다. 나야 기껏해야 아무런 기억도 나지 않는다는 답답한 마음이 전부이지만 그 모습을 전부 바라봐야만 하는 가족은 훨씬 고통스러울 거라고 생각했다. 미친 녀석이 가족들에게 대놓고 못할 짓을 하지 않으리라는 법도 없었으니까 차라리 그렇게 분리되어 없는 존재로 사는 편이 낫다고 생각했다.

하지만 반쪽도 못 되는 인생이라니. 인생은 덧없는 것이라고 하지만 이건 정말 너무하다. 밖으로 나가보고 싶은 마음조차 들지 않았다. 이곳이 어딘지, 바깥 세상은 어떻게 변화했는지 따위는 조금도 궁금하지 않았다. 내 모습이 어떻게 변화했는지도 궁금하지 않아서 구석에 있던 거울에는 시선도 주지 않고 다시 침대에 누웠다.

"다시 제 정신으로 잠에서 깬다면 죽는다."

다짐이라도 하듯이 눈을 감고 외친 후에 잠이 오기만을 기다렸다. 죽으려는 생각을 하자 온갖 것들이 머릿속을 헤집고 다녔다. 내 온전한 기억이 아닌, 부모님의 말을 토대로 만들어진 어렸을 적 기억부터 시작해서, 평범하던 학창 시절을 보내고 처음 그렇게 정신병원에 찾아가던 날, 그리고 반항의 마음으로 문신을 새기던 순간까지 그 모든 것이 순식간에 머릿속을 가득 채웠다. 마치 이미 손목을 긋고 죽음의 순간을 기다리고 있는 것처럼 느껴졌다.

마지막 기억은 역시나 방금 본 여관 주인. 난로 앞에 앉아 두꺼운 외투를 껴입고는 신문을 읽고 있는 그의 모습이 스쳐갔다. 그리고 8월 2일. 뭔가 이상하다는 생각이 드는 순간 잠에 빠졌다.

그 모든 것은 그저

인간의 한계 안에서

의미를 가진다

14

　　　　　　'책 잘 읽었습니다. 작가님이 의
견을 개진해가는 방식은 나름대로 흥미로웠습니다. 정
답이라는 게 없다면, 당신을 지지하고 싶을 정도였습니
다. 하지만 세상에 정답이 있다면, 작가님 나름의 정답
은 모두 의미 없는 것이 됩니다. 애초에 정답이 있는 문
제에 본인이 선택한 오답을 정답이라고 우겨 봤자 무슨
의미가 있겠습니까.

　유감스럽게도 저는 그 정답을 알고 있습니다. 보다 더
유감스럽게도 정답을 말씀드릴 수는 없습니다만, 정답

이 있다는 것 정도는 말씀드리지요. 이것 외에는 저는 지금 말씀드릴 수 있는 것이 없습니다. 정확히는, 굳이 또 다른 말을 덧붙인다고 하더라도 가치 있는 것은 아닐 겁니다.

세상에 정답 외에는 가치 있는 것이 없습니다. 부디 가치 있는 삶을 살기 위해서 그 정답을 알도록 노력하시길 바랍니다. 노력의 끝에도 감히 알게 되었다고 말하지는 못하실 겁니다. 그저 인간으로서 할 수 있는 것은 진리를 알 수 있는 지혜를 달라고 간구하는 것밖에는 없으니까요.'

아차. '진리'를 재빠르게 지우고 '진실'이라고 고쳐 쓴다.

'인간의 생각은 믿을 수 없는 것이고, 곧 작가님 본인의 생각 또한 믿을 수 없는 것이니까요. 감히 신의 생각을 이해하려 들거나, 신의 존재 양식을 규정하거나, 신의 논리를 이해하려 드는 것은 욕된 도전이요, 불구덩이 속으로 뛰어드는 나방이나 다를 게 없는 거지요.

여기서 작가님을 포함하여, 소위 세상에서 말하는 '똑똑한' 이들이 오류를 범하는 듯 보입니다.

그들이 가진 지식이 많고, 그들 나름의 생각이 있으며, 나름의 논리, 철학, 신념이 있다는 것을 부정하고 싶은 것은 아닙니다. 그 모든 것은 그저 인간의 한계 안에서

의미를 가진다는 것을 지적하고 싶을 뿐입니다.

그러한 것을 인간의 한계를 넘어선 신의 존재를 규명하기 위해 초월시킨다면, 기투(企投) 한다면 그것이야말로 '똑똑한' 사람의 '거만함', 또는 오류가 되고 말 것입니다.'

메일은 여기까지 쓰는 걸로 하고, 집에 있는 책을 다 읽었으니 책방으로 나선다. 나는 책을 꽤 좋아한다. 주로 헌책방에서 오래 됐으나 손상이 심하지 않은, 그러니까 그 독자가 많지는 않았을 그런 류의 책을 좋아한다. 오늘도 벌써 네 권을 품에 안고 있다.

"그런 안 팔리는 책만 읽어서 뭐하게요?"

머리가 희끗한 인간이 참견을 한다. 잡지식이 많은 인간은 이래서 피곤하다. 자기가 뭔가를 안다는 걸 자랑하고 싶어서 안달난 상태이기 때문에 아무나 붙잡고 말을 건다.

"꼭 무언가를 해야 합니까?"

적어도 반말로 시비를 걸어오진 않았으니 대꾸는 해준다.

"동가홍상, 이왕이면 그게 좋지 않겠어요? 이 책은 어때요?"

'대중적이지 않은 좋은 책'이라는 별명으로 대중적인

책이다. 작가의 직업의식에 손상을 가하고 싶지 않기 때문에 제목을 언급하진 않겠다.

"그럼 그 책은 읽으면 무얼 합니까?"

건네받은 책을 다시 내려놓으며 말한다. 안 봐도 뻔하다.

"모르나 본데, 질 좋은 대화, 합리적 사고, 시대 흐름에 대한 통찰력까지 키워주는 좋은 책이죠."

버스에 붙어 다니는 홍보문구와 어쩜 저렇게 똑같이 말할 수 있는지 놀랍다. 제 생각이라고는 하나도 없는 불쌍한 인간. 조금 도와주고 싶다는 생각이 든다.

"실례지만 무슨 일을 하십니까?"

"기업 이사로 있습니다."

갑자기 가슴을 펴며 아까보다 조금 낮은 목소리로 말하는 그이가 안쓰럽다. 이런 식의 말투는 상대를 존중하는 척하며 자신의 우월감을 표출하는 이들이 자주 쓰는 말투다. 정말 안쓰럽다. 역시 내 도움이 필요하다.

"젊은이는 무슨 일을 하시오?"

"생각을 합니다."

이건 진실이다. 조금의 거짓도 없다.

"허 참. 인생 선배로서 조언 하나 드리지요. 생각만 하는 것처럼 시간을 낭비하는 것도 없답니다. 사람은 모름지기 행동을 해야지요. 젊은 나이인 것 같은데 찬란한 젊음을 그렇게 땅에 버려서야 되겠습니까. 요즘 회사에서 면접을 보면 말입니다, 당신처럼 생각만 많이 하다가 현실 감각을 잃은 젊은이들이 많아요. 당신 한 사람의 문제가 아니라는 거지요. 이 사회의 문제이지요."

내 발 앞부터 문까지, 타일이 모두 이백오십육 개다.

"만족할 줄도 모릅디다. 나 젊었을 땐 말입니다, 그저 내가 일을 해서 돈을 벌 수 있다는 게, 그 돈으로 우리 가족들이 배곯지 않을 수 있다는 게 행복이었지요. 내가 조금 손해를 보든, 운이 좋아 이득을 보든 그런 건 중요치 않았단 말입니다. 그런데 요즘 젊은이들은 쥐꼬리만큼 손해를 본다 싶어도 득달같이 달려들어요. 그저 하루하루에 만족하며 살아가는 것, 그것이 왜 요즘 사람들에겐 힘든지 모르겠어요. 누릴 건 전보다 훨씬 누리면서, 힘들어 죽겠다는 걸 보면 기가 찹디다."

전등은 서른다섯 개. 혹시 잘못 세었나 싶어 세 번을 세었다. 틀림없다. 숫자를 좋아하진 않지만 이럴 땐 꽤나 유용하다. 중력과 비슷한 의미에서 그렇다.

오해하지 않길 바란다. 나는 그이를 무시하는 것이 아니다. 그이의 생애를 무시하지 않기 위해 조금 피하는 것뿐이다. 나는 그이의 생애, 그이와 같은 부류의 생애들에 참견하고 싶지 않다. 만약 그랬다간, 힘이 없는 그들은 돌이킬 수 없을 정도로 좌절할 것이다. 한정된 힘을 헛된 방향으로 나아가는 데에 다 써버린 탓이다. 사회적 의미의 성공과 나이듦의 융합만큼 사람에게, 인간에게 위험한 것도 없다.

"우리 아들놈만 봐도 그렇소. 얌전히 밑으로 들어오면 먹고살 걱정은 없을 거랬는대도 자기는 공부를 할 거라고 고집을 피웁디다. 그래, 공부 중에도 공학이나 의학, 경영 같은 그런 유용한 거라면 이렇게 뭐라 하지도 않습니다. 아, 글쎄 철학이 웬 말이냐 이거예요."

"아드님께서 정말이지 유용한 공부를 하시는 겁니다. 철학도 철학 나름이기는 하지만요. 그쪽 분 생에 관여하고 싶은 마음은 조금도 없지만 안쓰러운 마음이 들어서 말씀드립니다. 진짜 유용함의 기준은 사회의 것과 같지 않습니다. 그쪽 분은 어떻게 살아오셨는지 전혀 모르지만, 그쪽 분께서 걸어오신 길과 다르다고 해서, 아드님이 본인의 자식이라고 해서 함부로 말하실 순 없는 겁니다. 그리고 조언은, 제가 필요하다면 직접 말씀드리겠습니다. 조언 부탁드린다고 말입니다."

"젊은이가 예의라고는 차릴 줄 모르는구만."

나이든 인간들이 많이들 이용하는 수법이다. 예의라

는 것 말이다.

"예의는 상호간 차리는 겁니다. 예의없는 건 그쪽 분이시죠. 누가 있어도 괜찮을 자리에 앉아서, 돈을 위해 매일을 살아내기만 하는 건 무슨 의미가 있습니까? 제가 그쪽 분의 직업을 들었을 때 이렇게 말하지 않은 것이 예의라는 겁니다. 틀린 말을 듣고도 묵인하고 웃어넘기는 것은 예의가 아니고 비겁함이라고 말해야 옳습니다."

"이봐 젊은 양반, 지금 말 다 했어?"

"정말로 하고 싶은 말은 조금도 하지 못했습니다. 그쪽이 들을 준비가 되지 않은 것 같아서 지금은 할 수 없을 것 같네요."

"뭐야? 어디 한번 해보자는 거야?"

언성이 높아지자 책방 주인이 황급히 다가와 말린다.

"이사님, 이사님께서 조금만 참으세요. 제가 대신 사과드리겠습니다."

이사라는 인간이 내 쪽을 흘겨보며 밖으로 나간다. 책방 주인에게도 자신을 기업 이사라고 소개했나보다. 그렇다고 한들, 회사 직원도 아닌 책방 주인이 그 인간을 '이사'라고 불러야 할 이유가 있었을까. 그이도 결국은 똑같이 별 볼 일 없는 인간이다. 이런 곳에서는 어떤 책도 사 읽고 싶은 마음이 없다.

14

출판업계에 종사하다 보니 소위 '팔리는 책'을 보는 눈이 생겨 책을 편식하게 되는 스스로의 모습이 마음에 들지 않았기에, 매주 월요일이면 시간을 내서 헌책방에 들르는 습관이 생겼다. 구석진 곳에 위치한 곳이다보니 아는 사람이 아니면 잘 찾지 않는 곳이라 처음 보는 이가 있으면 괜한 관심이 생겨 말을 걸고는 한다.

"그런 안 팔리는 책만 읽어서 뭐하게요?"

시비를 걸려는 의도는 아니었는데 일을 오래하면서 말투가 날카로워진 탓에 시비조로 들리는 내 목소리에 스스로도 조금 놀랐다. '안 팔리는 책'이라니. 그런 식으로 말을 하려던 건 아니었는데 생각없이 일할 때 쓰던 단어를 그대로 써 버렸다. 그저 그 낯선 사람이 들고 있던 책들은 전부 별 의미 없는 것으로 여겨지는 작품들이었기에 내가 모르는 어떤 의도가 있는지 궁금했을 뿐이었다.

"꼭 무언가를 해야 합니까?"

예상과 다르게 별다른 의미는 없이 잡히는 대로 고른 것 같았다. 독서는 그 자체로 중요하지만, 시중의 모든 책을 읽을 수는 없으니 그만큼 양질의 책을 읽는 것은 더 중요하다.

"동가홍상, 이왕이면 그게 좋지 않겠어요? 이 책은 어때요?"

출판사에서 펴냈던 책 중에 개인적으로 굉장히 애정이 가는, 좋은 책이지만 생각처럼 잘 팔리지 않아 항상 아쉬움이 남아있던 책을 들어 그이에게 권했다. 역시나 어떤 책인지 모르는 눈치이길래 짧게 설명을 해주었다. 카피라이터가 마땅치 않았던 시기에 광고 문구를 내가 썼었기에, 딱 떠오르는 그 한 문장으로 간략하게 설명했다.

"실례지만 무슨 일을 하십니까?"

"기업 이사로 있습니다. 젊은이는 무슨 일을 하시오?"

혹시나 광고를 본 기억이 났을까? 내가 이 책과 관련된 이라는 걸 알게 되면 괜한 선입견에 좋은 책을 읽지 않게 될까 봐 대충 둘러댔다. 내게 주의가 집중되어 거짓말이 들통나면 안 됐기에 그 사람에 대한 질문을 재빠르게 덧붙였다.

"생각을 합니다."

젊은이의 그 말에 집에 있는 아들 생각이 났다. 아들이 대학에 입학했을 때, 그 애는 졸업 후에 우리 회사에 들어와 일을 배우기로 했었다. 회사 측에서도 허락을 했기 때문에 아들이 전공을 어떤 것으로 선택하든 간섭하지 않았었다. 그런데 요즘 들어 그놈의 '생각'을 해보니 더 공부하는 것이 낫겠다는 거다. 그것도 '철학'을 말이다.

아들이 대학원을 간다면 그 애가 졸업을 할 때까지 내가 이 회사에 남아있지 못할지도 모르는 일이었다. 만일 내 퇴직이 먼저가 된다면 아들은 회사로 들어오지 못할 것이었다. 거기에나 학사 이상의 등록금에 대해서는 회사에서 지원을 해주지 않기 때문에 등록금도 걱정이었다. 또, 공부를 막상 해보니 잘 맞지 않는다고 하면 그땐 어쩌겠는가. 아들은 그런 걱정은 조금도 하지 않고 공부를 하겠다고 고집만 부리는 탓에 머리가 아플 지경이었다.

나는 가방끈이 긴 편은 아니었다. 그 시절의 고졸은 그리 학식이 짧은 편은 아니라지만 요즘 젊은 사람들의 학력에 비하면 그렇다는 말이다. 그럼에도 불구하고 나는 꽤 잘 살아왔다. 주변에 대학 나온 친구들은 서른이 넘어서도 취직 자리를 구하지 못해 불안해하고, 쉰이 채 되기도 전에 명예퇴직을 당하는 경우가 많았는데 오히려 나는 안정적으로 잘 살아온 것이다. 그래서인지 대학 이상의 교육이라는 건 사실 별로 의미 없는 것처럼 느껴졌다. 숭고한 이상이 있다고 한들 삶이 안정적이지 못하다면 그건 뿌리 없는 나무나 다름 없지 않나. 내가 이렇게 말할 때마다 아들은 '배부른 돼지보다 배고픈 소크라테스가 낫다'고 말하지만, 그건 배가 덜 고파봐서 하는 말일 뿐이다.

이런 생각들로 머릿속이 혼란스러운 와중에 그래도 앞에 있는 젊은이에게 어떤 대답은 해야 했기에 이런저런 말을 했던 것 같다. 정확히 무슨 말을 했는지 알 수 없지만 내가 다시 대화 속으로 돌아왔을 땐 그 젊은이가 나를 쏘아붙이고 있었다. 또 순식간에 아들놈이 겹쳐 보였다. 내가 덜 배웠다는 이유로 나이도 더 많은 나를 가르치려 들던 그 모습과 겹쳐 보였다.

"젊은이가 예의라고는 차릴 줄 모르는구만."

아들이 그런 식으로 말하지 말라고 몇 번 주의를 줬건만, 항상 그런 충고는 말이 내뱉어진 후에야 생각난다. 내가 내 말실수를 다잡기도 전에 젊은이는 아까보다 더 심하게 나를 몰아붙였고 나도 모르게 소리를 지르고 말았다. 평소에 날 조금 다르게 부르던 책방 주인이 세심하게도 우리 대화를 듣고 있었는지, '이사님'이라고 부르며 나를 진정시켰다.

밖으로 나가 찬바람을 쐬니 조금 차분해지는 것도 같

앉다. 돌아가 사과를 할까도 생각했지만, 나이가 들수록
사과하는 건 점점 힘들어진다.

자유감을 선물하는

가장 효율적이고도

동시에 가장 비효율적인 방법은,

대상을 강하게 억압하는 것이다

15

소란스러운 소리가 들려 밖으로 나가보니 교복을 입은 학생 둘이 여관 주차장 구석에 앉아 맥주를 들이켜고 있었다. 다시 방으로 돌아와 냉장고에 들어있던 생수 두 병을 챙겨서는 그들에게 건네주었다.

"너무 많이 마시지는 마세요. 저에게 치명적이니까요."

미성년자의 음주가 나쁘다고 생각하지 않는다. 몇 해 지나 마실 것을 조금 일찍 마시는 것뿐이지 않나. 시기와 순서 따위는 나에겐 아무런 의미도 지니지 않는다.

나는 오히려 성인에게 허락되는 모든 것이 미성년자에게도 허락되기를 바란다. 아니면 반대로, 미성년자에게 금지되는 모든 것이 성인들에게도 금지되기를 바란다. 자기통제력의 관점에서 그들은 유의미한 차이를 보이지 않는다.

그러나, 그런 무의미한 금기사항 덕에, 고작 용기내어 한다는 일탈이 맥주를 마시는 일인 그들을 볼 때면 귀엽다는 생각이 든다. 어른, 동급생, 아니면 교사가 직업인 이들의 눈을 피해 은밀히 하는 행동이 고작 술을 마시고 담배를 피우는 것인 그들은, 그 정도에 충분한 해방감을 느끼는 그들은 꽤나 사랑스럽다.

자유감, 해방감은 어떤 대단한 것에서 오는 감동이 아니다. 그건 그저 자신이 일탈을 저지르고 있다는 사실로부터 느끼는 감정일 뿐이다. 이 때문에 자유감을 선물하는 가장 효율적이고도 동시에 가장 비효율적인 방법은, 대상을 강하게 억압하는 것이다. 억압은 그야말로 유일한 방법이기에, 가장 효율적이면서도 가장 비효율적이라는 말은 조금도 모순되지 않는다. 이런 관점에서 보면 미성년자들에게 더 많은 억압과 통제가 필요하다고 느껴진다. 하지만 그런 류의 실체 없는 자유감은 나와는 아무런 관련이 없는 것이기 때문에 나는 그런 억압과 통제의 문제에 조금도 개입하고 싶지 않다.

아니다. 별것도 아닌 것, 나와는 아무런 관련도 없는, 고로 무가치한 것에서 괜한 자유감을 느끼게 하며, 진정한 '자유', 그러니까 자유'감'이 아닌 '자유' 그 자체에 대한 관심의 불씨를 꺼뜨리는 온갖 통제는 없어져야만 한다. 이건 나와 아주 관련이 깊은 문제이다. 나는 내가 당장에 할 수 있는 일을 해야 한다.

다시 주차장으로 나가 주머니에 든 담배와 라이터를 꺼내 생수병 옆에 내려놓는다.

"원한다면 피우세요."

하지만 모든 통제가 없어지는 것이 정말 내게 이로운 결과를 낳을까. 맥주 한 모금에 자유감을 느끼던 그들이, 이제는 그 정도에 만족하지 못하고 마약 정도는 되어야 티끌만한 자유감을 느낄 수 있게 된다면 어쩌나. 그건 정말로 내가 바라는 것과는 조금의 유사함도 갖지 않는다.

통제는 필요하다.

방으로 채 돌아오기도 전에 방향을 바꾸어 주차장으로 향한다. 아직 손도 대지 않은 것 같은 담배를 다시 주머니에 넣는다. 벙찐 두 인간의 얼굴을 무시하고, 그들의 손에 들린 맥주캔과 채 따지도 않은 몇 캔의 맥주를 손에 집어 들고는 여관 안으로 들어온다.

"너 뭐야. 이 새끼야."

뒤통수에 대고 소리치는 앳된 목소리가 들려오지만 그런 건 전혀 거슬리지 않는다.

아, 술을 마실 거라면 성인들처럼 같잖은 위로의 시간을 갖기 위해 하는 음주보다는, 그저 이들처럼 일탈을 위한 음주를 하는 것이 낫다는 생각이 든다. 그들처럼 역겹지는 않잖은가. 갑자기 두 인간에게 과한 개입을 했다는 생각이 들어 부끄러워진다. 역겨운 이들을 볼 때에는 그저 외면하고 마는 내가 뭐라고 그들의 일탈 시간을 방해한 것인지 창피하다.

다시 주차장으로 나가, 아직 그 자리에 앉아있는 이들에게 내가 가지고 있던 그들의 물건을 모두 돌려준다. 내가 줬다 빼앗은 담배까지 모두 돌려줬다. 마음이 한결 가볍다. 그들은 적당한 자유감을 느낄 수 있을 것이다. 일탈은 누군가에게 은밀히 알려졌을 때 더 짜릿한 법이니까.

그들이 내가 자유를 주었다고 착각하면 어쩌지? 나는 나와는 아무런 관련도 없는 자유감을 느끼는 그들의 시간을 방해하고 싶지 않았을 뿐인데 말이다. 그들 마음속에, 내가 자유를 주었다는 착각이 뿌리를 내려서는 곤란하다. '진실이 내게 자유를 주었다'는 끔찍한 착각 속에서 살도록 내버려 두어서는 안 된다. 그건 조금도 진실이 아니기 때문이다. 막아야 한다.

다시 주차장으로 나갔을 때 그들 중 하나는 자리에 없었다.

"당신의 므므는 어디에 있죠?"

그이는 답답하게도 아무 말 없이 내게서 가능한 멀리 떨어지려고만 했다. 안 되는데. 벌써부터 나를 멀리해서는 안 되는데.

"나를 멀리하지 마세요. 가까이 오세요."

그이의 표정이 일그러지며 몸을 일으키려고 한다. 어깨를 붙잡고 싶지만 신체적인 접촉은 내게 허락되지 않았다.

"저기요. 왜 그러시는 거예요."

이제는 완전히 일어나 도망치려고 하는 그이를 나도 모르게 붙잡았다. 허락되지 않은 것이지만, 그래도 해냈다. 순식간에 몰아치는 자유감에 황홀한 나머지 잠시 앞이 보이지 않았다.

이게 일탈이구나. 왜 인간들이 일탈에 집착하는지 알 것 같다. 알 필요는 없는 것이지만, 그래도 내가 알겠다는 그 사실조차도 진실이었다. 나도 몰랐던 내 모습을 알게 되는 순간은 언제나 당황스럽고도 신비스럽다.

그런데 내가 무엇 때문에 나 스스로를 새로이 알게 되었지? 기억이 나지 않는다. 나는 여관 주차장 한 켠에 서 있고, 바닥에는 널부러진 맥주 캔들과 나의 담배가 있을 뿐이다. 교복을 입은 학생을 봤던 것 같기도 하다. 지난 밤 꿈에서 봤던 것인지 아니면 현실 속에서 봤던 것인지 정확히 구분이 되지 않는다. 맥주를 내가 먹었을 리는 없고. 그냥 담배를 피우러 나왔었나보다.

아, 내가 맥주의 맛을 보고 새로운 무언가를 느꼈던가?

"야, 우리 일주일만 있으면 스무 살인데 이대로 보내기는 너무 아쉽지 않냐? 오늘 술 마시는 거 어때? 내가 엄마 슈퍼에서 가져갈게."

별생각은 없었지만 그 얘기를 듣고 보니 아쉬운 것 같기도 했다. 아주 착하게 살아온 건 아니었지만, 그래도 그 흔한 일탈 하나 해 보지 못하고 성인이 되기엔 뭔가 반쪽짜리 인생을 사는 것 같다는 느낌이 들었다.

얼떨결에 약속을 잡고는, 약속한 저녁 시간이 되기까지 괜히 흥분되는 마음에 시계만 몇 번을 들여다본지 모르겠다. 결국 참지 못하고 약속 시간보다 15분 일찍 나갔는데, 친구도 같은 마음이었는지 벌써 나와 있었다.

"그래서 우리 어디로 가는데?"

"사거리 앞에 여관 있거든. 거기 손님이 별로 없어서 주차장이 항상 텅텅 비어. 거기로 가자."

여관에 들어가자는 것도 아닌데, 여관이라는 두 글자를 듣는 순간, '진짜' 일탈을 하는 것 같은 느낌이 들었다. 긴장한 탓에 별말도 없이 몇 캔을 연달아 들이켰더니 조금 알딸딸한 느낌도 들었다. 화장실에 다녀오겠다며 일어서는데 그만 쌓아둔 맥주캔을 발로 차 큰 소리가 났다.

"야, 조심해."

그러고 나서 얼마나 지났을까, 남자인지 여자인지 구분하기 어려운, 짧게 깎은 머리에 삐쩍 마른 사람이 여관에서 나와 물을 건넸다.

"너무 많이 마시지는 마세요. 저에게 치명적이니까요."

뭔 소린지 모를 말을 하고는 그 사람은 다시 여관으로 들어갔다. 아무튼 훈계를 늘어놓지 않은 건 다행이었다.

"저 사람 뭐라고 그런거야? 누구에게 치명적이라고?"

"자기에게 치명적이라고 한 것 같은데 내가 잘못 들었나."

우리가 제대로 들은 것인지, 아니면 그 사람의 발음이 이상했던 탓에 잘못 들은 건지, 그것도 아니면 우리가 둘 다 취해서 헛소리를 들은 건지에 대해 이야기를 하던 차에 그 사람은 또 나와서 우리 쪽으로 다가왔다. 그러더니 지기 주머니에서 담배와 라이터를 꺼내 바닥에 내려놓았다.

"원한다면 피우세요."

순간적으로 상황 파악이 안 돼서 뭐라 말을 하지 못하는 우리 둘의 반응은 신경도 쓰지 않고, 그 사람은 아까처럼 그냥 들어가 버렸다.

"미친놈인가?"

내 생각에도 그랬다. 우리가 일탈하는 기분을 낸다며 입고 나온 교복이 안 보일 정도로 어둡지도 않았고, 우리가 학생이 아니었다고 해도 주차장에서 술을 마시는 사람에게 대뜸 담배를 권하는 건 평범한 사람이 할 만한 행동은 아니었다.

얼마 지나지 않아 그 사람은 다시 우리 쪽으로 걸어왔다. 그러더니 자기 담배를 챙기고는 우리 손에 들린 맥

주와, 봉지 속에 담겨 있는 맥주까지 모두 들고는 여관
으로 향했다.

"너 뭐야. 이 새끼야."

아까보다 술이 오른 친구가 소리쳤지만 그 사람은 아
랑곳하지 않고 안으로 들어가 버렸다. 이해할 수 없는
행동을 하는 그 사람이 조금 무서워지기 시작했다. 차라
리 화를 내거나 혼을 냈다면 나았을 텐데 물을 챙겨주고
담배를 권하더니 그 다음엔 말 없이 술을 다 가지고 가
버리다니. 조금 쎄한 느낌이 들었다.

"너 잠깐만 기다려. 나 슈퍼 갔다올게."

그렇게 친구가 떠난 사이에 그 사람은 다시 걸어나왔
다. 손에는 아무것도 들지 않은 채로 내 쪽으로 걸어왔
다. 왜소한 체구 탓에 그리 위협적이지는 않았지만, 깡
마른 얼굴 때문인지 괜히 무섭게 느껴졌다.

"당신의 므므는 어디에 있죠?"

또 이상한 소리를 했다. 처음 듣는 단어를 뱉어 내며
내 쪽으로 다가오는 그 사람이 기괴하게 느껴졌다. 몸을
돌려 가능한 멀리 떨어지려고 했지만, 그 사람은 자신에
게 가까이 오라고 말했다. 너무 무서웠다. 일주일만 기
다리면 편하게 마실 수 있는 술을 왜 굳이 오늘 마시자
고 한 건지, 왜 하필 지금 이 시점에 나만 두고 슈퍼로 간

건지 친구가 원망스러웠다. 하지만 그 원망스러운 마음보다는 앞에 있는 그 사람 때문에 느끼는 공포가 더 커서 눈물이 날 것 같았다.

"저기요. 왜 그러시는 거예요."

내가 묻고 싶은 말이었다. 마침 주차장 입구로 들어서는 친구가 보였다. 친구 쪽으로 달려나가려고 하는 순간, 그 사람이 내 어깨를 움켜쥐었고 친구는 손에 든 맥주캔을 그 사람에게 던졌다. 세게 맞은 것 같지는 않았는데 그 사람은 그 자리에 가만히 멈춰 섰다. 어쨌든 덕분에 나는 탈출할 수 있었다.

당신이 10년간 이뤄 낸 그것을

다른 누군가는 10분 만에도

이룰 수 있다

16

"어린이는 커피 마시는 거 아니야. 다른 걸로 고르자."

"엄마는 커피 맨날 맨날 마시잖아!"

"그야, 엄마는 어른이니까 그렇지."

곧장 포장되어 있는 커피가루를 장바구니에서 꺼내서 제자리에 갖다둔다. 어른이라는 말은 좋아하지 않는다. 대신 성인이라는 말의 본래 의미와는 상관없이, 나는 그 저 나이를 기준으로 미성년자가 아닌 이들을 성인이라 고 칭한다.

이 사회는 이 '성인'에 대한 잘못된 이해로 가득하다.

일정한 나이가 되면 합법적으로 술, 담배, 유흥 주점 따위를 이용할 수 있게 된다. 때문에 티비 쇼만 보더라도, 막 성인이 되는 청소년들에게 '성인이 되면 무엇을 하고 싶은지'에 대해 질문 하는 모습을 심심치 않게 볼 수 있다. 우습다.

그 꼴을 보고 있자면, 이 사회에서 미성년자에게 금지하는 모든 것들이 그들을 보호하기 위함인지, 아니면 통제하기 위함인지 분명하게 느낄 수 있다. 아이들에 대한 온갖 규제가, 정말 아이들을 보호하기 위함인지, 아니면 아이들로부터 기존 사회를 보호하고자 함인지를 아이들이 깨달았을 때 느끼는 반항에의 충동은 어쩌면 자연스러운 것이다. 그야말로 충동적이지 않은 충동이다.

그들이 그 충동을 이겨내고 별일 없이 성인이 된다고 한들, 상황이 나아질 건 없다. 이 사회의 성인들은, 미성년자일 때는 금지됐고 지금은 그렇지 않은 것들에 대해 스스로가 자유롭게 누릴 수 있는 것이라고 생각하는 경향이 있다. 사회는, 이제는 그들 스스로가 자기 자신을 통제할 수 있으리라는 신뢰를 바탕으로 규제를 풀어주지만, 그들에겐 조금의 통제력도 없는 것이다. 그도 그럴 것이, 아무도 그들에게 스스로를 통제하는 방법을 알려주지 않은 것이다. 통제에의 재능을 타고난 몇몇 이들만이 사회의 원래 바람대로 행동할 뿐이다. 사회가 바람이라는 걸 가지고 있다면 말이다. 설사 사회의 바람이라는 것이 있다고 하더라도, 그것이 정말 추구할 만한 성질의 것인지는 별개의 문제이다.

그러한 재능을 타고나지 않은 대부분의 인간들에게 성인이 된다는 것은, 스스로는 깨닫지 못하는 불행의 시작인 셈이다. 사회적 통제뿐 아니라, 시간이 흐름에 따라 그들을 혼내는 존재들도 줄어가기 때문이다. 사실 사회적 통제보다도 이 훈계자의 부재가 훨씬 심각한 불행의 씨앗이다.

어린아이일 때는, 고작 커피를 마신다는 말 한마디에도 거창하게 혼을 내는 이가 존재한다. 조금 더 커서 청소년이 되어도, 고작 술을 마시고 담배를 피운다는 사실에 핏대를 세워 가며 혼을 내는 이가 여전히 존재한다. 비록 이러한 관심 많은 성인들이 갈수록 줄어가는 것이 사실이지만, 그런 건 중요하지 않다. 하찮은 하나의 예일 뿐이니까.

그러다 시간이 계속 흘러, '윗세대'라고 칭할 만한 존재들이 개개인의 추억 속에서만 살아 숨쉬는 시기가 되면, 누군가가 인생을 그야말로 낭비하며 인간이라는 호칭마저도 사치스럽게 느껴질 생활을 한다고 하더라도

그이를 엄하게 다그치는 존재는 없다. 노인들의 외로움
은 자연스러운 감정이다.

'어른'이라는 존재, 삶의 본보기가 되고 누군가가 '생'
이 아닌 '삶'을 살 수 있도록 힘을 주는 그런 존재는, 어
른이라는 단어의 흔한 쓰임이 무색할 정도로 보기 드물
다. 심지어 '나이 든 어른'은 그야말로 유니콘과 같은, 상
상 속에나 존재하는 대상이라고 해도 무방할 정도이다.

정말로 어른이라는 개념은 나이와는 무관한 것이다.
아니, 관계가 깊다고 표현하는 게 더 맞겠다. 어린이들
이야말로 어른이라는 점에서 말이다. 물론 모든 어린이
가 어른이라고 말하고 있는 것은 아니고, 어린아이들의
행동 하나하나가 본받을 만한 가치가 있다는 말을 하는
것은 더더욱 아니다. 발달 과정상 불가피하게 행해지는
미성숙한 행동들은 그야말로 나와는 완전히 무관한, 사
소한 것에 불과한 것이다.

나와 무관하다는 이유에서 그 특성을 '사소한' 것이라
고 표현하였으나, 그 사소한 것들이 정서적으로는 사소
하지 않은 것으로 느껴질 때가 있다. 그래서 정작 중요
한 그들의 면면을 가린다는 점을 시인해야겠다. 반대로,
나이든 이들의 사소한 요소들은 정서적으로 막대한 파
급력을 지녀, 실제로 중요한 무언가가 그들에게 부재함

에도 인간들은 그것을 눈치채지 못하는 경우가 대다수라는 것도 함께 언급해야겠다. 이 때문에 정작 어른 대접은 나이만 먹은 이들이 누리게 되는 것이다. 자신의 몫을 빼앗기고도 내색하지 않고, 어른인 채 하는 가짜 어른 앞에서 재롱을 부리며 기쁨을 선사하는 진짜 어른의 어른스러움은 이때에도 빛을 발한다.

정말로 나이와 성숙도엔 아무런 상관관계가 없다. 나이가 어린 이들이 시간과 경험을 덜 가진 건 맞다. 그렇지만 성숙은 그리 큰 시간이나 다채로운 외부 사건을 요구하지 않는다. 당신이 10년간 이뤄 낸 그것을 다른 누군가는 10분 만에도 이룰 수 있다. 세상은 공평하다.

성숙만큼 집약적 도약이 가능한 영역은 없다. 오히려 순도 높은 성숙은 젊은 사람들에게 더 많이 나타난다. 인간들은 경험을 통해 더러움이 묻으며 자신을 수정하는 것도 성숙의 과정이라고 말하지만, 그렇지 않다. 그건 단지 각자의 인간으로서의 나약함의 표면화일 뿐이다.

나이가 어리다고 무시하는 것은 자기의 과거의 미성숙함에 대한 부끄러움뿐만 아니라, 그 부끄러움을 직시할 용기의 결여, 그리고 정작, 모든 이의 삶의 성숙이 자신의 것과 같다는 말도 안 되는 생각의 고착을 부끄러워

하지 않음을 드러내는 것이다.

　아까 커피를 마시고 싶어하던 어른이 다시금 내 앞을
지난다. 우러나오는 존경심에, 얼른 주머니에 손을 넣어
담배를 꺼낸다. 나에게 눈길조차 주지 않고 스쳐 지나려
하는 어른을 붙잡아 담배 한 대를 건넨다. 어른의 엄마
로 보이는 이가 나를 노려보며 소리친다.
　"지금 애한테 뭐하시는 거예요!"
　"어른에게 어른의 기호식품을 건넸을 뿐입니다."
　그이는 나를 흘겨보며 어른을 제 뒤로 숨겼다. 그러나
어른과 나는 조금도 멀어지지 않았다. 그거면 되었다.
　그런데 내가 왜 존경심을 품는가? 어른이라는 게, 성
숙이라는 게 무슨 가치를 지니기에? 한낱 인간에 불과한
이에게 왜 나는 그런 마음을 갖는가. 모순적이다.
　아니다. 그건 나와 어울리는 말이 아니다. 머리가 아프
다. 담배에 불을 붙인다.

16

　　　　　　　아이와 장을 보러 나왔는데, 갑

자기 낯선 사람이 아이에게 담배를 건넸다.

"지금 애한테 뭐하시는 거예요?"

"어른에게 어른의 기호식품을 건넸을 뿐입니다."

그렇게 말하는 그 사람의 눈에서 싸늘한 광기가 느껴졌다. 평소 성격대로였으면 소리라도 지르고 싸웠어야 했지만, 눈빛에서 느껴지는 광기와 예사롭지 않은 겉모습 때문에 굳이 길게 말을 섞고 싶지 않았다.

광대뼈와 눈두덩이가 심하게 부각될 정도로 깡마른 몸매에, 스님이라고 해도 믿을 정도로 짧게 깎은 머리, 계절과 맞지 않는 옷차림까지 전체적으로 기괴하다는 느낌이 드는 사람이었다. 물론 무엇보다도 어린아이에게 담배를 선물하는 그 행동은 그를 정상인이라고는 믿을 수 없게 했다.

황급히 아이의 손을 잡아채서 발길을 돌렸는데 다행히 그 사람이 따라오지는 않았다. 그리고 잠시 후 그 사람이 있던 쪽에서 소란이 일었다.

"저기요. 매장 내에서 금연인 거 몰라요? 당장 밖으로 나가세요."

피하길 잘 했다는 생각이 든다. 역시 이 사회는 아이를 키우기에 적절하지 않다.

결과는 동경하지만

과정은 궁금해하지 않는 이들을

못 견딘다

17.

　　　　　　　　왜 살아야 하는지도 모르는 이
들, 그 이유의 존재성 따위엔 관심이 없는 이들. 그들이
타인의 죽음을 슬퍼하는 것만큼 우스운 일도 없다. 슬픔
의 원인이 단지 죽은 이의 모습을 다시는 볼 수 없다는
사실에 기인한다면 그들을 비웃을 생각은 없으나, 때로
는 떠난 이가 실제보다 더 아름다운 모습으로 남는 것이
기에 그들의 슬픔에 공감하는 마음을 보낼 생각은 여전
히 조금도 없다. 슬픔의 이유가 되는 모습들은 진실과는
아무런 관계도 없을 때가 많다. 상상 속 모습이 사실이

아니라는 것을 몸소 보여줄 대상이 사라졌을 때, 추억은
비로소 완전한 상상력의 산물이 되는 법이다.

그자의 어머니가 더는 이 세상에 존재하지 않는다는
걸 알게 되었다. 가계도랄 것도 없는 초라한 종이 위 이
름에 가위표를 치고는 장례식장을 찾았다. 그이의 장례
식장은 아니었지만 그런 건 별로 중요하지 않다. 시체가
어디에 누워있는지는 아무런 의미도 갖지 않는다. 자식
으로서의 도리와는 관계없이, 왠지 누구에게든 추모의
마음을 보내며 나 스스로에게는 축하하는 마음을 보태고
싶어서 그저 대학 병원 옆 장례식장을 찾았을 뿐이다.

그자의 아버지의 육체가 시체가 되었을 때 나는 처음
으로 장례식이라는 것을 경험했다. 그날은 그야말로 끔
찍한 날이었다. 아무도 죽은 이의 영혼에는 관심이 없
었다. 곡소리가 역겨웠다. 눈물은 목구멍을 막기 마련인
데, 곡을 하는 이들의 혀는 멈출 줄을 몰랐다. 마치 재생
버튼을 누르기만 하면 열창을 마다하는 법이 없는 음원
속 가수처럼, 그들은 새로운 조문객이라는 재생 버튼에
예외없이 반응했다.

곡소리가 지겨워질 때쯤이면 화환을 든 기사가 찾아
와 수령 확인을 부탁했다. 그 많은 화환 속, 그자의 아버

지와 직접적인 관련이 있는 곳에서 보낸 것은 단 하나도 없었다. 그자의 어머니의 직장이나 그 거래처에서 보낸 것들이 대부분이었다. 누굴 위한, 무엇을 위한 의식인지 혼란스러웠지만, 적어도 그 의식이 그자의 죽은 아버지를 위한 것은 아니라는 것만큼은 명확했다. 그 와중에도 온갖 복잡한 절차를 갖추어 진행되는 며칠간의 식을 보며 다짐했다. 반드시 무연고자로 죽겠다고. 본질적으로 나는 완전한 무연고자임에도, 이 사회에서 무연고자로 인정 받기 위해 한참을 기다려야 했다는 사실은 우습다.

장례식장 앞을 찾기는 했지만, 역겨운 장례식을 두 눈으로 다시 보고 싶은 마음은 없었다. 바에 앉아 취한 이들의 푸념을 듣곤 하는 것처럼, 장례식장 앞 벤치에 앉아 곡소리를 배경 삼아 담배를 피웠다.

"젊은 나이에 참 안됐지. 부모는 어쩌라고 그랬을까. 많이 힘들었나봐."

"그러게 말이야. 안쓰러운 것."

누군가의 죽음이 무언가를 바꾸어서는 안 된다. 고인이 생을 마감했다는 것 외에는 어떠한 인식도 주어서는 안 된다. 어떠한 인식의 변화도 불러일으켜서는 안 되는 것이다. 독하던 인간이 죽음으로써 가엾은 이가 되고,

철없던 인간이 죽음으로 인해 성숙한 이가 되고, 죽어야 마땅했던 짐승 같은 인간이 후회를 아는 안쓰러운 이가 되어서는 안 된다.

상상에 의해 추억이 변함에 따라, 고인이 생전의 모습보다 아름다운 모습이 되어서는 안 되는 것이다. 죽음으로써 무언가를 바꿀 수 있다는 인식을 가져서는, 갖게 해서는 안 된다. 죽음으로 인해 바뀔 수 있는 무언가라면 죽음 없이도 바뀔 수 있는 것이어야하고, 실제로 바뀌어야만 하는 것이다.

죽음이 무언가를 바꿀 수 있다는 인식이 얼마나 많은 젊은 영혼을 스스로 이 세상에서 떠나도록 만들었는지를 생각하면 숨이 막힌다. 더욱 역겨운 사실은, 실제로 그들이 죽음으로써 그들 개개인에 대한 평가가 많이도 바뀌었다는 것이다.

그리고 아직 생을, 삶을 버텨내고 있는 인간들, 사람들 안에서 그런 변화가 일어났으며 그들 스스로도 자신의 마음속에서 무언가가 변화됐음을 알아챘다. 그렇게 그들 중 일부는, 자신의 죽음도 비슷한 결과를 낳을 것이라고 은연중에 생각하게 됐다.

인간들의 평가라는 건 아무런 가치도 없는 주관적이고 비합리적인 사고의 산물임을 알고 있는 이들마저도,

그 '인간'에서 자기 자신은 제외시키는 경향이 있다. 그래서 입으로는 '사람들의 평가는 의미 없는 것'이라고 말하면서 마음속으로는 와닿아 하지 않는다. 이건 정말이지 역겨운 사실이다.

말이 나왔으니 말인데, 아직도 나와 '사실'을 구분하지 못하는 이들이 있다는 사실을 말해야겠다. 나와 '사실'은 조금도 같지 않다. 나의 속성에는 사실이 포함되지 않고, 마찬가지로 '사실'에는 나의 속성이 포함되지 않는다. 그래서 내가 '사실' 중 일부를 '역겹다'고 말하는 것은 자기 비하와는 관계가 없다. 사실 나는 대부분의 '사실'로서 행해지는 것들을 역겨워한다. '사실'은 시간이 흐를수록 나와 공존할 수 없는 성질의 것이 되어가고 있다. 이건 진실이다.

"이렇게 가버리면 어떡해. 내가 힘들 때 잡아준 게 그 애였는데."

슬픈 사실이다. 상대에게 받은 힘과 위로를, 반대로 그이가 힘겨워할 때 되돌려주지 못하는 경우가 대부분이라는 사실 말이다. 그러나 거기에 진실은 조금도 없다. 위로를 위한 위로와 진실 없는 응원에는 정말 넓은 의미에서의 진실조차 찾아볼 수 없다. 나 외엔 누구도 진정한 위로를 할 수 없다. 고로 나는 어떤 인간으로부터도 위로를 받거나 삶을 헤쳐나갈 수 있는 힘을 얻은 적이 없기에 그런 류의 상실감은 겪지 않는다.

물론 다른 류의 상실감을 느끼기는 한다. 누군가에게 내 모습을 드러냈을 때, 나를 거부하는 인간을 마주할 때면 굉장한 상실감을 느낀다. 그건 정말 느낌만이 아니다. 상실 그 자체를 경험하는 것이다. 그러나 다행히도 내겐 인류애라는 감정이 조금도 없어서, 마음이 아프거나 그들이 안쓰럽지는 않다. 상심도 그리 크지는 않다. 모든 이가 나의 존재를 인정할 거라고 기대한 적은 단한 번도 없다.

내가 눈앞에서 말을 걸고 있음에도 불구하고, 그이를 껴안고 있음에도 불구하고, 나라는 존재는 존재하지 않는 허구의 것이라고 소리치는 이들을 보는 일은, 이제는 숨쉬는 것만큼이나 아무런 느낌이 없다.

하지만 정말 숨쉬는 것과 비슷해서, 때때로 숨을 쉬고 있다는 사실을 자각하며 순간적으로 경미한 호흡곤란을 느끼거나 무의식적인 행위에 불필요하게 의식이 개입하여 불편함을 느끼게 되는 것과 마찬가지로, 존재를 부정당하는 순간들이 내 마음을 뻐근하게 만드는 때가 있다. '원래 이렇게 숨을 쉬었었던가', '이토록 큰 숨소리를 어떻게 듣지 못하고 생활했던가' 하는 식으로 느끼면서 모든 것이 부자연스러워지고 버겁게 느껴지는 순간들 말이다.

나는 이런 식으로 비유를 통해 말하는 방식을 좋아하지 않는다. 귀중한 것을 설명하기 위해 하찮은 것이 언급되는 순간들을 견디기 힘든 탓이다. 하지만 특정한 목적을 위해서는 어느 정도 수단의 용인이 필요하다는 역겨운 '사실'을 때때로 받아들인다. 내가 결과주의자이기 때문은 결코 아니다. 다시 말하지만 나는 어떤 류의 주의자도 아니다. 오히려 나는, 결과는 동경하지만 과정은 궁금해하지 않는 이들을 못 견딘다. 이는 죽음에 있어서도 마찬가지이다.

17/0

아침 시간에 내 잠을 깨운 건 부고 연락이었다.
'부고 알립니다.'

그렇게 시작되는 문자 메세지에 쓰인 이름을 봤을 때, 세상이 무너지는 기분이 어떤 건지 처음 느꼈다. 지금껏 많은 장례식에 참여했지만 이런 마음이 드는 것은 처음이었다. 씻을 생각도 하지 못하고 옷만 급하게 챙겨 입고 나와서 택시에 올라탔다. 운전을 했다가는 사고가 날 것 같았다.

새벽에 친구 어머니로부터 연락이 와 있었다. 자살이라고 했다. 그 문자를 보면서도, 식장으로 향하는 택시 안에서도 내 친구가 아닌 다른 사람의 식에 참여하기 위해 가는 거라고 믿고 싶었다. 그럴 가능성이 없다는 걸알면서도, 이름이 같은 이가 죽었는데 그 연락이 내게 잘못 온 것이라고 믿고 싶었다. 친구가 어머니의 휴대폰으로 짓궂은 장난을 친 거라고 믿고 싶었다. 아무리 가능성 없는 일이라고 해도, 내 친구가 스스로 목숨을 끊는 것보다는 가능성이 높은 일처럼 느껴졌다.

내가 개인적으로 정말 힘들었던 시기가 있었다. 모든걸 다해 사랑했던 사람이 더는 내 모든 것에 마음이 동하지 않는다며 나를 떠났고, 단둘이 살았던 어머니가 병으로 세상을 떠났으며, 정신이 없는 상태에서 크게 실수를 해 일자리도 잃었다. 그 모든 일이 일주일도 채 되지 않는 사이에 일어났다. 왜 불행은 항상 동시에 찾아오는 것인지 세상이 원망스러웠다.

스스로 중심을 잡는 방법을 몰랐던 내게, 애인과 어머니의 죽음은 너무 버겁게 느껴졌다. 적당히 슬퍼한 후에내 자리로 돌아가야 했는데, 나는 내 자리라는 걸 갖고 있지 않았다. 내 자리라는 건 그저 애인의 옆자리, 또는 내 어머니의 옆자리였다.

모든 걸 내려놓고 싶었다. 세상에 대한 나의 짝사랑은 한순간에 바닥나 버렸다. 그런 와중에 날 붙잡아준 사람이 바로 그 친구였다. 바쁜 날에도 매일같이 전화를 걸어 끼니는 잘 챙겼는지, 잠깐이라도 외출은 했는지 물어보고, 내가 조금이라도 더 우울해보이는 날이면 반찬를 싸고 찾아와 우리집 현관문을 두드려 댔다.

그때 나는 그저 그 친구가 강인한 사람이라고 생각했다. 사랑이 넘치지만 연약한 사람이었다는 걸 모르고 있었던 거다. 나처럼 우울한 사람을 곁에 둔 탓에 괜히 함께 힘들었을 그 친구의 고통은 한 번도 헤아려본 적이 없던 스스로가 원망스러웠다.

나는 그렇게 친구 덕분에 죽음의 문턱에서 삶 쪽으로 되돌아왔는데, 그 후로도 조금이라도 힘든 일이 생기면 친구에게 전화를 걸어 투정을 늘어놓기 일쑤였는데, 친구는 단 한 번도 내게 자신이 무엇 때문에 힘든지 말하지 않았다. 오히려 내가 먼저 친구에게 힘들지 않냐고 물어도 그는 그저 견딜만 하다고만 말했었다. 나는 그게, 그가 그저 행복한 삶을 살고 있기 때문이라고 생각했다. 말하지 못할 고민과 상처가 있을 거라고는 생각하지 못했다.

나에게 베풀어 줬던 관심과 사랑의 반도 다시 돌려주지 못했다는 것이 내 마음을 아프게 했다. 평소보다 그의 표정이 안 좋아보일 때면 나도 나름대로 이런저런 따뜻한 말들을 건네려고 노력했지만, 친구의 마음을 울리지는 못했다는 걸 그 당시에도 알고는 있었다. 이미 알던 사실이었지만 일이 이렇게 되고 보니 친구에게 더 미안한 마음이 밀려왔다. 이제는 이 미안한 마음을 표현힐 수도 없다는 것이 한스럽다.

이렇게 가버리면 어떡하나. 내가 가장 힘들 때 잡아 준 사람이 이렇게 떠나 버리면 이제 나는 어떻게 살아가야 할지 막막하다.

문제는 자신의 생을, 삶을

사랑하지 않게 된다는 데에 있다

18

"그러니까 저는 학교에 다닐 때
부터 구제불능인 사람이었어요. 친구랑 길을 가는데 마
주친 선생님이 했던 말이 아직도 기억에 선명하게 남아
있을 정도죠. "넌 아직도 이런 질 나쁜 애랑 다니니?" 그
러더군요. 물론 저 말고 제 친구에게요. 친구는 당황했
는지 그냥 웃고 맙디다. 어린 마음에 그 친구가 얼마나
원망스럽던지요."

그이의 멋쩍은 웃음 뒤로 쓸쓸함이 선명했다. 그이의
손은 강인해보였으나 그 손에 들린 잔 속에 위스키가 조

금 흔들리는 게 눈에 띄었다.

"물론 잘못됐죠. 원망은 그 선생님이 받는 게 마땅한 데 말이에요. 어쨌든 저는 제게 항상 따라 붙는 '질 나쁜 애'라는 그 말을 운명처럼 느끼기 시작했어요. 내 인생은 망했다. 내가 아무리 발버둥을 쳐도 바뀔 수 없다. 그렇게 말이에요. 이젠 운명에 순응하고 삽니다."

그이는 아직 반쯤 남은 위스키를 입술에만 살짝 갖다 대고신 뗀다.

"나라에서 나오는 지원금을 아꼈다가 한 달에 한 번 이런 바에 앉아있는 모습이 누군가에겐 참 한심해보이겠지만요, 난 이거면 만족합니다. 우습게 들릴지 모르겠지만, 이러다가 생활이 너무 힘들어지면 가끔 일을 하나 저지르면 돼요. 지금보단 잘 먹고 잘 잘 수 있거든요. 사실 요즘도 꽤 힘들지만 거기에 들어가면 이런 위스키 한 잔의 낙을 포기해야 하니 조금 더 버텨보려고 해요."

미성숙한 자들에 대한 말은 얼마나 중요한가. 그저 하찮은 말일 뿐이지만 그들은 그것을 낙인처럼 느낀다. 잘 알지도 못하는 이들의 한마디가 모인, 진실이라고는 조금도 없는 집합체를 결국 자신의 운명이라고 여기고 마는 것이다. 더군다나 선생처럼 나름의 권위를 지닌 이가 그런 말을 하기라도 하면, 마치 선생을 막연히 바른 생의 본보기 격으로 느끼던 아이들은 잠시의 반항 후 그 말에 수긍하고 만다.

그 인간 또한 단지 직업이 교사일 뿐이고, 어쩌면 교실에 앉아있는 학생들 태반보다도 미성숙하며 하찮은 사고를 품고 있을 수 있다는 가능성을 아이들은 알지 못한다. 교사 스스로도 그런, 세속적인 말로 '겸손함'을 품고 있는 이를 찾아보기 힘든 게 사실이다. 가르칠 가치가 조금도 없는 것을 가르치면서 스스로 무언가 대단한 일을 하고 있다는 착각에 취해 헤어나오지 못하는 이들은 널렸다. 누군가에게 진정한 깨달음을 주는 일보다, 말 한마디로 그들의 생을 좌절로 이끄는 일이 훨씬 빈번하다는 진실을 알면 그 일을 선택할 이는 몇이나 될까.

교사들만의 문제가 아니다. 단지 그이의 말을 토대로 하다 보니 저렇게 말했을 뿐이다. 진정한 문제는 낙인도, 오해로 빚어진 운명도 아니다. 진짜 문제는, 그들이 그런 다양한 이유들로 인해 자신의 생을, 삶을 사랑하지 않게 된다는 데에 있다.

분노를 참고 참지 못하고, 힘을 쓰고 싶은 상황을 참고 참지 못하는 데에 대한 결정요소를 이성적인 판단, 상대에 대한 존중 등으로 보지만 그건 단지 부수적인 요인일 뿐이다. 가장 큰 요인은 자신의 생, 평범한 일상에 대한 사랑이 있는가이다.

이 사랑의 부재는 극단적일 경우 생을 놓아버리는 것으로 나타난다. 스스로 '목숨을 끊는 것'을 말하는 것이다. 물론 자살은, 때로는 자신의 삶을 너무 사랑한 탓에 행해지기도 한다.

내 옆자리에 앉아 아직도 위스키로 입술만 축이고 있는 인간. 그이의 생은 조금도 특이하지 않다. 단지 하나의 흔한 경우에 불과하다. 그가 자신의 생을 조금만 사랑한다면, 사랑했다면, 위스키와 함께하는 이 시간을 조금만 더 사랑한다면 그이의 미래는 달라질 것이다.

"대화하는 방법을 몰랐고 제 감정과 생각을 말로 전달하는 방법을 몰랐어요. 아버지는 외국에서 일을 하신다는 얘기만 들었고 어머니는 폭력적이었어요. 어머니는 매일 낮과 밤을 가리지 않고 위스키를 마셔 댔고 습관적으로 저를 때렸죠. 학교 수업 때문에 사뒀던 야구 방망이가 있었는데 수업을 한번 해보기도 전에 그 방망이는 피로 빨갛게 물들었어요. 나무가 그렇게 피를 금방 빨아들이는지 그때 처음 알았죠.

어쨌든, 외동자식이기까지 해서 어린 시절부터 대화 상대가 없었어요. 저는 학교에 입학하고 나서야 비명소리가 아닌 제 목소리를 처음 알았고, 심지어 제게도 이름이 있다는 걸 그때에서야 알게 됐어요. 처음에는 이름이 불려도 제 이름인지 몰라 아무 대꾸를 안 해서 한참 혼났었죠. 그런 제가 어떻게 마음을 언어로 표현하는 방법을, 그것도 잘 다듬어서 표현하는 방법을 알았겠나요? 화가 나면 소리를 지르거나 책상을 엎어 버리곤 했어요. 어머니께 보고 배운 것에 비하면 양호한 편이었죠. 웃긴 건, 화가 났을 때만 그런 게 아니었다는 거예요. 누군가 다정히 대해 주거나 가벼운 신체적인 접촉을 해도 저는 당황스러움을 참지 못하고 소리를 지르거나 밖으로 뛰쳐나가 버렸어요.

아, 웃는 얼굴. 저는 그 얼굴이 참 싫었어요. 한 번도 본 적 없던 얼굴이었거든요. 기괴하게 느껴졌어요. 저건 어떤 느낌으로 짓는 표정인지 알지 못했죠. 하지만 잘은 몰라도 따뜻하게 느껴지는 무언가는 있었던 것 같아요. 그래서 기괴하다고 느꼈는지도 모르겠어요. 한번은 웃는 짝꿍의 얼굴에 주먹질을 했던 적이 있었죠. 내 정서에는 따뜻함이라는 게 조금도 없는데... 마냥 따스해보이는 그 얼굴에 질투가 났던 것 같아요. 차라리 이렇게 말을 했더라면 괜찮았을 텐데, 그땐 그런 방법이 있다는 것도 몰랐죠."

한숨을 내쉰다.

"그게 그리도 큰 죄였을까요?"

하고 싶은 말이 너무 많아 그것들이 한 데에 뒤엉켜서 아무 의미 없는 말들이 되어버리고, 더 이상 내겐 할 수 있는 말이 없었다.

"죄가 되는 것이 이 사회입니다. 잘못이 아닌 것이 잘못이 되고, 의미 없는 것이 대단한 가치를 지니는 것이 되고, 추악한 것이 예술이 되고, 누군가의 고통이 아름다움이 되는 한심한 곳 말입니다. 너 많은 것을 이야기하고 싶지만 지금으로썬 이 정도가 최선일 것 같군요."

내 앞에 놓인 물 한 잔을 단번에 들이켠다. 여기가 어디인지 스스로에게 자각시킨다.

"맹세하는데, 저는 한 순간도 누군가를 질투해본 적이 없습니다. 나에겐 어울리지 않는 미소가 참 자연스러운 동급생을 봤을 때도, 손바닥을 자로 한 대 맞고는 자신을 누군가가 때렸다는 사실이 서러워 눈물을 흘리는 친구를 봤을 때도, 미주알고주알 부모에게 모든 걸 털어놓는 친구를 봤을 때도 저는 정말로, 조금도 질투를 느끼지 않았어요. 나와는 다른 이들이었어요. 시작이 다를 뿐 아니라 끝도 다르도록 운명지어진 이들이었죠. 나는 할 수 있는 게 없었습니다. 시작부터 실패작이었으니까요."

머뭇거림이라고는 찾아볼 수도 없이 단번에 말을 내뱉던 이가 잠시 망설이며 뜸을 들이는 듯 싶더니 이내 말을 잇는다.

"처음으로 감방에 들어간 건 어머니를 죽여서였어요. 그땐 모든 게 명확했습니다. 어머니가 더 이상 살아서는 안 되는 이유와 내가 어머니의 끝을 봐야만 하는 이유, 그 모든 게 참 선명했죠. 의심의 여지가 없었고 망설일 이유는 더더욱 없었습니다. 그런데 요즘은 그런 생각이 듭니다. 어머니는 언제부터 그런 사람이었는지, 누구 때문에 그랬는지. 나처럼 그냥 그렇게 운명지어진 것인지 혼란스럽습니다. 나도 살아서는 안될 것 같다는 생각도 듭니다. 실은, 살아야 하는 이유가 아무것도 없어요. 집에서 기다리는 어린 자식이 있는 것도 아니고 이뤄야만 하는 목표가 있는 것도 아닙니다. 내가 죽는다고 슬퍼해줄 사람이 있는 것도 아니고 나의 죽음이 누군가에게 피해가 되는 것도 아닙니다. 가끔은 왜 당장에라도 죽어버리지 않는지 스스로가 이해되지 않을 때도 있어요."

조금 숨이 막혀온다. 동시에 얼굴이 달아오르는 것이 느껴진다.

"가족이, 꿈이, 현실에의 모든 것들이 살아야 하는 이유가 되지는 않습니다. 아니, 그래서는 안됩니다. 당신은 어쩌면 진정한 의미에서의 삶을 살기에 적합한 조건들을 타고난, 축복받은 인간일지도 모릅니다."

이미 자신의 운명을 결정한 그이는 옅게 웃은 뒤 남은 위스키를 몽땅 입으로 털어 넣는다. 한 시간 동안 아껴뒀던 보람 없이.

"당신이 찾을 수 있기를 마음으로 바랍니다."

내 말에는 아무런 대꾸도 없이, 그 사람은 주머니에서 볼품없이 구겨진 현금을 꺼내 잔 밑에 깔아두고는 일어선다.

"저는 벽과 이야기했군요. 운명입니다. 운명. 내가 무슨 짓을 해도, 결국은 아무 짓도 못할 거예요. 나는 그런 사람이니까요."

운명이라는 글자를 힘주어 다시 한번 말하고는 자리를 뜬다.

때때로 누군가가 삶이 아닌 생을 살아가는 것은 본인의 탓이 아닌 경우가 있음을 마주하는 것이 아프다. 생을 버텨내는 것만으로도 버거운 인간이 있다는 진실을 마주하는 것은 고통스럽다. 그 인간에게 연민을 느낄 것만 같다.

아니다. 그 인간은 '생'을 살기 때문에 버티기 힘든 것이다. '삶'을 산다면, 그이는 더 자유로울 수 있다. 진정한 진실은, 나는, 사람들을 자유롭게 한다. 본질에 기인하는 자유이다.

그럼에도 불구하고 떠나는 그이에게 내가 무엇을 했느냐고 묻는다면 뭐라 대답할 말이 없다. 단지 나는 거기에 있었다고, 단어 하나하나 주의 깊게 들으며 마음 아파했다고밖에는 딱히 할 수 있는 말이 없다.

내가 인간과 무엇이 달랐느냐고 묻는다면 여전히 할 말이 없다. 단지 그이는 나를 필요로 하지 않았다. 진실을 필요로 하지 않았다.

18

"정말이야. 오늘은 정말 술만 마시러 왔다니까? 이거 봐봐. 돈도 가져왔다고."

바에 들어서자 나를 노려보는 바텐더에게 다급히 말했다. 몇 번 구걸했던 적이 있는 나는 이 바의 요주의 인물이 되었다. 하지만 제 정신인 사람에게 천 원을 받아 내는 것보다 술 취한 사람에게 십만 원을 받는 게 더 쉬운 일이니, 그런 곱지 않은 시선에도 자꾸 이곳을 찾아올 수밖에 없었다.

혹시 모르는 일이니 바텐더와 가능한 먼 자리를 찾았다. 처음 보는 사람이 구석에 혼자 앉아있는 게 눈에 띄었다. 겉보기에 돈이 많아 보이지는 않았지만, 술잔을 앞에 둔 채로 물만 들이켜고 있는 모습을 보아하니 기다리는 일행은 없는 것 같았다. 주문한 위스키 한 잔을 받아들고는 그 사람의 옆자리로 가서 한 자리를 띄고 앉았다.

"행색이 이렇다 보니 처음 오는 바에서는 항상 막아서 너라고요."

구걸을 하다 보니 낯선 사람에게 말 붙이는 건 더 이상 일도 아니었다. 그 사람은 내 눈을 한번 쳐다보는 것 외에는 다른 곳엔 시선도 두지 않고 대꾸했다.

"훌륭한데요."

잘 풀릴 것 같다는 느낌이 온다.

"옆자리에 앉아도 될까요?"

그 사람은 별다른 말 없이 눈썹을 한 번 올렸다 내릴 뿐이었다. 옆자리로 자리를 옮기며 말을 이었다.

"그렇게 말씀해주신 분이 처음이라서요. 혼자 오신 거예요?"

"네. 앉아서 이런저런 이야기 듣고 있으면 재밌거든요."

좋다. 오늘은 일진이 아주 좋다. 내가 하는 말을 일단 들어주기만 한다면 지갑이 열리는 건 일도 아니다. 이미 짜여진 이야기 틀이 있다. 그날그날 상황이나 내 기분에 따라, 아니면 상대방의 반응에 따라 세부적인 것들은 조금씩 달라지지만, 지갑을 여는 기술로 가득찬 큰 틀은 이미 가지고 있다. 우선 위스키를 한 모금 마셔 말소리에 술냄새가 조금 섞여 나오도록 하고, 조금의 위스키로 입술을 적셔 부르튼 입술이 더 부각되도록 만든다.

"어찌 됐든 따뜻한 말을 건네주시는 분을 오랜만에 만나니까 정말 좋네요. 저는 친구가 없거든요. 이렇게 술집 종업원들까지도 저를 꺼리고요."

그 사람은 여전히 물을 마시며 내 손과 입술을 흘깃 본다. 좋은 신호이다.

"그러니까 저는 학교에 다닐 때부터 구제불능인 사람이었어요. 친구랑 길을 가는데 마주친 선생님이 했던 말이 아직도 기억에 선명하게 남아있을 정도죠. "넌 아직도 이런 질 나쁜 애랑 다니니?" 그러더군요. 물론 저 말고 제 친구에게요. 친구는 당황했는지 그냥 웃고 말더라. 어린 마음에 그 친구가 얼마나 원망스럽던지요."

그 사람이 여전히 입술 쪽을 보기에 위스키를 입술에 조금 바른다.

"대화하는 방법을 몰랐고 제 감정과 생각을 말로 전달

하는 방법을 몰랐어요."

할 줄 아는 거라고는 혀를 놀리는 일밖에 없는 내가 그런 말도 안 되는 소리를 하는 게 스스로도 우습지만, 거짓말은 매혹적인 힘을 갖고 있어서 일단 시작만 하면 그 뒤는 자동으로 말이 이어지기 때문에 굳이 첫 문장을 정정할 필요는 없다. 그렇게 말을 하다보면 스스로가 정말 그런 사람인 것처럼 느껴진다. 연극을 하는 배우들은 이런 느낌일까. 그런 생각이 드는 와중에도 거짓말은 끊이지 않고 계속된다. 적당한 순간에 한숨을 내쉰다.

"그게 그리도 큰 죄였을까요?"

뭔가 하고픈 말이 있는 눈치다. 그럴 땐 사연이 있는 사람처럼 술잔과 허공을 번갈아 보는 게 효과적이다.

"죄가 되는 것이 이 사회입니다. 잘못이 아닌 것이 잘못이 되고, 의미 없는 것이 대단한 가치를 지니는 것이 되고, 추악한 것이 예술이 되고, 누군가의 고통이 아름다움이 되는 한심한 곳이 말입니다."

그렇게 말하고 그 사람은 물 한 잔을 단번에 들이켠다. 내가 듣는 모든 것은 거짓말의 씨앗이 된다. 그 사람이 해준 말 또한 언젠가 써먹어도 괜찮을 법한 이야기다. 이 사람에게 다시 써먹지 않도록 주의하기만 하면 된다.

"시작부터 실패작이었으니까요."

이렇게 잘 들어주는 이에게는, 쉽게 공감하는 이에게는 이 말을 하는 것이 가장 중요하다. 이 말 한마디를 위해 서론을 길게 지어낸다. 그 다음엔 무슨 말을 해야 하지? 그 사람이 별다른 움직임을 보이지 않으니 한발 더 나아가야 한다.

"처음으로 감방에 들어간 건 어머니를 죽여서였어요. 그땐 모든 게 명확했습니다. 어머니가 더 이상 살아서는 안 되는 이유와 내가 어머니의 끝을 봐야만 하는 이유 그 모든 게 참 선명했죠."

죽음과 가족만큼 강렬한 소재는 없다. 언젠가 보았던 영화에서 나왔던 대사의 일부를 인용해서 말을 잇는다. 이제 그 사람이 반응할 차례이다.

"가족이, 꿈이, 현실에의 모든 것들이, 살아야 하는 이유가 되지는 않습니다. 아니, 그래서는 안됩니다. 당신은 어쩌면 진정한 의미에서의 삶을 살기에 적합한 조건들을 타고난 축복받은 인간일지도 모릅니다."

젠장. 지금까지 쌓아온 이야기가 쓸모없어지는 순간이다. 이 사람과 더 이야기하는 건 시간낭비일 뿐이다. 돈 대신 이런 식의 희망을 주는 이야기로 상황을 무마하려는 이들은 최악이다. 그에게 투자한 삼십 분 남짓한 시간이 아까워서 웃음이 난다. 남은 위스키를 몽땅 입으로 털어 넣는다.

"당신이 찾을 수 있기를 마음으로 바랍니다."

끝까지 이런 식이군. 그래도 술값 정도는 계산해줄지도 모른다는 생각에, 가능한 천천히 주머니에서 현금을 꺼내 잔 밑에 깔고는 일어선다. 이제 정말 마지막 기회다.

"저는 벽과 이야기했군요. 운명입니다. 운명. 내가 무슨 짓을 해도, 결국은 아무 짓도 못할 거예요. 나는 그런 사람이니까요."

그 사람은 나를 따라오지도, 내 주머니에 돈뭉치를 넣어주지도 않는다. 헛탕이다.

19/.

　　　　　　살림이라는 것, 집안일이라는
것에 나는 조금도 흥미를 느끼지 못한다. 살기 위해 사
는 것 같다는 느낌을 받는다. 내가 청소를 하고 빨래를
하고 음식을 하며 공과금을 내야 하는 그런 곳에서 '나'
로서 산다는 건 거의 불가능한 일이다.

　가족, 정확히는 그자의 가족들과 함께 생활할 때처럼,
가끔 초인종을 누르는 인간이 있거나, 빌라에서 살 때처
럼 이웃이랍시고 지나칠 때마다 괜히 한 번씩 아는 척을
하며 말을 붙이는 인간들이 있다면 더더욱 불가능하다.

그런 집에 들어앉아 있을 때면, 자꾸만 일상 속 모든 것들이 눈에 밟힌다. 그 모든 것들은 인간의 몸으로선 어쩔 수 없는 신경거리가 된다. 거기에다 날 배려하지 않는 그자와, 거만한 의사까지. 다시 생각해 봐도 나에겐 일반적인 집을 떠나야만 하는 이유가 충분했다.

"빨간 소파를 하나 들여놓아도 괜찮겠습니까?"

"내가 50년을 이 여관을 히면서 지네 같은 사람은 또 처음 보겠네. 있는 책상을 치워 달라는 사람도 있었고... 더 전에는 까는 이불을 다섯 개나 요구한 사람도 있었지만 말이야. 방 치울 때 가서 봤더니 그 이불을 겹겹이 쌓아서 잔 것 같더군 그래. 호기심에 나도 한 번 누워봤는데 꽤 편하긴 하더군. 그래도 그때는 매트리스라는 게 있다는 걸 모를 때라 그냥 유난스러운 사람이라고 생각했지. 아마 우리나라에서 처음으로 매트리스를 사 쓴 사람은 그 사람이 아닐까 싶네."

주인장은 코에 걸쳐진 안경을 연신 올려가며 말을 내뱉었다. 나를 포함한 모든 숙박객에게 어떠한 정보도 묻지 않는다는 점에서 그이는 최고의 숙박업소 사장이었지만 한 가지 치명적인 단점이 있다면, 이토록 말이 많다는 것이다. 자신의 이야기를 하느라 다른 이의 이야기는 들을 여유가 없는지도 모른다. 하지만 이런 특성은 그이 정도의 나이를 가진 대부분의 인간들이 지니는 단점이지, 사장만의 특수한 점은 아니므로 견딜 수 있다.

겪어왔던 생을 입으로 뱉어 내면서 그이는, 그이가 지금 보이는 것처럼 평생 노인의 모습으로 무기력하게 살아오지는 않았다는 사실을 드러내고 싶은 것이다. 나에게, 그리고 무엇보다도 자기 자신에게. 과거보다 지금이 더 나은 이는 과거를 추억할 이유가 없다. 그 시절을 함께 보낸 이들과 함께하는 술자리에서가 아니라면 말이다. 그토록 쓸데없는 술자리.

그런 그이의 모습은 꽤 애처로워 보였지만 그 마음을 드러내지는 않았다. 허락 없는 연민은 정서적 학대의 일종이다. 아무것도 느끼지 않은 척 하기 위해, 그리고 내 질문에 대한 확답을 얻어내기 위해 나는 그냥 위아래의 입술을 조금 더 밀착시키며 주인장을 바라봤다.

"좋소. 그런데 자네가 떠날 땐 어쩌지? 평생 살 생각은 아니잖소?"

"그땐 버리셔도 좋습니다. 아니, 제가 처리하고 가겠습니다."

"소파가 내 마음에도 든다면 자네가 떠날 땐 내가 가져도 되겠소?"

별로 웃긴 말도 아닌데 그이는 그 말을 마치고 소리를 내어 웃어 댄다. 대답을 바라고 한 말은 아니라는 증거다.

그때 객실을 청소하는 직원이 내려왔다.

"이 달이 마지막이지? 이제 이틀밖에 안 남았네. 퇴직금이랄 건 없지만 조금 더 넣었으니 확인해보시오."

금세 일과 생에 찌든 직원의 얼굴에 미소가 번진다. 노동자들에게 여분의 봉급보다 즉각적인 효과를 가진 엔도르핀 투여제는 없는 것 같다.

방으로 돌아와 객실 전화기를 든다.

"네, 현금으로 결제 가능합니까? 예, 붉은색이면 됩니다. 크기는 너무 크면 곤란합니다."

수화기 너머로 난처한 듯한 직원의 목소리가 들려온다.

"그래도 고객님, 방문하셔서 제품을 살펴보시거나, 바쁘시면 온라인으로라도 확인하시고 바라시는 모델명을 말씀해주시는 편이 낫지않으시겠어요? 소파도 종류가 정말 다양해요. 리클라이너도 있고, 오디오 기능이 포함된 것도 있고요. 저희 매장에 있는 붉은 색상의 크지 않은 소파만 해도 10여 종은 되거든요."

너무 많은 말을 들은 것 같아 내 귀에게 미안하다. 그것도, 조금도 어떠한 영감을 주지 않는 그런 영양가라고는 찾아볼 수 없는 말뿐이라 더 미안한 마음이 든다. 가능한 빨리 전화를 끊어야겠다는 것 외에는 아무런 생각도 없었다.

"그냥 기본적인 것이면 됩니다. 뭘 보내주시든지 산타클로스의 선물상자를 받은 것처럼 마냥 기쁜 마음으로 받을 테니 걱정하지 말고 보내십시오. 정 걱정스러우시다면 녹취하셔도 좋습니다. 절대로, 어떤 불만도 표출하지 않을 테니 아무거나 보내주십시오. 끊습니다."

전화를 끊고나니 더 갑작스럽게 피로감이 몰려온다. 이럴 줄 알았으면 조금 쉬었다가 전화를 하는 거였는데, 하지만 그럴 수가 없었다. 이 공간엔 제대로 된 휴식을 취할 수 있는 공간이 전무하다. 조금 쉬기 위해서는 하루라도 빨리 소파가 필요했다.

이틀 정도가 지나 받은 소파는 꽤 마음에 들었다. 물론 색상 외에는 나는 어떤 것도 기대하지 않았다. 소파값을 지불하려는데 주인장이 구경하러 와서 복도를 서성이는 것이 보였다.

기사가 돌아가고 난 후 복도로 나가자 주인장은 아직도 거기에 그대로 서 있었다. 그이의 차림새가 조금 낯설었다. 그이는 손에는 붉은 고무장갑을 끼고, 꽤 큰 카트에 기대어 서 있었다. 그러고선 나를 보며 조금 멋쩍은 듯 웃었다.

"직원이 생각처럼 잘 구해지지 않더라고. 예전처럼 한
명 한 명 동네에서 일손을 찾는 건 아무래도 이젠 힘든
일인가 봐. 이제 업체에 맡겨야 하나 싶은데 컴퓨터를
할 줄 모르니 원. 아는 사람이라곤 인력소장들이 전분
데 영 상황이 좋지 않나보더군. 아예 막노동판으로 뛰어
들어버리거나, 아니면 없거나 그렇다네. 많은 봉급을 줄
수 있는 것도 아니니까."

"제가 일하면 안 되겠습니까? 임금은 이 방세와 식비
정도면 충분합니다."

꽤나 솔깃했던 모양이다. 그 나이에는 무게감을 갖고
어딘가에 정착해있고 싶어하지, 남에게 엉덩이를 드러
내고 싶은 마음은 없는 법이다. 주인장의 얼굴엔 화색
이 돈다. 그이는 고무장갑을 낀 손으로 안경을 올리며
말한다.

"사수를 내일 소개해 주겠소. 곱게 자란 느낌이 들어
조금 걱정스럽기는 하지만."

걱정스럽다는 말과는 어울리지 않게 자꾸만 올라가는
그 입꼬리가 우습다.

"나도 곱게 자란 편이었지. 뭐 인생이란 그런 게 아니
겠소?"

그건 아니라고 말하고 싶었지만, 그랬다간 또 한참을 시달려야만 한다. 두 눈을 감는다. 동시에 존재의 모순을 느끼며 곧바로 눈을 뜬다.

"육체에 대한 말이라면 크게 틀린 말은 아닙니다."

조건부적인 말은 내가 내 존재의 의미를 지켜낼 만한 여유가 없을 때 영악하게 써먹는 얄팍한 방법이다. 그래도 어쨌든 거짓은 피해갈 수 있다.

내 말을 이해했는지는 모르겠지만, 그이는 아무런 대꾸 없이 빈방으로 들어가 버린다.

잠시 또 심각한 우울감에 빠져들 뻔했다. 다시 방으로 들어와서 소파에 기대어 앉는다. 새삼스레 작은 가구 하나가 주는 힘을 느낀다. 어쩔 줄 모르던 혼란이 금방 잦아듦을 느낀다. 주변 환경에 이토록 쉽게 영향을 받는다는 건 인간의 몸을 가짐으로써 얻게 된 것 중 유일한 장점이다. 나는 유일하지 않은 것에 유일하다는 말을 붙이는 안 좋은 습관이 있다. 이것 또한 인간의 몸을 가짐으로써 얻게 된 것 중 하나이리라.

주변 환경에 쉽게 영향을 받는다는 것, 이는 물론 내 존재의 의미를 지키는 데에 있어 굉장한 장애가 되기도 한다는 것을 인정한다. 주변에 의해, 외부에 의해, 스스로를 속이는 내면의 소리에 의해, 진정한 진실과는 아무런 관련도 없는 것들에 의해 빚어진 혼란을, 다시 주변에 의해 잠잠히 만들 수 있다는 것은 모순적이다.

이것이 인간인가. 그렇다면, 그런 생 속에서 질리지 않고 수십 년을 버텨내는 인간들은, 어떤 면에선 대단하다는 생각이 든다.

아니다. 내가 인간을 동경하다니. 오직 버텨내는 것이 생의 진정한 의미라고 믿는다는 점에서 그들은 조금도 동경의 여지가 없다. 동경은 무슨, 동정의 여지도 없나.

19.

102호 장기투숙객은 무슨 일을 하는 사람인지 알 수가 없었다. 공장 노동자 같지도 않았고, 그렇다고 여관방에서 지내며 글을 쓰는 작가 같지도 않았다. 사실 그 사람이 투숙을 시작하고 처음 삼사일 동안은 혹시라도 나쁜 생각을 품고 온 사람이 아닌지 예의주시했다. 다행히 그런 생각으로 이곳을 찾은 사람 같지는 않았다. 그거면 충분했다. 이곳에 머물게 된지 얼마 지나지 않아 뜬금없이 날짜를 묻기는 했다만, 말을 잇고 싶어서 던진 농담에도 그 사람은 아무런 반응을 보이지 않았다. 그 후로는 목소리도 들어볼 일 없었던 그 사람은 며칠 전 처음으로 희한한 부탁을 했다.

"빨간 소파를 하나 들여놓아도 괜찮겠습니까?"

"내가 50년을 이 여관을 하면서 자네 같은 사람은 또 처음 보겠네. 있는 책상을 치워달라는 사람도 있었고... 더 전에는 까는 이불을 다섯 개나 요구한 사람도 있었지만 말이야."

거의 처음으로 말을 건 그 사람이 신기하기도 하고, 워낙 대화 상대가 없다 보니 신이 나서 많은 말들을 뱉어냈다. 내가 하는 쓸데없는 말도 들어줄 사람이 있다는 건 행복한 일이라는 걸 요즘 들어 새로이 깨닫는다. 특히나 나는 예전에 있던 일들을 말하기를 좋아하는데, 그럴 때면 왠지 그 당시로 돌아간 것만 같은 기분이 들어서 그렇다. 지금과 크게 다른 건 없지만 그래도 과거라는 건 어딘지 모를 따뜻함을 주는 힘이 있어서 개인적으로는 현재보다 과거를 말하기를 좋아한다. 그게 내가 나이 들었기 때문인지는 모르겠다.

그이는 참을성 있게 내 이야기를 다 들어주고선 자신의 질문을 상기시키듯이 입을 앙 다물고는 나를 쳐다봤다. 나보다는 한참 어린 그 사람이 어찌나 예뻐보이던지. 젊음이 주는 아름다움에 나도 모르게 예쁘다고 말할 뻔 했다. 원래 그런 식으로 개인 가구를 들이는 것을 허용해서는 안되지만 그 예쁜 젊음에게 굳이 안된다고 말해 실망시키고 싶지는 않았다. 젊음이 만족스러워하는 모습을 보니 나도 만족스러울 따름이었다.

그때 또 다른 젊음이 계단을 내려왔다.

"이 달이 마지막이지? 이제 이틀밖에 안 남았네. 퇴직금이랄 건 없지만 조금 더 넣었으니 확인해보시오."

처음 만났던 5년 진에 비해 그 아름다움이 조금 퇴색되긴 했지만 그 또한 여전히 젊고 아름다웠다. 여관 매출을 생각하면 직원을 쓰지 않아도 됐지만 이미 쓰던 직원을 그런 식으로 해고하고 싶지는 않았다. 사실 정말 매출을 생각한다면 문을 닫는 게 옳았다. 얼마 되지 않는 보너스에 웃음 짓는 젊음을 보고 있으니 조금 저릿한 마음이 들었다.

지금의 나와 젊었던 시절의 나를 비교해 보면, 지금의 나는 조금도 나을 것이 없었다. 이제는 사랑하는 이도 곁을 떠났고, 건강도 잃었으며 그렇다고 해서 그때보다 돈이 많은 것도 아니었다. 그럼에도 불구하고 왜 그때는 그렇게 조급했는지 모르겠다. 생각보다 시간이 빠르게 흐른다는 걸 그때는 몰랐던 것 같은데, 이렇게 생각하다 보면 그때도 어렴풋이 알고 있었던 것 같기도 하다. 시간이라는 놈이 젊음을 앗아가는 것을 피부로 느끼고 있었는지도 모르는 일이다.

지금만한 심적인 여유가 그때에 있었더라면 조금 나았을까. 하지만 신은 한 시기에 모든 것을 다 주시지 않는다는 것을 나는 안다. 어쩌면 젊음은 결핍의 다른 말일지도 모른다. 실제로는 결핍된 것이 아무것도 없으면서 맹목적으로 무언가 공허함을 느끼는 상태 말이다. 그래서인지 젊은 사람들을 보면, 그러니까 나보다 10살 이상 어린 사람들을 보면 뭐라도 챙겨주고 싶은 마음이 든다. 그맘때의 나 자신을 안아주고 싶은 마음을 그렇게 표현하는 것이기도 하다.

직원이 일을 그만두고 나서 그 일은 내 몫이 되었다. 오랜만에 하는 일이라 조금 낯설기는 했지만, 일 자체보다도 얼마 움직이지 않아 금방 숨이 차고 땀이 흐르는 내 몸이 더 낯설었다. 나도 모르는 사이에 육체는 제 혼자서 10년 이상 늙어버린 것 같다는 느낌이 들 정도였다. 그게 아니라면 나 스스로 내 나이를 잘못 세고 있는지도 몰랐다. 둘 중 하나는 맞아야 말이 될 정도였다. 그나마 투숙객이 많지 않아서 혼자 힘으로 해낼 수 있었다. 적은 매출에 감사하기는 처음이었다.

마침 102호 앞에 서자 소파가 배달 중이었다. 장기 투숙객의 경우 매일같이 청소를 하지는 않지만, 3일에 한 번 정도는 쓰레기통을 비울 겸 청소를 해야 했다. 조금 기다리니 기사는 돌아갔고, 젊은이는 나를 조금 놀란 눈으로 쳐다보고 있었다. 나는 그래도 몇 년 전까지 해오던 일이라 어느 정도 익숙한데, 그런 모습을 처음 보는 손님의 눈에는 낯설었던 것도 이해가 된다. 괜히 뻘쭘해져서 이런저런 밀들로 둘러댔다. 실은 인력소 한 군데에 전화해보고 말았을 뿐, 굳이 힘들여 직원을 찾으려는 생각을 하지 않았었음에도 왜 말이 그렇게 나갔는지 스스로도 이해할 수 없었다.

"제가 일하면 안 되겠습니까? 임금은 이 방세와 식비 정도면 충분합니다."

그 사람의 반응은 뜻밖이었다. 그런데 그 말을 듣고 보니, 첫날 나에게 건넸던 돈이 그이가 가진 돈의 전부였던가 싶었다. 외출하는 시간도 항상 다르고 방 안에 틀어박혀 나오지 않는 날도 꽤 있었던 터라 직업이 궁금했는데, 직업이 없을 거라고는 미처 생각하지 못했다. 그러고 보니 신문에서 매일같이 떠들어 대던 구직난을 겪는 세대에 그 사람이 해당할지도 몰랐다. 겉보기에 나이를 정확히 알 수는 없지만 말이다. 일자리가 필요한 사

람에게 마침 일자리를 줄 수 있다는 게 즐거웠다. 젊은
시절에 할 일이 없는 것만큼 불안한 일도 없으니 말이다.

"사수를 내일 소개해 주겠소. 곱게 자란 느낌이 들어
조금 걱정스럽기는 하지만."

모르긴 몰라도 몸 쓰는 일을 해보지는 않았을 듯이 빼
빼 마른 그 사람이 일을 하겠다는 게 걱정스럽기는 했지
만, 그럼에도 마다 않고 일을 하겠다는 그 젊음이 기특
했다. 젊음은 언제나 아름다울 것이다.

7을 100으로 늘려도

무지개를 제대로 나타낼 수는

없다

오늘도 음식점에 들러 '정민'이
라는 이름을 잠깐 빌려 썼다. 집으로 오기 전 화장실에
들렀는데, 남녀 공용이라는 점이 마음에 쏙 들었다. 나
는 집 밖에서 화장실을 찾는 일이 거의 없다.

내가 기억하는 것 중 가장 처음으로 공중 화장실을 이
용한 날이 떠오른다. 화장실 입구에 선 나는 한참을 고
민할 수밖에 없었다. 여자는 오른쪽, 남자는 왼쪽이라고
써 있는 표지판을 보며, 내가 어느 쪽에 속하는 지에 대
해 한참을 생각했다.

그도 그럴 것이, 나는 단 한순간도 나 자신을 그러한 기준을 갖고 생각해본 적이 없었다. 나는 그저 한 명의 사람일 뿐이고, 성별이라는 건 내가 선택하지도, 내 본질과 관련이 있지도 않은 것이라 그런 분류는 내겐 아무런 의미가 없는 것으로 여겨졌다. 한참의 고민 끝에도 어느 한쪽을 선택할 수 없던 나는, 번갈아 양쪽을 모두 들어갔다 나왔다.

내 눈에는 남자 화장실이 너 좋아보였다. 여자 화장실엔 모두 양변기 한 종류만 있던 데에 반해, 남자 쪽엔 소변기가 따로 있었다. 그걸 내가 사용할지, 안 할지와는 완전히 무관하게 그냥 그쪽에 마음이 끌렸다. 어쩌면 내가 지금 인간의 몸을 하고 있음으로써 어쩔 수 없이 갖게 된, 잉여에 대한 호감 때문인지도 모른다. 그 후로 줄곧 남자 화장실을 이용하는데, 처음과 같은 고민은 전혀 없이 그렇게 하지만, 어쨌건 그 이분법적 기준에 동의하는 것 같아 매번 개운치 않다. 그 순간의 찜찜함이 너무도 크기 때문에 가능하면 공중 화장실을 이용하지 않는다.

화장실만의 문제는 아니다. 이 세상엔 기준들이 너무 많다. 아무런 의미도 없는 것들로 칸을 나누는 일이 너무 잦다. 무지개를 볼 때마저 인간들은 '빨주노초파남보'

라며 이름을 붙인다. 그 일곱가지 색깔 이름 각각이 기준이 되는 셈이다. 그건 무지개를 말로 표현하는 데에는 도움을 줄지 모르나, 진정한 무지개의 색을 바라보는 데에는 아무런 도움이 되지 않는다. 도움은커녕, 그것은 우리의 눈을 속이고 우리를 가두는 방해꾼이 될 뿐이다.

사람을 포함한 인간도 이와 같다. 어떤 기준, 인간을 정확히 둘, 셋, 등의 유한한 수로 나누는 모든 기준은 쓰레기이다. 예컨대 모든 류의 성격 유형 검사지는 정말이지 지금 당장에라도 태워버려야 한다. 그것이 진정한 '나'를 파악하는 데에 도움을 준다고 그 광신도들은 말하지만, 그건 정말 역겨운 소리다. 내 팔다리를 쳐내고, 때로는 목을, 아니면 필요시엔 발가락 하나만 어찌어찌 끼워 맞춰놓고 그 모습이 진정한 나라고 가르치는 것이다. 이것은 사람들의 본질에 반하고, 내 본질에 반하기 때문에 정말로 역겹다.

이런 모든 유한한 분류가 진정으로 역겨워지는 것은, 이 기준이 편을 가르는 데에 사용된다는 점에 있다. 이것은 아주 빈번하게 일어난다. 이건 정말이지 기준의 무자비한 폭력이라고 말할 수 있다.

아니다. 말을 똑바로 해야 한다. 실체도 없는 기준이 폭력을 휘두를 수는 없다. 폭력을 휘두르는 것은 기준이 아니라, 기준이라는 것을 맹렬히 사랑하고, 그만큼 편을 나누어 다투는 것을 사랑하는, 역겹고 멍청한 인간들이다. 그야말로 병신이다.

병신이라는 말은, 장애를 가진 이에 대한 비하가 전혀 아니다. 나는 단 한 번도 신체적, 정신적 장애를 가진 이들을, 방금 말한 것과 같은 의미에서의 병신이라고 생각하고 말한 적이 없다. 아니, '병든 이'라고 생각한 적도 없다. 진정한 병신은 사람이 되려는 노력을 조금도 하지 않는 인간들이다.

그들은 실재하지도 않는 기준을 가지고 팔다리를 자른 사람들을 제멋대로 물건처럼 분류하고 값을 메긴다. 값을 매기는 것이 여의치 않으면, 서로 자기가 속한 부류가 더 우월하다는 것을 입증하기 위해 본인이 속하지 않은 부류를 까내린다. 이건 우월함을 입증할 방법이 없을 때 인간들이 많이들 쓰는 한심한 방법이다.

결국 실체 없는 어떤 기준이라는 것에 따라, 본인의 의지와는 무관하게, 병신들의 필요에 의해 어딘가에 속하게 된 이들은 상처를 받는다. 박애주의와는 전혀 인연이 없는 나이지만, 이런 상황에서 이들에게 안쓰러움을 느끼는 건 조금도 이상하지 않다.

나는 진심으로, 당신이 여자나 남자, 어린이와 노인,

여타 모든 기준으로서가 아닌, 스스로를 당신 그 자체로
서 인식하기를 바란다. 타인에 대한 인식도 마찬가지로
하길 바란다. 그러기 위해서는 섬세한 기준이 필요한 것
이 아니라, 기준의 폐기가 필수적이다. 7을 100으로 늘려
도 무지개를 제대로 나타낼 수는 없다.

#

특이한 손님이었다. 상대의 성
별, 나이, 심지어는 인원도 가리지 않고 항상 자신이 계
산하겠다고 하는 손님이 오늘도 찾아왔다. 일주일에 한
두 번 정도 와서는 꼭 그렇게 남의 것까지 계산했다. 결
제는 꼭 현금으로 했고, 주문을 할 때는 항상 '사료 몇 인
분 주세요'라고 말했기 때문에 잊을 수가 없었다. 나와
이름도 같은 탓에 그 사람이 올 때면 괜히 신경을 쓰게
됐다. 물론 '정민'이라는 이름이 흔한 편이라 지인 중에
같은 이름을 가진 이만 해도 다섯 명은 될 것 같지만 말
이다. 하지만 내가 그 손님을 주시하게 된 진짜 이유는
따로 있었다.

"화장실이 어디예요?"

처음 그렇게 물었을 때까지는 별생각 없이 어느 쪽에 있다고 안내를 해줬다. 그 손님이 들어갔다 나온 직후에 손을 닦으러 들어갔는데, 분명히 남성용 소변기에서 물이 흘러내리고 있었다. 그때까지도 별생각이 없었다. 눈대중으로 170센티미터 정도 되는 키에, 깡마르고 머리도 아주 짧게 자른 탓에 성별이 확실치 않았는데 남자였나 보다 그렇게만 생각했었다.

그리고 한 달쯤 됐을까. 다시 그 손님이 화장실에 2-30초 정도 들른 직후에 내가 들어갈 일이 있었는데 그땐 양변기에서 물이 내려가고 있었다. 조금 의아했지만 남자도 양변기를 쓰는 경우가 있으니까 그때도 그런가보다 했다.

"혹시 소변기가 더러웠나요?"

사장님이 화장실 청결에 민감한 편이라 괜히 한 번 물어본 그 질문에 돌아온 대답이 뜻밖이었다.

"글쎄요. 남성용 소변기를 말하는 거면 저랑 관련이 없는데요."

"정말 죄송합니다. 남자 분이신 줄 알았어요."

당황하며 사과했을 때 돌아온 대답은 '아닙니다' 하는 짧은 말이었을 뿐이다. 그리고 나서 얼마 뒤에 양변기에 문제가 생겨서 사용할 수 없을 때에 그 손님은 아무렇지도 않게 화장실을 이용했다.

그 안에서도 죽지 않는

강한 정신력을 지닌 나방만이

불에 뛰어들 자격이 있다

21

　　　　　　　　오늘처럼, 이따금 므므와 함
께 바다를 찾을 때가 있다. 부력의 원리를 알지 못하므
로 수영을 배우지는 못했으나, 바다를 바라보는 건 좋아
한다. 부력의 원리도 모르면서 물속에서 노는 인간들을
보면 또 구토가 올라오기 때문에 오늘처럼 쌀쌀할 때나,
여름의 밤바다 바라보기를 좋아한다고 말하는 것이 좀
더 정확하겠다.

"일이 잘 풀린 건 좋은데, 앞으로는 너랑 이렇게 다니
지도 못 하겠다."

므므는 본인이 종사하는 분야에서 꽤나 높은 자리를 얻었다.

"대단하다. 멋져."

빈말이 아니다. 므므의 사회적 위치에 대한 감탄이 아니고, 친구의 노력, 성실함, 유난스럽지 않은 모습, 그리고 무엇보다도 바쁜 와중에 나에게 시간을 내어준 것이 참 멋지다.

"하나도 인 그래. 사람들이 말하는 깃처럼 특별하지 않아. 아무 의미 없지."

"너 같은 생각을 지닌 사람들이 정말 사회적 의미의 성공을 해야 돼."

정말이다.

사회적 의미에서의 성공은 인간에게 아무 방면으로도 도움이 되지 않는다. 오히려 그것은 방향성을 나타내주는 나침반을 망가뜨리기 쉽다. 꽤나 강렬한 자석처럼 작용하기 때문이다.

사회적 성공이 가질 수 있는 유일한 의미는, 그것을 이룬 이만이 그것의 덧없음에 대해, 무가치함에 대해 이야기할 수 있다는 데에 있다. 이를테면, 좋은 학벌을 가진 이만이 학벌은 별 게 아니라고 이야기할 수 있고, 부를 가진 이만이 부는 아무런 의미도 없다고 이야기할 수 있으며, 사회적으로 높은 지위에 오른 이만이 사회적 성공이란 무가치하다고 말할 수 있다. 물론 그것이 겸손 떠는 짓이라면 그것만큼 우스운 짓도 없다.

그 안에서도 죽지 않는 강한 정신력을 지닌 나방만이, 그래서 뒤따르는 나방들에게 여긴 아니라고 말할 수 있는 나방만이 불에 뛰어들 자격이 있다. 그 죽음을 쾌락으로 여기는 마조히스트가 선두라면 심각한 문제가 생긴다. 이런 경우만 문제가 생기는 것은 아니다. 자기에의 존경심, 선두이기에 받게 된 존경심을 잃지 않기 위해, 그것이 정말 가치 있는 것이라고 거짓말을 하는 이들이 선두가 되는 것도 문제이다. 만일 그것이 거짓말이 아니라면, 그러니까 제 날개가 타들어 가고 있음에도 자신의 방향이 제대로 됐다고 진심으로 믿고 후발대에게 서두르라고 고함을 치는 거라면 그건 더 큰 문제이다.

유감스럽게도 이 세상엔 정말 자격을 지닌 선두는 없다. 자격을 지닌 이들은 한참 뒤에 있는 경우가 대부분이다. 그 자격이라는 건 꽤나 무거워서 빨리, 그리고 오래 날기 위해 버려지기 때문이기도 하다. 그것은 나와는 분리될 수 없을 정도로 내 영혼에 단단히 부착되어 있기 때문에, 내가 선두 자리를 차지하는 것도 그리 나쁘지는 않은 일이다. 그러나 세상 사람들에게는 미안하게도, 난 그 방향이 틀렸다는 것을 이미 알고 있으며 박애주의자도 아니라 굳이 내 날개를 태워가면서까지 타인들의 방향을 돌리고 싶지는 않다.

그 친구라면 가능할지도 모른다. 므므는 꽤나 박애주의적이며, 쉽게 자격을 던져버릴 것 같지도 않다. 그래서 내가 좋아한다.

차에서 내리자 짠 내가 코를 찌른다. 해변가에 있어 모래성을 쌓는 어린아이들이 눈에 들어온다.

생은 정말이지 꼭 그 모래성 쌓기와 같다. 전에 라디오에서 그런 말을 들은 적이 있다. 모래성 쌓기가 의미 없는 것이 아니라고. 우리가 살아가는 동안 무언가를 쌓고 언젠가 허물어도 그게 무의미한 것은 아닌 것처럼, 어린아이들의 모래성 쌓기도 꼭 그런거라고.

듣기에는 좋은 말일지 모르겠으나, 그건 완전히 틀린 말이다. 반대가 되어야 맞다.

어린아이들이 모래성을 쌓고 이내 허무는, 그만 집으로 돌아가야 하면 가차없이 허물어버리는 그것이 그저 유희인 것과 똑같이, 인간들이 살아가면서 무언가 진지하게 이루려 노력하는 모든 것, 그러니까 방향성 지키기를 제외한 모든 것은 그저 유희일 뿐이다. 이건 절망적이지도 희망적이지도 않은 말이다. 그야말로 가치중립적인 말이다.

모든 것을 다 이뤄내도 방향성을 잃은 이에게 남는 것은 평평해진 모래사장일 뿐이고, 비록 사지가 찢기고 날개가 짓밟혀 떨어져 나가도 방향성만은 지킨 이는 최후엔 온전히 회복되는 것이다. 물론 불구가 된 이가 방향까지도 잃어버리는 경우가 허다하다. 진실로, 불구가 된 이들 중 대부분이 회의감을 느끼며 방향을 돌린다. 당신이 이 말을 들었을 때 아무런 위협도 느끼지 않는다면, 오히려 위안을 얻는다면, 당신의 방향은 제대로 된 것일 거다.

그럼에도 매일을 모래성을 쌓아야만 하는 나를 포함한 모든 인류는 안쓰럽다. 파도가 휩쓸고 지나가면 이내 허물어진다는 걸 알고 쌓은 성이지만, 실제 그 일이 일어났을 때 상실감을 느끼는 것은 별개의 문제이다.

이 상실감의 크기가 너무도 커 울음을 터뜨릴 정도가 되지 않기 위해, 당신과 나는 그 성에 너무 애정을 주지는 않는 걸로 하자. 공들여 쌓지는 않는 걸로 하자. 물까지 섞어가며 땀 흘려 견고한 성을 쌓지 말고, 그저 모래만으로, 겉보기에만 그럴듯하게 대충 쌓기로 하자.

"쏴아"

큰 파도가 밀려오는 소리가 들린다. 모래성을 쌓는 중이던 어린아이 하나가 울음을 터뜨린다. 가슴이 저릿하다.

21/○

"내단하나. 멋져."

나는 그리 대단치 않다. 대단한 것과는 거리가 아주 멀다. 겸손이 아니라 사실이 그렇다. 몇 년 전 좋은 대학 임용 자리를 얻기는 했지만 그건 순전히 운이었다.

나는 나 스스로를 잘 알기에 내가 얼마나 부족하고 내세울 것 없는 사람인지 잘 알고 있다. 그럼에도 나보다 많이 배우고 공부한 사람들, 나보다 내가 종사하는 분야에 대해 잘 아는 사람들 앞에서는 아무런 말도 하지 못할 거면서, 때때로 다른 분야에 종사하는 이들 앞에서 마치 내가 내 분야의 대가라도 되는 것처럼 떠들어 대는 스스로의 모습이 우습다.

왜 항상 운이 따르는 지는 모르겠지만, 의도 없이 시작했던 연구가 시류와 맞아떨어지면서 마치 굉장한 것을 해낸 것처럼 평가되었다. 그덕에 일반적인 경우보다 한참 빠르게 승진이 됐고, 신문의 경제·시사면에는 온갖 기사들이 올라왔다. 분에 넘치는 결과들이 가끔씩 두려울 때도 있다. 나에게 붙는 타이틀을 읊어보고, 매스컴에 비춰지는 스스로의 모습을 보고 있자면, 내 눈에도 꽤나 그럴듯해 보인다. 대단한 성공을 한 사람처럼 보인다. 그리고 나는 단지 그 모습들이 온전한 나처럼 느껴지지는 않는다는 점에서 괴리감을 느낀다.

"하나도 안 그래. 사람들이 말하는 것처럼 특별하지 않아. 아무 의미 없지."

"너 같은 생각을 지닌 사람들이 정말 사회적 의미의 성공을 해야 돼."

'성공한 사람'이라는 건 사람들이 만들어 낸 신기루에 불과하다는 생각이 든다. 내 가족이, 내 친구들, 동료들이, 이 나라가, 더 넓게는 이 사회와 이 시대가 뭔가 자랑거리를 만들어 내기 위해 스스로의 머릿속에서 나와 같은 별 볼 일 없는 존재들을 재구성하고 있는 것처럼 느껴지는 순간들이 있다. 동시에 나보다 한참 대단한 사람들이 많다는 사실을 알고 있으면서도, 스스로를 성공한 사람의 대표로 삼고 생각을 전개하는 꼴은 내가 느끼기에도 거만하다.

물론 사람들이 인식하는 내 모습이 완전한 허구는 아

널 것이다. 그것들이 내가 발표한 논문인 것도 사실이고, 주류 대학에서 공부한 것도 사실이며, 학창 시절 친구들에게 휘둘려 이런저런 사회 운동에 참여했던 것도 맞다. 시간이 있을 땐 봉사를 하고, 월급의 일부를 기부하려고 노력하는 것도 사실이기는 하다. 그렇게 매스컴에서 부각하는 모습들도 분명 내가 갖고 있는 일부분의 모습들이기는 하다. 하지만 차마 밝히기 부끄러운 모습들도 있다는 것을 니 스스로는 잘 알고 있다. 그렇게 일부분을 고의적으로 삭제하고, 또 다른 일부를 추출해 과장하는 것은 완전한 허구나 다르지 않다는 생각이 든다.

'교수'라는 것 하나만 보고 젊은 시절을 공부에 바쳤다. 아는 이 하나 없는 타국에서, 공부가 잘 되는 날에는 모든 것이 형편 없어도 천국을 느끼고, 공부가 잘 되지 않는 날에는 평소와 다를 게 없음에도 불구하고 지옥을 느끼며 그렇게 10년간의 시간을 보냈다. 그렇게 막상 교수가 되고 나니 느껴지는 허탈감은 상당했다. 한동안 무기력증에 빠졌다. 단지 오랜 시간 공부를 하느라 힘이 다 빠진 탓은 아니었다. 교수가 되고 나면 뭔가 달라질 줄 알았는데, 할 일은 오히려 늘었고 책임 또한 이전과는 비교할 수 없을 만큼 커졌다. 목표를 이루었음에도 불구하고 행복하다는 감정을 느낄 여유는 없었다.

결국 시간이 약이기는 하겠지만 나는 여전히 이런 허무함을 느낀다. 누군가 나의 커리어를 칭찬할 때면 '아니'라고 하지만, 그 말을 곧이곧대로 받아들이는 이는 아무도 없었다는 것이 이 허무함의 깊이를 더 깊게 만든다. 오히려 어떤 이들은 내 대답에 '재수없다'고 반응하기도 한다. 목표나 결과 따위에 집착하는 그 사람들의 모습이 안타깝고 답답하다. 결과가 아름답지 않아도 과정은 아름다울 수 있다. 그렇게 생각해 왔건만, 한결같은 사람들의 반응에 이제는 나조차도, 항상 일정 수준의 결과물들을 운 좋게 얻어 온 나이기에 부릴 수 있는 사치스러운 여유는 아닌지 조심스럽다.

카페 창가 자리에 앉아, 해변가에 서 있는 친구를 바라본다. 요즘은 여관에서 일을 하고 있다고 한다. 그 편이 더 나을지도 모르겠다. 모든 걸 내려놓고 싶다. 내가 연구를 하든 그렇지 않고 이렇게 해변가를 보며 공상에 빠져있든, 일을 하든 하지 않든, 세상과 나는 조금도 달라지는 게 없는데 무언가를 해야만 삶을 이뤄갈 수 있다는 사실을 이해할 수 없는 순간들이 있다.

차라리 모든 걸 내려놓고 생계를 위한 일 정도만을 하

며 살고 싶기도 하다. 하지만 솔직히, 정말로 내가 무언가를 하고 싶은 것인지, 아니면 그저 다른 것을 하고 싶지 않아서, 해낼 용기가 없어서 진정으로 바라는 것과는 아주 거리가 먼 것을 '하고 싶다'고 스스로를 속이고 있는 것인지 알 수 없다. 내가 진정으로 바라는 것은, 이렇게 지금처럼 좋은 운세가 지속되어 좋은 결과물을 얻어내고 사회적으로 명성을 얻는 것일지도 모른다. 결과에 가장 집착하는 사람은 나인시도 모르겠다.

당신의 삶이 진실을 통해

위로 받는

그런 여정이기를 바란다

22

"난 최선을 다했는데, 결과가
그걸 보여주지 않을 때 너무 억울하고 허무해."

최선을 다했다는 말은 항상 거짓말이다. 그렇게 말하
는 그는 전혀 최선을 다하지 않았다. 깨어 있는 시간 내
내 온전히 그것에 집중했는가? 그것도 부족하다고 느껴
잠자는 시간을 줄였는가? 아니면 잠자는 시간 동안에도
계속 생각하고 고민했는가? 그 정도는 돼야 적어도 최선
을 다하기 위한 '노력'은 했다고 말할 수 있을 것이다. 그

가 말하는 최선은 정말이지 진정한 의미에서의 최선과
는 아무런 관계도 없다. 내 이름과 진정한 내가 아무런
관련도 없는 것처럼.

누군가 최선을 다했다는 이야기를 할 때면 구역질이
난다. 물론 진정한 의미에서 정말로 최선을 다하는 이들
이 존재하기는 한다. 내 말은, 그 '최선'이라는 말의 쓰임
의 빈번함에 비해 실제 그러한 사람은 극도로 적다는 것
이다. 전 인류를 통틀어서 열 명도 안 될 거라고 단언한
다. 물론 열심히 사는 이들이야 널렸다. 열심과 최선은
다른 차원의 개념이다. 열심이 과하다고 해서 최선이 되
는 것은 아니다.

술을 먹지 않는 데에는 많은 이유가 있으나, 그중 이와
관련된 이야기만 하나 해야겠다. '최선을 다한 당신, 즐
겨라' 따위의 문구로 도배된 술집들이 너무 많다는 점이
바로 그것이다. 정말이지 웃기고 있다. 이거야말로 정말
위로를 위한 위로이다. 진실이라고는 조금도 가미되지
않은, 역겨움 그 자체인 위로.

술집 인테리어 하나의 문제가 아니다. 그 안에 들어찬
인간들 사이에 오가는 대화도 다 이따위 것들이다. 심지
어는 그 말을 듣고 눈물을 흘리는 인간들도 있다. 이게
사람사는 거라며 그 시간을 흡족해 하는 그들을 보면 현

기증을 느낀다. 한심하기 짝이 없다.

단언컨대 진실이란, 듣고 보았을 때 마음이 따뜻해지는 것과는 거리가 멀다. 그보다는 오히려 화가 나고 듣는 이를 무기력하게 만드는, 스스로 무력하다고 느끼게 만드는 쪽에 가깝다. 혹시나 오해할까 봐 말하는데, 당신을 화가 나거나 무기력하게 만드는 그것이 곧 진실이라고 주장하는 것이 아니다. 또한 모든 진실이 당신을 우울하게 만든다는 말도 아니다. 오히려 나는, 당신의 삶이 진실을 통해 위로 받는 그런 여정이기를 바란다.

이런 맥락에서, 삶에서 위로를 얻기 위해 신을 믿는다는 이들을 볼 때면 말로 형용할 수 없을 정도로 깊은 혐오를 느낀다. 신을 믿는 이유가, 단지 그 행위가 당신 마음에 평화를 주기 때문이라면, 당신은 정말이지 무의미하고 무가치한 생을 살고 있다고 속삭이고 싶다. 당신은 신이라는 이름을 가진 우상을 믿고 있다. 그렇게 헛된, 의미도 없고 실체도 없는 위로에 기대어야만 살아낼 수 있는 생이라면, 그냥 지금 그만두는 편이 낫다.

오해하지 않길 바란다. 나는 지금 자살을 장려하는 것이 아니다. 그러한 생을 정리하고, 진짜의 '삶'을 살기를 장려하고 있는 것이다.

이전에 한 친구는 내게 표현이 극단적이라고 지적한

적이 있다. 그러나 어쩌겠나, 그저 '다른' 수준의 문제라면 므므의 지적을 받아들여야 하겠으나 '틀리고 맞는' 문제라면 나는 이렇게 표현할 수밖에 없다. 좀 더 사교적인 인간이라면 에둘러 표현할 수 있겠으나, 아마 당신도 눈치 챘듯이 나는 사교에는 재능이 없다. 관심도 없다. 사교를 위한 필수적인 재능 중 하나는, 위로를 위한 위로를 건네는 능력이다. 그래서 나는 앞으로도 사교성을 기르고 싶은 생각이 조금도 없다. 물론 내 본질상 내가 노력한다고 해도, 아니 그야말로 최선을 다한다고 해도 그것은 결코 성취할 수 없는 종류의 특성이기는 하다.

내가 지금껏 이렇게 말했다고 해서, '최선'이라는 것이 그 자체로 가치있는 것이라고 믿어서는 안 된다. 나는 단지 그 단어의 사용에 내가 결여되어 있음이 참을 수 없었던 것뿐이다. '최선'이라는 것은 정말이지 그 자체로는 아무런 가치도 없다. 중요한 것은 '어떤 것에 대한 최선인가' 이다.

삶이 그 자체로 소중하다거나, 인간의 행위가, 발현됨 그 자체로 소중하다는 모든 주장은 틀렸다. 그건 한낱 위로를 위한 위로에 불과하다. 그러한 주장은 단지, 그렇게 생각하지 않으면 어떠한 행위도 할 수 없고, 자신의 모든 삶이 통째로 무의미해 질 거라는 멍청한 두려움에 빠진 인간들이 이 두려움에서 벗어나기 위한 목적으로, 자위의 수단으로 사용하기 위해 만들어 낸 우스운 소리에 불과하다. 이건 진실이다. 그들은 삶을 지탱할 뿌리를 신이라는 허상으로 만들어 내는 부류와 똑같다. 그들은 마치 이 잘못된 종교인들은 아무런 논리가 없는, 뿌리 없는 나무에 기대어 있는 것이고, 본인들은 단단한 초석 위에 지어진 집에 있다고 생각한다.

그러나 그 초석은 정말로 단단한가? 논리가 그 자체로 진실이냔 말이다. 그렇지 않다. 논리는 진실이 아니다. 논리는 그저 인간들이 더불어 살기 위해 사용하는 수단일 뿐이다.

다시 한번 말한다. 단언컨대 당신이 진짜 내가 궁금하다면, 내게 조금이라도 가까워지길 원한다면 어떤 순간에 당신의 사고의 수단을, 사고를 이루어가는 언어를, 논리가 아닌 다른 어떠한 것으로 교체해야 하는 때가 올 것이다.

이건 꽤나 비밀스럽게 하는 이야기다. 내 본질로 가까워지며 온전한 정신을 유지할 만큼 강인한 정신력을 지닌 이들이 거의 없기 때문이다.

그럼에도 내가 공개적으로 말하고 있는 것은, 내게 조심성이 부족하다거나 내가 당신에게 대단한 정신력을 기대하고 있기 때문이 아니다. 난 단지, 의미없이 살 바엔 정신이 혹사당해 병을 앓고 정신을 잃게 되는 편이 낫기 때문에 이렇게 말하는 것뿐이다. 부디, 당신의 최선은 이것에 사용되길 바란다. 오직 그때, 최선이라는 행위는 의미를 갖는다. 인간이 성취할 수 있는 가장 크고, 동시에 가장 작은 의미를.

22/.

　　　　　　"난 최선을 다했는데, 결과가 그걸 보여주지 않을 때 너무 억울하고 허무해."

　학창 시절부터 나는 항상 그런 식이었다. 남들보다 잠도 덜 자고 휴식 시간이랄 것도 없이 공부했는데도 불구하고 성적은 형편없었다. 그렇다고 해서 아주 못하는 편은 아니었지만, 내가 투자한 시간과 노력에 비해 돌아오는 성과는 너무 작았다.

　"그럴 수 있지."

　어릴 적부터 나를 봐온 친구는 그저 익숙하다는 듯이 적당히 고개를 끄덕이며 테이블 위에 놓인 음료만 쳐다보고 있었다. 이 상황도 마음에 들지 않았다. 나는 항상 만나는 모든 사람들에게 최선을 다하는데 다른 사람들은 내게 최선을 다하지 않았다. 내가 가진 마음의 크기가 그들의 마음의 크기보다 항상 크다는 사실은 조금씩 나를 지치게 했다.

"내가 그렇게 큰 걸 바라는거야? 나는 그냥 노력한 만큼 인정받고 싶은 건데."

정말 그뿐이었다. 사람을 대할 때에든 일을 할 때에든 내가 그것들을 위해 노력한 만큼 다른 이들이 나를 인정했으면 좋겠다. 내가 집중하는 만큼 상대도 나에게 집중해 줬으면 좋겠고, 내가 밤을 새워 열심히 일을 해낸 만큼 봉급과 평가가 따랐으면 좋겠다. 하지만 항상 중요했던 건 결과였다. 내가 최선을 다해서 뭔가를 해내도 직급이 뭔지가 더 중요했고, 대학 시절 4년을 하루에 서너 개씩 아르바이트를 하고 공부하느라 새벽 3시 이전에 잠드는 날이 없을 정도로 바쁘게 보냈건만 결국 중요한 건 대학은 어디인지였다. 그런 결과 말고 과정으로 평가받고 싶다. 그래서인지 나는 내가 매 순간 노력하고 있다는 사실을 말해야만 할 것 같다는 일종의 강박을 느낀다. 그래야만 무언가 인정받지 못하더라도 제대로 된 길을 가고 있다는 위안을 얻을 수 있다.

몇 걸음 떨어진 테이블에 앉은 특이한 행색을 한 사람

이 자꾸 내 쪽을 쳐다보는 게 느껴진다. 내 쪽을 빤히 보고 있다가 냅킨에 무언가를 적기도 하고 때로는 내 쪽을 보며 웃기도 한다. 괜히 기분이 나빠져서 친구를 일으켜 세워 밖으로 나왔다. 정말 마음에 들지 않는 하루다.

아무런 원료 없이는

고갈되기 쉬운 것이 생각이다

23

　　　　　　이 일은 내게 개인적으로 쓸 수
있는 많은 시간을 허락해준다. 이건 꽤 중요하다. 숙고
적 활동을 위해서는 반드시 혼자만의 시간이 필요한 법
이다. 훌륭한 작품을 남긴 많은 작가들이 대부분 독신
이었거나, 아니면 적어도 작업을 할 때엔 가족들이 있
는 집을 떠나 호텔방에서 글을 썼다는 것도 이를 단편적
으로 보여준다. 여기서 '훌륭한'이라는 말의 의미는, 독
자로 하여금 진실에 대해 생각하게 하는 힘을 가진 것을
말한다. 훌륭함을 포함한 몇몇 말들엔, 이렇게 단어보다

도 한참 긴 부연 설명이 필요하다. 비슷한 맥락에서 나는 단 한 번도 어떤 인간에게 '멋있다'고 말해본 적이 없다.

개인적인 시간이라는 것에도 조금 설명을 덧붙이자면, 그건 어떤 거창한 의미와 크기를 필요로 하는 여가 시간을 뜻하는 것이 아니다. 직장인들의 출퇴근 시간, 잠들기 전 짧게는 몇 초부터 길게는 몇 시간까지의 시간, 그리고 볼일을 보는 몇 초에서 몇 분의 시간처럼 그 절대적인 길이와는 관계없이 자기만의 무언가를 할 수 있는 모든 시간을 의미한다. 그 무언가는 어떤 것도 될 수 있겠지만, 그것이 '생각'일 수 있다면, 그것이 가능한 순간은 분명히 개인적인 시간이라고 할 수 있다.

그런 의미에서, 개인적인 시간이 없다고 말하는 이들을, 나는 '엄살이 심하고 내적으로 무능력한 이'라고 생각한다. 이건 내가 비교적 충분한 시간을 갖고 있는 탓에 갖는 공감능력 결여 상태 때문은 아니다. 쓸모없는 잉여의 공감과 위로에 대한 능력이 내게 없기는 하지만, 진실된 것에 대해서는 누구보다도 쉽게 반응하는 몸과 마음을 가지고 있다.

물론 그들을 생각하면 안타까운 마음은 든다. 아무런 원료 없이는 고갈되기 쉬운 것이 생각이다. 이를 방지하기 위해서는 자극이라는 원료가 필요하다는 점을 인정한다. 이 자극이라는 건 호흡처럼 아주 사소해보이는 것도 될 수 있으나, 인간의 몸은 똑같은 자극에는 무뎌지기 마련이라는 사실도 안다.

그러나 사실은 이보다 본인 스스로가 생각이라는 것의 필요성을 느끼지 못해, 그런 일상 속 매 순간에서의 풍부한 원료를 아까운 줄도 모르고 땅에 버리는 경우가 훨씬 많다. 그런 이에게는 어떤 다채로운 자극의 크기도 개미를 밟고 지나간 후에 느끼는 양심의 가책의 양보다 작다. 물론 이 두 가지를 정량화하여 비교할 수 있다면 말이다.

나는 비교적 충분한 시간을 갖는 탓에 다양한 방법으로 스스로에게 자극을 줄 수 있다. 사소하게는 음악을 듣고 책을 읽는 것이 그 방법이고, 때로는 방 안의 가구 배치를 싹 다 바꾼다거나, 사람들이 많이 찾는 카페에 가서 그들의 이야기를 엿듣는다거나, 무언가를 사고 버리고, 먹고 토하고, 이유없이 밤을 새우기도 한다.

카페에 가는 것은 특히 주말이면 꼭 하는 행동인데, 이는 3월의 캠퍼스를 찾는 것과 비슷한 이유에서다.

소리가 들린다.

"공부를 왜 여기서 하는 건지 모르겠네. 꼭 공부 못하는 것들이 이러지."

꽤 자주 그런 말을 하는 이들을 마주하게 된다. 그들은 정말이지 변화하지 못하는 인간의 모습을 여실히 보여준다. 너무 노골적인 탓에 내 귀가 대신 벌게진 적이 한두 번이 아니다. 카페라는 곳은 적어도 지금 내 육체가 살아가고 있는 이곳에서는 커피를 마시는 곳이 아닌, 공간 대여의 개념이 되어 버린 지 오래다. 그 오래된 신개념을 그들은 받아들이지 못한다. 중요치 않은 모든 것은 변화하는 것이 자연스러운데도 불구하고.

그곳에 앉아 오가는 대화들을 듣고 있자면, 그들이 마시고 있는 음료가 커피가 아닌 알코올일지도 모른다는 생각이 든다. 제정신으로 그런 말들을 하는 것은 아니리라. 그렇게 믿고 싶지만 안타깝게도 내 본질 탓에 그들의 정신은 너무도 온전한 상태라는 사실을 외면할 수 없다. 이럴 때면 나에게도 인류애라는 것이 존재함을 느낀다.

"나는 나를 믿어."

그 조금의 인류애가 사라지는 순간이다. 빈속을 게워냈다. 비위가 약한 탓에, 참을 수 없는 말들이 남들보다 조금 많기는 하지만 그중에도 최고인 말을 들어버렸기 때문에 의지만으로는 참을 수 없었다.

이곳에는 말을 할 줄 모르는 인간들이 너무 많다. 하

나의 언어도 제대로 구사할 줄 모르는 인간들 투성이다. 당신이 5개국어를 할 줄 안다고, 당신의 이야기는 아니라고 생각한다면 내 말을 크게 오해한 것이다.

언어를 구사할 줄 모르는 인간들 눈에도 이상하게 보일 예를 통해 설명하자면, '나는 시계한다'는 말이나 '나는 나를 믿어'라는 말은 정확히 같은 의미에서 말이 안 된다. 맞는 것이라고는, 어울리는 것이라고는 조금도 찾아볼 수가 없다. '시계'라는 것은 무언가를 할 수 있는 행동이 전혀 아니라는 것과 같은 의미에서, '믿는다'는 것은 인간의 의지로 할 수 있는 성질의 것이 아니다.

만일 할 줄 안다고, 경험적으로 그럴 수 있다고 말하는 이가 있다면, 그건 '시계한다'처럼 그냥 말이 안 되는 것을 말이 되는 것이라고 우기고 있는 것이다.

온 세상이 자폐증으로 물들어 버렸다. 모두가 같은 병을 앓고 있어서 누가 병에 걸린 것인지 모르는 상태이다. 오히려 그 독한 자폐증에 걸리지 않은 건강한 이가 있다면, 그이에게 자폐 성향이 있다고 말하며 자기들의 진짜 자폐에 동화시키기 위해 '치료'라는 이름을 앞세워 애를 쓰는 실정이다.

그러나, 나의 모든 말이 그렇듯 조금의 거짓도 없이 말하건대, 이곳은 병들지 않고는 살아가기가 아주 힘든 곳이다. 연명만 하는 것도 거의 불가능할지도 모른다.

우울증이 인간의 정상적인 상태라고 말했던 이는 정말로 현명했다. 그이의 말이 맞다. 내 식으로, 인간이라는 단어를 사람이라는 단어로 바꾸기만 한다면 말이다. 진실을 온전히 견디기엔, 사람을 포함한 인간, 그러니까 보편적 의미에서의 인간은, 본질적으로 너무 유약하다. 설령 아주 강한 인간이라고 하더라도.

아무리 힘들여 깊게 눌러 쓴 모래 위의 글씨라도, 파도가 몇 번 휩쓸고 지나가면 흔적조차 남지 못하는 법이다. 모래 위라는 그 본질 때문이다. 거부하려고 애쓰는 이를 보면 그저 안쓰럽다.

차라리 진짜 술을 파는 곳에 가는 편이 낫겠다.

"'그래도'라는 말은 참 묘해요. 그래서 매력적이죠. 저는 말이죠, 저 세 글자만 보면 뭉클함이 느껴져요. 오랜 시간을 만나온 연인 중 한쪽이 권태를 참지 못하고 이별을 고했을 때, 아직 미련이 남은 한쪽이 하는 말 같지 않나요? 더는 할 말도 없으면서. 여전히 사랑한다는 말도, 당신이 있어야만 행복하다는 말도, 그 어떤 말도 덧붙일 수 없으면서도 내뱉는 말처럼 느껴져요. 아름다움이라는 게 정말 존재한다면, 그 세 글자밖에는 내뱉을 수 없는 그 상황이야말로, 그러면서도 차마 놓치고 싶지는 않아서 기어코 힘주어 뱉어 내는 그 처절함이야말로 아름다움이 아닐까 싶어요.”

“아름다움이라는 건 고통 속에서만 존재하기 때문이죠. 물론 아름다움이라는 게 정말 존재한다면 말입니다.”

까만 어두움으로 가득 찬 바 안에서, 촛불 하나가 비추는 므므의 얼굴은 꽤나 멋스럽게 느껴진다. 가끔 이곳을 찾는다. 몇 안 되는 므므 중 특히 마음에 드는 사람이다. 므므는 나의 나이, 이름, 연락처 따위를 궁금해하지 않는다. 우리의 다음 만남이 언제가 될지 묻지 않고, 약속하지 않는다. 세상의 이야기를 하지 않는다. 그런 무가치한 것으로 나의 시간을 빼앗지 않는다. 내 대답을 들은 므므가 한 손에 든 잔을 헝겊으로 닦으며 웃는다.

“그런 흔한 말도 하실 줄 아는 분이시군요. 상투적인 말은 싫어하시는 줄 알았는데.”

므므의 눈으로 시선을 옮긴다.

“대화에는 완급조절이 필요한 법이니까요. 나에게 필요하다는 뜻은 아니에요. 난 정말이지 그런 알량한 배려가 없는 대화를 사랑합니다. 하지만 그런 대화를 즐길 수 있는 이는 오직 내 방 붉은색 소파나 나의 회색 고양이, 아니면 빈 종이뿐이라는 걸 잘 알고 있죠. 지나친 호의를 누구보다도 싫어하지만, 이 정도의 호의는 당신의 이야기에 대한 내 답례라고 해두죠. 그래도 되겠죠? 당신이 말한 그런 의미에서의 '그래도'는 아닙니다."

그저 단색으로 날 바라보던 눈이 마지막 마디에 조금 다채로운 빛을 띤다. 므므와 나는 유머코드가 맞다. 깔끔하게 각이 잡힌 검은색 수트를 차려 입은 므므의 손목으로 다시금 시선을 옮긴다. 잘 차려 입은 므므의 손목은 항상 어떠한 장신구도 없이 텅 비어있다. 그것이 마음에 든다. 직업상 물에 손이 자주 닿아야 하니 그런 것이겠지만 그래도 마음에 든다. 손목을 채우는 장신구는 대개 시계가 되기 때문에 그 허전한 손목이 유독 흡족하다.

시계라는 걸 처음 봤을 때가 기억에 선명하다. 그것을 만들어 낸 앞선 인류에게 느꼈던 나의 증오를 당신은 결코 상상할 수 없을 것이다. 역시나 숫자가 들어있다는 점이 마음에 들지 않았고, 시간이라는 것을 정량적으로 측정해 활용하겠다는 그 생각 자체에 분노했다. 너무 많은 잉여 생산물, 그리고 불특정 다수의 후손들에게 전해지는 유산들 중에서도 시계는 정말이지 잉여 그 자체의 것이었다. 긍정적인 의미는 모두 걸러낸 상태의 잉여. 시간을 측정함으로써 인간이 얻게 되는 맹목적인 불안감은 절대로 측량할 수 없다. 10대에는 무엇을 해야 하고, 20대에는 무엇을 해야 하며, 30, 40, 그 후로도 쭉 매 시기별로 어떠한 것을 성취하지 못하면 불안감과 패배감에 휩싸이게 되는 것은 시계의 탓이 크다.

멍청한 사회의 기준과 그 기준을 비판없이 받아들이는 더 멍청한 개인들의 책임을 지우려는 의도는 조금도 없다. 나는 어떠한 진실을 숨기려고 노력하지 않는다. 단지 간과되고 있는 것에 대해 조금 더 언급할 뿐이다. 개인의 잘못은 누구나 지적할 수 있다.

지금 이곳, 바로 뒤쪽에 있는 테이블에서도 그 불안감에 가득찬 절규가 들려온다. '내 나이가 벌써 마흔일곱인데.' 따위의 말로 시작되는 그 절규는 정말이지 참고 듣기 어려울 정도다. 므므에겐 손짓을 한 번 하고 곧바로 밖으로 나선다.

내가 그런 말을 이토록 듣기 힘들어하는 이유는 내가 진실을 감당해낼 힘이 없기 때문이 아니다. 다시 말하지만, 나는 그런 류의 완급조절 따위는 없는 대화를 사랑한다. 듣는 것이 힘이 드는 이유는 반대로 그것이 진실이 아니기 때문이다. 시간의 측정과 멍청한 사회, 그리고 어리석은 인간의 합작일 뿐. 그것은 조금의 진실도 담고 있지 않은 소음과도 같은 절규이다. 늦은 나이, 이른 나이, 알맞은 나이라는 건 없다. 좀 더 확실히 말하자면 나이라는 것은 존재하지도 않는다. 그야말로, 존재한다고 믿음으로써 생겨나는 권력과도 같은 것이다. 나이라는 것 말이다.

그것은, 그 존재하지 않는 것은 아무것도 나타내주지 않는다. 그것을 내세우고 중요시하는 이들의 멍청함을 드러내는 점에서만 유일하게 무언가를 나타낸다고 할 수 있다. 어쩌면 아무것도 가질 수 없다는 걸 깨달은 영악한 인간이 나이라는 것을 만들어 낸 것인지도 모른다. 아무것도 가질 수 없는 인간에게 허락된 유일한 소유물로서 말이다. 그러한 생각이라면 눈 깜빡하는 순간 정도만은 흥미롭게 느껴질지 모르겠다.

그러나 세상은 딱 어린아이들의 소꿉놀이 같은 것이다. 돌멩이를 돈이라고 약속하고, 나뭇잎을 음식이라고 약속하고, 흙바닥에 발끝으로 선을 그어 만들어 놓은 구역을 집이라고 약속하는, 해가 지고 때가 되면 완전한 '무'가 되는 그것 말이다. 나이든 인간들은, 그 소꿉놀이에 몰입해서 아무 의미없는 돌멩이 하나에 울음을 터뜨리는 아이에 비해 성숙한 구석이라고는 한 군데도 없다.

오히려 어린이들이 더 성숙하다. 그들은 때가 되면 놀

이를 마치고 집으로, 진짜 집으로 돌아가는 법을 안다. 그들은 소꿉놀이가 그저 장난이라는 것을, 문자 그대로 '놀이'라는 것을 잘 안다.

인간들은 모른다. 그것이 놀이라는 것을. 그리고 적당한 때에 그것들을 버리고 집으로 돌아가는 법을.

23/○

일주일에 한 번씩은 꼭 찾아오는 그 손님은 별로 자기 이야기를 하지 않는다. 대부분의 사람들은 바텐더와 어느 정도 친분을 쌓고 나면 자신의 이야기를 들어주기를 바라기 때문에 그 사람이 특이하다고 느껴졌다.

"이야기 들으러 왔습니다."

심지어 그 손님은 언제부턴가 첫인사도 그런 식으로 건넸다. 술은 아예 주문하지 않거나 논알콜 칵테일을 가끔 시킬 정도니까 정말 이야기를 듣기 위해 찾아오는 것 같기도 했다. 취객을 상대하는 것보다는 온전한 정신인 사람과 대화를 나누는 편이 낫기 때문에 나에게도 나쁠 건 없다. 거기에다 대화가 마음에 든 날에는 팁도

잘 챙겨주는 편이라 가끔은 그 사람을 기다리게 될 때
도 있다.

"아름다움이라는 건 고통 속에서만 존재하기 때문이
죠. 물론 아름다움이라는 게 정말 존재한다면 말입니
다."

대화라고 하기엔 그 손님은 별로 많은 말을 하지는 않
는다. 그저 그렇게 내 이야기를 듣고 있다는 식으로 잠
시 거들 뿐이다. 그러고는 한참을 나는 혼자 떠들고 손
님은 자기만의 생각에 빠지는 것처럼 보인다. 질문을 해
도 대답을 하지 않고 내 손 언저리만 바라보는 걸 보면
그렇게 느끼지 않을 수 없다. 그럴 땐 그냥 내 말을 듣지
않는 취객에게 말한다는 생각으로 머릿속을 떠다니는
모든 것들을 조리 없이 마음껏 쏟아놓는다. 그러고 나면
꽤 후련한 기분이 든다.

인간들에게는

유일성이라는 것에

큰 의미를 부여하는

근본 없는 버릇이 있다

24

        아무런 의미도 없으나 그렇기
에 더욱더 마음 놓고 하는 행동들이 있다. 이상하게 생
각할 건 없다. 의미있는 척 하는 무의미한 행위보다는,
온전히 무의미한 것에 마음이 가는 건 너무도 당연한 일
이다.

  예컨대 작은 종이를 보면 꼭 학을 접는다. 어떤 원리에
서 그런 식으로 접으면 학 모양이 만들어지는지는 당연
히 알고 있다. 당신은 혹시 각 과정이 종이학의 모양에
미치는 영향을 알고 있는가? 아마 그렇지 않을 것이다.

그러나 대부분이 종이학 접는 방법은 알고 있다고 말할 것이다. 적어도 과거에는 접을 줄 알았다는 이까지 포함하면 그야말로 거의 다가 될 것이다.

어린아이들의 비극, 나아가 인간의 비극은 여기에서 심화된다. 비극의 시작은 물론 한참 더 과거로 거슬러 올라가야 하고, 인간의 힘으로 돌이킬 수 있는 성질의 것이 아니기 때문에 논외로 한다.

그러니까, 아무것도 모르면서 일련의 과정을 따라가기만 하면, 아무 의미 없던 종이 한 장이 그럴듯해 보이는 학으로 변하는 것. 이것을 어린아이에게 알려주는 것은 반드시 터지고야 마는 폭탄을 아이에게 넘겨주는 것과 조금도 다르지 않다. 아이는 마치 인생도 그렇게, 이유는 모르지만 따라야 하는 일련의 과정이 있으며, 그 과정의 끝에는 그럴듯한 성공적인 삶이 자신을 기다리고 있을 거라는 착각에 빠진 채로 자라난다.

아이는 그것을 자각할 능력이 없다. 그 아이는 이러한 맹목적인 기대가 깨지는 순간 너무도 큰 상처를 입게 된다. 종이학을 접는 방법이라는 건, 사회적 성공을 거뒀다고 불리는 이가 적어낸 성공학 서적과 조금도 다를 것이 없다는 걸 그들은 알지 못한다. 아이는 물론, 성인도 알지 못하기 때문에 비극은 심화되고 계속 전달된다.

조금 초점을 바꾸어 보아도 문제는 여전하다. 고작 종이 하나 접는 것을 보고 어른들은 아이에게 무엇이라고 말하는가?

'손재주가 좋구나.'

이건 또 하나의 비극이다. 아이로 하여금 의미 없는 것을 의미 있는 것이라고 착각하게 하고, 그저 종이의 끝과 끝을 잘 맞췄을 뿐인 일에 어떤 가치가 있다고 믿게 한다. 조금의 다름도 존중받지 못하는 사회의 한심함은 생각지도 못한 곳에서 아이들을 망쳐 놓는다. 그야말로 더럽힌다.

내가 자꾸 아이에게만 시선을 두는 것은 내가 편협된 사람이기 때문은 아니다. 과거에 어린아이가 아니었던 이는 없으니, 지금은 성인인 이들의 이야기이기도 한 것을 말하고 있는 것뿐이다. 진실에 있어서 시간이 할 수 있는 것이라곤 아무것도 없다.

충동적으로 손에 놓인 종이학의 머리 부분을 잘라 낸다. 그저 종이 한 장을 자른 것뿐인데 어떤 느와르 영화를 볼 때보다도 크게 느껴지는 잔인함과 스스로의 잔혹함에 손이 떨린다. 이건 내 본질에 어긋나는 감정이 아니다. 내가 느끼는 감정은 어떠한 사실로부터 비롯된 것은 아니지만 그것은 분명한 진실이다. 진실이라는 건 이렇게 예상치 못할 때 튀어나와 나의 일상을 힘들게 한다. 물론 잔인함을 잘 견디지 못하는 것은 본질과는 아무런 관련이 없다. 대부분의 감정들은 그저 지금 상태로 인한 인간적인 속성 때문에 느끼게 되는 것이다. 당신이 겪는 감정의 변화와 마찬가지로 말이다.

어릴 적 일이 하나 떠오른다. 좀 더 정확히는 그자의 어릴 적 일 말이다. 어린 시절 그자는 대부분의 아이와 같아서 컴퓨터 게임을 즐겨 했는네, 특히 두더지 삽는 게임을 좋아했다. 특이하게도 게임 속 두더지는 진짜 두더지가 아니었다. 학생으로 보이는 어린 소녀가 두더지 옷을 입고 있었다. 망치로 두더지를, 두더지 모양의 옷을 입은 소녀의 머리를 때릴수록 그 소녀의 얼굴은 만신창이가 됐다. 눈은 멍들고 입술은 터져서 못 봐 줄 정도가 되었을 무렵 게임은 잠시 중단되고, 두더지 옷에서 교복으로 갈아입은 만신창이의 소녀가 화면에 나오며 문구가 떴다.

'한번만 봐주면 안 돼?'

그러면 그자는 항상 '그래'와 '안 돼' 중에서 고민도 하지 않고 후자를 골랐다. 그 소녀는 다시 터진 얼굴로 두더지 형상의 옷을 입고는 구멍으로 나왔다가 들어가기를 반복했다. 소녀가 두 다리에 깁스를 하고 한층 더 망

가진 얼굴로 화면에 나와 사과를 하며 게임이 자연스레 종료될 때까지 그자의 게임은 계속되었다.

그자는 소녀의 망가진 얼굴을 볼 때마다 가련한 마음을 느꼈다. 자신이 하고 있는 행위가 잔혹하다는 것도 함께 느끼면서 말이다. 그 상반된 감정 속에서 그자는 야릇한 쾌감을 느꼈다. 그 야릇함이야말로 그자가 게임을 통해 얻고자 했던 쾌락이었다.

당신에게 이런 그자의 행동이 이해할 수 없는 기이한 행동이라고 여겨질지 모르겠다. 그러나 대부분의 잔인한 행동들은 이 야릇함이라는 중독성을 지니고 있다.

나는 다시는 종이학의 머리를 잘라내는 일 따위는 하지 않을 것이다. 내가 이 중독성을 이길 정도로 강한 존재이기 때문은 아니다. 사람을 포함한 모든 인간은 강인할 수 없다. 본질적으로 그렇다는 말이다.

그저 종이학이라는 대상은 가련함을 느낄 만한 대상이 되기에는 부족해서, 그자가 맛봤던 야릇함을 얻을 수 없었기 때문이다. 가련함 없는 잔혹함은, 스스로에 대한 반감을 갖게 하기에 충분한 감정이다. 그 두더지 게임은 적어도 하나의 인간을 망쳐 놓았다. 그리고 종이학 접기가 야기한 문제는 그보다 심각하다.

아이들이 보고 싶다.

'왜 남과 비교합니까? 당신은 이미 유일한 사람입니다.'

초등학교 담벼락에 글귀가 적혀 있다. 인간들에게는
유일성이라는 것에 큰 의미를 부여하는 근본 없는 버릇
이 있다. 마치 유일성이라는 것이 무언가를, 진정 중요
한 무언가가 있다는 사실을 보장이라도 해 주는 듯이.
그러나 유일성에 가치가 내제되어 있지는 않다.

오히려 없는 가치를 있다고 믿기 위해 행하는 가장 얄
팍하고 거짓스러운 행위가 바로 그 유일성을 이야기하
는 그것이다.

당신은 정말 유일한가. 어떤 수준에서, 어떤 기준에서
그러한가. 인간이라는 점에서 나와 당신은 조금도 다르
지 않다. 당신들의 주장에 따르면, 동물이라는 점에서,
나와 당신과 저기 차 뒤에서 웅크리며 나를 경계 중인
저 고양이, 그리고 당신의 조상인 원숭이까지 조금도 다
르지 않다. 생물이라는 점에서, 나와 당신과 그새 사라
진 고양이, 당신의 조상, 그리고 내 몸에 불법거주 중인
박테리아까지 조금도 다르지 않다.

그렇게 조금도 유일하지 않은 우리는, 기어코 스스로
를 유일한 존재로 만들기 위해 온갖 기준들을 만들어 내
어 분류한다. 성별, 세대, 국적, 학벌, 거주지, 혈액형, 가
치관. 다 열거할 수 없을 정도로 많은 분류 기준이 있다.

아니, 본질적으로 존재한다는 의미에서의 '있다'가 아니다. 만들어져 '있다'는 그런 의미에서의 '있다'이다. 인류가 아무리 많아 봤자 유한한 개체수를 가지기 때문에 개개인을 일정한 조건 내에서 유일하게 만드는 것은 언제나 가능한 일이다. 그런 만들어진 유일성에 가치가 있다고 믿는 건 진실을 따르는 것이 아니라 자기 나름의 가치를 '두는 것', 즉 스스로를 진실 그 자체로 여기는 것이다. 그건 그야말로 스스로에 대한 기만이며 거짓 그 자체이다.

그러나 중요한 것은 유일성도, 가치의 유무도 아니다. 모두가 가치를 지닌다. 모든 사람은 가치 있는 존재가 맞다. 그리고 그것은 생물학적인 관점에서는 절대로 설명할 수 없는 극심한 차이를 보인다. 거기에 중요성이 있다. 문제는 바로 그것이다. 어떤 가치를 지닐 것인가. 퇴색되어가는 종류의 것인가. 결국에는 아무것도 남지 않는 소모적인 가치인가. 겉보기에는 그럴듯해 보이나 실체는 존재하지 않아서 알몸인 스스로를 바라볼 수 없는 그런 가치인가. 잠시 가만히 서서 생각해본다. 나는, 내 가치는. 이미 정해진 가치가 존재의 기저로써 있는 내게는 아무런 쓸모도 없는 생각이라는 걸 뒤늦게 깨닫는다.

다시 그 글귀가 적혀 있는 담벼락으로 돌아간다.

"칵, 퉤."

이런 글을 매일같이 봐야 할 어린아이들을 생각하니
참을 수가 없다. 저 따위의 글귀가 어린아이들의 머릿속
어딘가에 자리 잡을 걸 생각하니 끔찍하다. 머리라면 그
나마 낫다. 그게 마음이라면? 그건 정말로 끔찍하다.

유난히 지치는 날, 그 따위의 것을 보며 힘을 얻을 어
린아이를 생각하니 분노가 치민다. 그래서는 안 된다.
그 어린 시절부터 거짓을 통해 위로 받아서는 안 된다.
그것은 추억이 되고 마음의 안식처가 되며, 곧 습관이
되고 말 것이다. 힘이 들 때면 거짓을 찾는 것이 일상이
되고 말 것이다.

그렇게 살아내는 삶보다는 차라리, 그 어린아이가 자
라나는 과정에서 스스로의 존재가 유일한 것이 아님을
깨닫고 좌절하는 편이 낫다. 그 어린이에게 진실 없는
그 문구를 비웃고 다시 두 발로 일어설 힘이 없더라도.
점점 타락의 길로 가느니, 덜 타락했을 때 멈춰지는 편
이 낫다. 진실에 있어 중요한 것은 양이 아닌, 밀도이다.

그들을 위해 나는 대신 침을 뱉는다. 물론 아직 그런
일은 일어나지 않았다. 하지만 그것은 중요치 않다. 시

간의 순서는 중요하지 않다. 꼭 있어야만 하는 것, 일어나야만 하는 일, 그런 것에서는 그저 순서 없는 나열만이 있을 뿐이다. 무언가 하나를 누락시키지만 않는다면 충분하다.

"거 지금 뭐 하는 거요?"

경비원으로 보이는 이가 다가와 따지듯이 묻는다. 경비원은 내 생각의 흐름을 방해할 수 없다. 작은 파편 하나도 누락시키지 않겠다.

걸치고 있던 셔츠의 소매 끝으로 내가 뱉어 낸 침을 닦아낸다. 경비원은 미심쩍은, 그러나 안도하는 눈길로 날 한번 쳐다본다. 경비원의 눈빛은 조금도 내 행동에 영향을 끼치지 못했다. 나는 그저 가래침이 그 글귀를 장식하는 꼴이 되어, 그 글귀를 비추는 스포트라이트가 되어, 오히려 어린아이들의 눈길을 끌게 되지나 않을까 걱정이 되었을 뿐이다. 내 욕심보다는 실리를 고려하는 편이 나을 것 같아서 한 행위였을 뿐이다.

그렇게 닦아내고 나니, 흙먼지로 뒤덮인 모든 문구 중에 그 문구만 깨끗하게 빛나게 되어서 상황이 조금 우습게 느껴지긴 했다. 그래도 괜찮다. 상대적으로 깨끗한 것들 사이에 있는 더러운 것은 눈에 잘 띄어도, 더러운 사이에 있는 깨끗한 것은 그렇지 않은 법이다. 고로 내 목적을 이루는 데에는 조금도 지장이 없다.

심지어 그것은 곧 똑같이 더러워질 것이다. 더러운 것 사이에서 깨끗함을 지키기 위해서는 상당한 노력과 의지가 필요한 법인데, 그저 널빤지에 불과한 것에는 그런 숭고한 것들이 있을 리 없다.

"이상한 사람이군. 그래."

인간이 아닌 사람이라는 걸 경비원도 잘 알고 있나 보다. 경비원은 혀를 치며 말하고서는 되돌이간다.

마침 바람이 불어오며 주변에 있던 흙먼지가 문구 위로 뿌려진다. 더러워진다. 자연스럽다.

내가 아무리 진실을 거부해도
나는 존재한다

25

사각 프레임 안 창문 너머로, 보자기에 무언가를 싸 들고 골목을 지나는 인간이 보인다. 그리고 몇 걸음 뒤에서 그 사람을 뒤따르는 어린아이. 상기된 볼이 괜히 따뜻함을 느끼게 한다. 한 손에 커피를 들고 무심하게 두 인간을 지나쳐 가는 또 다른 사람. 고개를 숙이고 소매로 눈가를 닦으며 거리에 잠시 멈춰 서는 인간. 그 사람을 지나치는 또 다른 인간이 잠시 고민하더니 주머니에서 손수건을 꺼내 눈가를 닦는 인간에게 건네주고는 사라진다.

창문 너머의 모든 것들은 꽤나 낭만적이다. 모든 사건은 희극으로 끝나며 흐르는 눈물도 그저 일시적인 것이 되고 심지어는 아름다움으로 승화된다.

그러나 조금만 들여다보면 모든 생은 비극이다. 나는 절대로 창문을 열지 않으리라.

아니다. 진실을 마주치고 싶어하지 않는 마음은 나에게 조금도 어울리지 않는다. 그것은 나의 존재에 모순되는 일이다. 그럼에도 차마 내 손은 창틀 가까이로 가고 싶어하지 않는다. 나에게가 아니라 내 손에게 거부의 의지가 있다. 그렇게 믿고 싶다.

아니다. 손이 어떻게 의지를 갖는다고 그러는가. 이건 나 자신의, 온전한 나 자신의 거부 의지다. 그렇다면 내 존재란?

아니다. 내 의지라니, 말도 안 되는 소리. 아, 이럴 때 적당한 단어가 있었다. 이건 내 자유다. 인간들도 갖고 있는 자유. 그게 나에게 없으리라는 법은 없다. 그러나, 존재의 본질에 위배되는 자유? 존재에 선행되는 자유? 그런 건 있을 수 없다.

그래 이건 자유와는 조금도 관련 없는 일이다. 그러니까 지금 내가 하는 생각들은 내 행위에 대한 정당화이다. 내 잘못된 행위에 대한 정당화. 위로보다도 쓸모없는, 악한 정당화.

아니다. 이건 정당화가 아니다. 다른 인간도 아닌 내가 그런 짓을 하다니 말도 안 된다. 나는 또다시 진실을 직면하지 않으려 애쓰고 있는 듯 하다. 이럴 땐 추측하는 듯이 말하면 안 된다. 나는 진실을 거부하려고 애쓰고 있다.

담배. 담배가 필요하다. 주머니를 뒤적이지만 손에 잡히는 거라고는 잉크가 번져가는 영수증뿐이다.

'승인번호: 30014286'

정말 견딜 수 없다. 손을 높이 쳐들고 조금 돌출된 혈관을 응시한다. 난 존재하고 있다. 내가 아무리 진실을 거부해도 나는 존재한다. 존재하기는 한다. 아무 가치 없는 상태로. 당장 사라져 버리는 게 더 나은 상태로. 그러나 그럴 수는 없다. 내 존재가 가치 없어지면, 진실이 가치 없는 것이라면 세상은?

혼란스럽다. 그런 세상 말고 지금 나의 정신 상태가 말이다. 순식간에 우울과 좌절감이 밀려든다. 아, 나는 인간이었다. 내가 인간의 몸으로 있다는 걸 잠시 잊었다.

휴. 정말로 큰일날 뻔 했다. 혼란과 좌절, 우울, 그리고 모순. 인간에겐 너무도 당연한 것들이다. 수시로 이런 감정과 생각들이 그를 휘감지 않는다면, 그는 생물학적인 관점에서 말하는 동물일 뿐이다. 아무런 생각도 하지 않는 것이 분명하다. 그 존재가 어떤 생각을 한다면 그건 진실과는 아무런 관련이 없고 자기 자신의 존재성과도 완전히 무관한, 그야말로 의미없고 가치 없는 생각일 것이다. 그렇지 않다면 자신의 마음에 완전히 무심해서 어떠한 변화에도 마음을 그저 방치하는, 제 자신에 대한 학대범일 것이다.

잠시 타인에게로 정신이 쏠린 틈을 타 창문을 열어본다. 거리에는 이제 아무런 인적도 없지만 어쨌건 나는 세상을, 진실을, 그들의 삶을 마주하려는 의지를 보인 것이다. 정신을 집중해서 무언가의 본질을 들여다보는 것, 표면적으로 드러나는 것 이상을 보려는 시도, 그것은 정말 막대한 힘을 요한다. 인간의 몸으로썬 도저히 감당치 못할 수준일 때가 많다.

내 이 육체만 아니었어도. 망할 속박 덩어리인, 하잘것 없는 육체만 아니었더라도 나는 개개인의 삶, 아니 삶조차도 되지 못하는 비참하고 욕된 생이라도 거리낌없이 마주했을 것이다. 이건 진실이다.

육체는 존재의 본질을 갉아먹는다. 그러나, 정신 또한 때때로 나를 이상한 곳으로 이끈다는 사실을 외면할 수 없다. 그렇다면 인간에게 본질은 과연 무엇인가. 그런 엉뚱하고 기괴한 모습이 자기 자신임을 받아들이는 데에 삶의 여정이 흩뿌려져 있다고 말하는 멍청한 이들이 있다. 그들은 완전히 틀렸다.

삶이란 그 모든 것들 속에서 본질을 지켜내는 것이 되어야만 한다. 내가 말하는 본질이란, 타고난 성품 따위의 하찮은 것이 아니다.

단언컨대 '나는 이렇게 태어났어' 따위의 소리를 지껄이는 이들이 가장 역겹다. 자신의 역겨운 면모를 모조리 부모 탓으로, 조상 탓으로 돌리는 그 꼴을 보고 있자면 그들에게 주어진 생의 시간은 지나치게 길다는 생각을 한다. 태어난 그대로 살기 위한 생이라면, 태어나자마자 가능한 빨리 죽는 것이 행운일 것이다.

이 말과는 별개로, 가장 축복받은 삶은 사산아의 삶, 그 다음은 막 진실을 발견한 직후에 죽음을 맞는 삶이다. 특히 전자는 본질 그대로, 그 순도가 조금도 훼손되지 않은 상태로 죽는다는 점에서, 어떠한 성인 군자의 삶도 그의 온전함에는 조금도 미치지 못할 것이다. 알다시피 온전함이라는 건 정도가 있는 것이 아니라서, '유' 아니면 '무'이기 때문이다.

물론 이것이 낙태를 정당화하지는 않는다. 사산아의

삶이 어떠하건, 그의 삶과 낙태자의 책임 여부에는 아무런 관계가 없다. 아무리 그 삶이 좋은 것이라 한들, 한 인간이 다른 인간의 생에 있어 절대적인 영향력을 행사하려고 해서는 안 된다.

나는? 나도 어찌됐건 하나의 인간이 아닌가. 그런 나는 무슨 목적으로 살아가고 있는가. 누구에게도, 어떤 막대한 영향력도 끼쳐서는 안 되고, 실제 그렇게 할 수도 없는 나는? 나의 본질은 어떻게 되는 것인가.

나는 별개이다. 나는 그들과 같은 인간이 아니다. 나는 그들과 본질적으로 다르다. 그러나 어떤 점이? 먹고 마시고 잠을 자지 않으면 살아갈 수 없고, 숨을 쉬지 않고서는 몇 분을 채 버틸 수 없으며, 숨을 쉬지 않아서 죽어 버리고 마는 그러한 행위조차 밧줄 따위의 도구를 이용하지 않고서는 의지대로 할 수 없는 나는, 적어도 지금의 나는 다른 인간들과 조금도 다르지 않다.

아무런 영향도 끼칠 수 없는 나는, 수시로 영향을 끼치는 이가 되려고 발악하고, 대단치도 않은, 발끝에 채이고 마는 생을 살아가는 인간들에게 너무나 많은 영향을 받으며 수시로 우울과 좌절에 빠진다.

이런 생각조차, 반성을 하는 것조차 사람들과 조금도 다르지 않다. 나는 무엇이 다른가. 무엇이 다를 수 있는

가. 완전히 다른 본질을 갖고도 비슷한 삶을 살아내는 스스로가 역겹다. 어쩌면 나의 삶이야말로 '생'일지도 모른다는 불안이 나를 휘감는다.

"빨리 따라와."

창문을 열어 뒀다는 사실을 깜빡했다. 생에 찌든 목소리. 이만 했으면 됐다. 창문을 닫는다. 고요함이 재빠르게 소란을 몰아낸다. 차분해진다.

언제 혼란스러웠던 적이 있었던가? 잠시 인간들의 생, 삶의 방식에 깊이 빠져들었던 것 같다. 그들에게는 너무나도 자연스러운 것인 혼란과 좌절에. 괜히 그들에 대한 연민의 감정이 느껴진다. 그러나 재빨리 내 안에서 몰아낸다. 감정 또한 종종 나를 한심한 곳으로 이끈다는 걸 이미 잘 알고 있다.

신과 인간의 관계에도

아무런 의무성이 없는 이 시대에,

어떤 관계가 의무성을

지닐 수 있단 말인가

26

그러니까 너무도 자연스러운
것들, 인간들에게는 너무도 자연스러운 것들을 못 견딜
때가 있다. 이를테면 오래 알고 지낸 누군가가 '너는 그
런 사람'이라는 말을 할 때, '원래 그렇지 않았잖아'라고
말할 때, 그럴 때면 나는 희망을 잃는다. 물론 내게 희망
이라는 게 정말로 존재했던 순간이 있었다고 말할 수는
없지만 그런 건 중요하지 않다.

중요한 건 그 공허에서 오는 절망감의 크기이다. -내
가 중요하다고 말하는 것을 문자 그대로 받아들여서는

곤란하다.- 단언컨대, 초면에 이름이 불리는, 심지어는 '이름 참 근사하시네요'라는 칭찬을 듣는 것보다도 끔찍하다. 그러나 그런 식의 흐름이 그들의 사고의 기저를 이루는 방식이라는 걸 알고 있다. 실제로 존재의 기저가 이루어지는 방식을 말하는 것이 아니다. 그들 나름의, 그러니까 진실과는 아무런 관련도 없는 나름의 방식을 말하는 것이다.

그런 식으로 사고하는 이들은 그저, 자신이 잘 알고 있는 어떤 것과 새로운 대상을 연결 짓고 싶은 것이다. 인간들에게 변화란 피곤한 것이니까. 새로운 대상에게서 익숙한 무언가를 찾지 않으면 공포를 느끼는 것이다. 이런 맥락에서, 나이 든 이들이 '완전히 새로운 것은 없다'고 말하는 것은 거짓이다. 완전히 새로운 것, 지금까지 겪어왔던 그 무엇과도 닮아있지 않은 그런 것은 언제나 존재한다. 그저 그들이 그렇게밖에 느끼지 못하는 것은, 온 형태를 비틀고 잘라서라도 이미 알고 있는 범주에 구겨 넣으려던 그 사람의 잘못된 생각 탓일 뿐이다. 진실이라고는 한 올도 섞여 있지 않은 추출물 말이다.

그래서 인간을 마주하는 일은 끔찍하다. 말 한마디에서 인간의 얕음을 드러내는 그 순간이, 그 깊이가 틀렸다는 걸, 진실이 아니라는 걸 말해주는 온갖 상황에서도 깨닫지 못하고 당황스러운 낯빛만을 그대로 드러내는 그 순간이 못 견딜 만큼 구역질 난다.

차라리 나는 나으리라. 그들이 나를 제대로 분류한다면, 그럴 능력이 있다면 다행히도 나는 딱 맞는 상자가 있다. 그러나 그들 나름의 범주에는 속하지 않는 것이라서 그들은 결코 그 상자를 찾지 못한다.

방랑자인 나, 그들과는 본질적으로 다른 나는 그래도 괜찮다. 그들의 오류가 조금도 신경 쓰이지 않는다. 다만 서로를 향하는 그 얕음이 선명하게 느껴져서 끔찍할 뿐이다.

그것은 모든 관계를 파멸로 만든다. 모든 관계에는 끝이 있다는 것, 그리고 그 끝이라는 건 아픈 마음, 때로는 분노로 이루어진다는 건 모두 이 때문이다. 행복한 끝이 있다면, 그건 자기 위안이다. 최악이 아닌 차악이라 다행이라고 스스로에게 최면을 거는 것이다. 이런 점에서 서로가 예측하지 못한 이별은 그야말로 행운이다.

끝이 없는 관계, 무언가 다르다고 느껴지는 관계도 이보다 좋은 것은 아니다. 진실을 이야기하자면 그런 관계야말로 최악이라고 할 수 있다. 그런 관계의 기저는 서로가 생각하는 추상적인 범주가 어떠한 수준에서 서로 일치한다는 사실이다. 그리고 당연히 그 범주는 실제 본질과는 조금도 같지 않다.

그래서 최악이다. 관계가 깊어짐에 따라 둘은 그 범주가 옳다고 믿게 된다. 그것이 진실이 아니라고 말해주는 모든 이들도 그들에겐 그저 자신들의 가치를 제대로 알아주지 못하는 행인들이 되고 만다. 모두가, 특별하게 여기는 그들 서로까지도 그저 완전한 타인일 뿐인데 말이다.

그 특별함은 다시 또 다른 범주를 만들어 내적인 피멸을 만들어간다. 외적으로 표출되지 않는다고 해서 안정적인 것은 아니다. 오히려 그 분열을 눈치채지 못하게 하는 가림막이 될 뿐이다.

불평등이라는 건 이와 아주 다른 것이 아니다. 한 사람 혹은 집단이 그린 범주가 다른 쪽의 범주를 압도할 때, 한 범주가 지배력을 가지고 다른 범주란 틀린 것이라고 느끼게 하는 것, 그것이 불평등이다.

불평등이라는 것이 나쁜 이유도 여기에 있다. 여러 이유로 지배력을 갖게 되었을지언정, 그 범주 또한 진실이 아니며 정확히는, 진실을 조금도 담아내지 못하는 것이기 때문이다. 그런 점에서 평등도 진실을 담아낸다고 할 수는 없다. 그저 거짓끼리 동등하게 교류하는 것, 그것이 평등이지만 그야말로 최악은 아니다. 불평등의 경우처럼 어느 한쪽의 거짓이 진실인 체 하지는 않으니 말이다.

이런 관계에 일어나는 문제들은 인간의 본질로부터 비롯되는 문제라 다룰 방법이 없다. 그래도 희망은 있다. 제어 가능한 영역이 아직 남아있다는 의미에서 그렇다.

인간의 모든 문제는 다 똑같이 그러하다. 문제 발생을 차단할 수 있는 힘이 없다는 사실은, 사람을 포함한 모든 인간에게 적용된다. 인간에게 주어진, 그리고 발전시킬 수 있는 영역은 단지 대처에 있다. 둘 또는 그 이상의 관계가 건강하지 못하다고 느낄 때, 어떤 관계로 인해 보다 나은 삶을 살아갈 수 있는 기회들을 흘려보내고 있다는 생각이 들 때에 해야 하는 대처 말이다.

그러한 생각을 느꼈음에도 불구하고, 그 관계에 들인 시간과 노력, 때로는 돈이나 다른 물질적인 것들이 아까워 차마 단절하지 못하는 것은 대부분의 인간들이 범하는 미련이다. 예컨대 젊은 시절의 모든 것을 쏟았던 옛 사랑, 이제는 가족이라는 이름 아래 묶여버린 이를 떠나지 못하는 것이 그렇다. 가정이라는 것을 위해 여러 가지 일을 해내느라 잃어버린 경제력, 자립심, 그리고 무언가 혼자의 힘으로 해낼 수 있는 것이 존재할 것이라는 막연한 희망이 그이의 발을 붙잡는 것이다. 그이가 옛사랑 앞에서 할 수 있는 거라고는, 온전히 생을 의지하고 있는 옛사랑의 사업이 잘 되기를 바라며 방 안을 돌아다니거나, 어두컴컴한 집 한 구석에 누워 잠을 자며 애써 현실을 외면하려는 몸짓이 전부인데도 그이는 겁을 내는 것이다. 지금이 그야말로 최악인데도 그이는 깨닫지 못하는 것이다. 그렇게 시간은 흘러가고 그이의 생활은 자신이 보기에도 한심하면서도 빗어닐 용기가 없어 그저 우울에 빠진다. 그 우울이 자신의 선택 때문이라는 것을 자신도 잘 알고 있지만, 애써 그 우울까지도 모두 옛사랑의 시원찮은 사업 수완 때문이라고 말하며 우울을 합리화한다. 진실을 직면하기엔 너무 아프니까.

진실을 마주하기엔 그이는 너무 연약해진 것이다. 혹시라도 당신의 이야기처럼 느껴진다면 지금이라도 당신의 두 발로 일어서기를 바란다. 중요한 것은 무엇인가 잘못된 선택들로, 우연의 이유들로 흘러가버린 시간들을 인정하고 지금 할 수 있는 것들을 해나가는 것이다. 생활과 경제적인 자립 없이는 정신적 자립도 없다. 과도한 권태와 잠은 정신이 살아가기엔 너무도 가혹한 환경이다.

불안정만큼이나 여유로움도 문제가 된다. 앞서 말한

이유와 더불어, 과도한 평온은 권태보다도 정신이 생존하기 치명적인 환경을 조성하기 때문인데, 이러한 점에서, 경제적으로 여유롭고 사회적인 의미에서의 성공을 거둔 이의 정신이 항상 깨어있다면 칭찬할 만하다. 이런 여유로움은 본질적으로 성립될 수 없는 가짜의 여유로움이기에 부족함보다도 위험한 것이다. 단언컨대 충분한 힘, 그 중심을 지킬 만한 충분한 힘이 없는 이에게는 어떤 관계도 독이 되고 만다. 건강한 이들마저도 병약한 정신을 갖도록 만드는 것이 그 '관계'라는 것이다.

인간사회에는 불가분의 관계로 여겨지는 것들이 있다. 주로 부모와 자식을 비롯한 가족이라는 공동체가 그러한 관계로 대표적으로 일컫어진다. 그러나, 어떠한 관계더라도, 조금의 의무감도 내포되어서는 안 된다. 신과 인간의 관계에도 아무런 의무성이 없는 이 시대에, 어떤 관계가 의무성을 지닐 수 있단 말인가? 관계 내부에서의 의무를 말하는 것이 아니라, 관계를 맺어야만 한다는 의무를 말하는 것이다.

당신을 진실로부터 멀어지게 하는 것이라면, 나로부터 멀어지게 하는 것이라면, 그 어떤 것이 되었더라도 잘라버리는 것이 낫다. 삶이라는 건, 의미없는 인간들 사이의 교류 속에서 어떤 것을 발견하고, 그것이 가치있는 것이라고 믿는 여정이 아니다.

그런 것들은 그저 흔적도 없이 사라질, 어떠한 의미도 갖지 못하는 '생'을 이루는 순간들일 뿐이다. 정신을 일깨워 진실을 마주하고 그와 함께 살아가는 것, 그것이 삶이다.

믿어서는 안 되는 것을

함부로 믿는 이의 최후는

항상 파멸이다

27

"나 믿지?"

산책을 나갔다가 우연히 듣게 된 말이 잊히지 않는다.
한 눈에 보기에도 파리한 팔뚝을 꾀죄죄한 와이셔츠로
감춘 사내가 공중전화 너머의 이에게 꽤나 비장하게 내
뱉은 말이었다. 커다란 수화기를 감당하고 있는 게 용할
정도로 근육 없는 팔뚝임에도 순간적으로 힘이 들어가
는 게 눈에 보일 정도였다.

"우습더라. 그 꼴이 말이야. 그러니까 그 꼬질꼬질한
차림새 말고 바짝 긴장한 팔뚝이 우습더라고. 수화기 너

머의 그 인간에 대해 궁금해지는 건 왜였을까? 누군지는 모르겠지만, 그 사람의 허벅지가 그 남자의 팔뚝만큼 가늘 것 같다는 생각이 들었어. 정신은 그보다 더 말랐을 거고."

쓸데없이 많은 말을 한 게 조금 창피하다. 물론 나의 빨간 소파는 나에게 핀잔을 주는 일 따위는 하지 않지만. 그래서 내가 좋아한다. 조언 없이 말하는 이로 하여금 부끄러움을 느끼게 하는 것이야말로 모든 인간, 그리고 내가 이 소파로부터 배워야할 점이다. 소파에 내 몸이 닿는 것조차 창피해서 잘 찾지 않던 딱딱한 의자로 가 앉는다.

다시 정신이 맑아지는 느낌이다. 누군가에게 말을 하면서 정신이 맑아지고 새로운 것을 발견하는 순간도 더러 있지만, 내가 무슨 말을 하고 있는 건지 혼란스러울 때가 더 잦다. 마치 혀는 혀대로 자신의 길을 가고 나는, 내 정신은 방치되어 있다는 느낌을 받는다. 나는 그 순간이 싫다. 타인과의 은밀한 관계를 꺼리는 이유 중 하나라고 말해도 무방할 정도로 싫다.

타인과 대면할 때, 잠깐 스치듯 마주하는 것이 아닌, 서로에게 꽤나 친밀함을 느끼고 눈을 마주하며 대화를 나누게 된다면 나는 내 자신이 무슨 이야기까지 꺼내게 될지 두렵다. 나는 나를 믿을 수 없다. 믿어서도 안 된다. 아무리 강인한 사람이라 한들 믿어서는 안 된다.

인간들은 '믿는다'는 그 말을 오용하며 남용한다. 견딜 수 없을 정도로. 아까 그 가는 팔뚝의 사내, 그는 어떤 의도로 그런 말을 했을까. 그가 한 말의 의미는 무엇일까. 어떻게 믿는다는 것일까. 어떤 방식으로? 믿는다는 것은 그에게 있어서 어떤 의미일까. 자신이 어떤 의미에서 그런 말을 했는지 그 자신은 알까. 어린아이들이 길바닥에서 주워들은 상스러운 욕지거리를 아무런 의미도 모른 채, 그저 그 말을 내뱉던 인간의 격앙된 어조와 불그락거리는 얼굴 홍조가 재밌다는 이유에서 따라하는 것과 조금도 다르지 않았을 거다. 그렇지 않고서는 그렇게 말할 수 없었으리라.

아, 잠깐. 이 세상에는 상식 밖의 일들이 많다는 것을, 아니 그런 것들로 가득찬 것이 이 세상이라는 것을 잠시 잊었다.

그러면 무엇일까. '당신에 대한 나의 정직함을 '신뢰'하지?', '내가 당신에게 피해를 끼치지 않을 거라는 것을 '강하게 추측'하지?', '내가 어떤 일을 하든 나를 '지지'하지?', '내가 무슨 말을 하든 그게 '사실일 거라고 간주'하지?' 어떤 표현을 써도 '믿는다'는 표현보다는 낫다. 이를 구분할 줄 모르는 것인지, 아니면 굳이 구분해서 자신의 의도를 분명히 하고 싶지 않기 때문인지는 모르지만, 어쨌든 '믿는다'는 표현은 그에게 꽤나 시적인 말임에 틀림없다. 그뿐 아니라 많은 인간들에게 말이다. 이 단어의 함축성은 때때로 혼란과, 정신과 표현 사이의 간극을 만들어 낸다.

신에 대한 이야기가 오갈 때 특히 이 간극은 가감없이 드러난다. 열 사람이 '나는 신을 믿는다'고 똑같이 말해도 실제 그 의미는 모두 다른 것이다. 신이 존재한다는 사실 정도를 진실로 여기거나, 신이라는 존재가 있다면 그 존재를 신뢰한다거나, 신의 존재를 자신의 삶의 기저로써 느낀다거나.

그러나 놀랍게도 그들은 그 차이를 느끼지 못한다. 치명적인 다름의 수준을 조금도 느끼지 못한다는 것은 우스운 일이다. 과장이 아니다. 신이 존재한다는 사실, 딱 거기까지를 진실로 여기는 이는 신을 믿는다고 할 수도 있고, 그 존재를 신뢰하지 못한다는 점에서 신을 믿지 않는다고 말할 수도 있는 것이다.

그러나 문자 그대로 우습게도, 많은 종교인들은 단지 신을 '믿느냐', '믿지 않느냐'만을 묻고, 단지 그 한 줄짜리 대답을 대단히 중요한 것처럼 여긴다. 한 줄짜리 답

변은 그의 표정보다도 진실과의 거리가 멀다. 그것이 아무리 꾸며 낸 인조의 표정이라 할지라도 말이다.

그러니 짧게 대답해 달라는 말은 얼마나 웃긴가. 차라리 아무것도 묻지 않는 편이 낫다. 진실과 조금도 어울리지 않는 몇 단어를 내뱉느니, 정돈되지 않은 언어들이 그 자체로 자유롭게 머릿속을 부유하는 상태로 두는 편이 낫다.

정말이지 생각을 입 밖으로 내뱉는 건, 어느 경우에건 그리 권할 만한 것이 되지 못 한다. 말이라는 건 공기 속으로 흩어지는, 그러나 영원히 없어지지는 않는, 환경의 관점에서 보자면 미세 플라스틱과도 같은 쓰레기가 되어 평생을 떠다니게 되는 것이다. 말을 내뱉은 이가 죽은 후에도 없어지지 않고 영원히. 미세 플라스틱이 쌓여 무시무시한 결과를 내는 것처럼, 공중에서 죽은 새가 떨어지게 만드는 것처럼, 뱉어진 말도 똑같은 것이다. 결국엔 누군가를 죽일 것이다. 한 명이 될지, 그 이상이 될지는 알 수 없다.

나는 많은 말을 하지는 않지만, 이런 이유에서 나는 여전히 너무 많은 말을 한다고 느낀다. 말은 하지 않는 것이 좋다. 차라리 상대가 나를 벙어리라고 오해하도록 내버려두는 편이 낫다. 꼭 말을 해야 한다면, 차라리 아무런 의미도 없는 것을 중얼거리는 편이 좋다. 내가 가지고 있는 생각과는 아무런 관계도 없는, 내뱉은 말이 나의 진정한 생각이라고 스스로가 착각할 여지가 조금도 없는 그런 것 말이다.

진짜 생각, 중요한 것, 유일하게 의미있는 그것을 입 밖으로 낸다는 것, 정돈된 언어로 표현해 낸다는 것은 문자 그대로 무한한 가능성을 지닌 그것을 짓밟아 버리는 일밖에는 되지 않는다. 이건 내 언어능력에의 문제가 아니다. 언어라는 것에 내제된 본질적인 문제인 것이다. 때문에 내가 쓰레기만도 못한 말들을 내뱉는 것은, 그보다 못한 말들로 종이를 낭비하고 있는 것은 이치에 꼭 맞다. 그 말들은 마치 맞춤 정장이라도 입은 듯 나와 꼭 들어맞는다. 그리 편해 보이지는 않지만, 적어도 안정감을 느낄 수 있다.

내 말들은 언젠가 누군가를 죽일 것이다. 이것을 알면서도 말을 하는 이유는 내가 진정으로 누군가를 죽이기를 원하기 때문일까. 그냥 하는 말이 아니라 실제로 그런 이들이 있기에 하는 말이다. 단순히 남에게 고통을 주기를 즐기는 사디스트뿐만이 이 부류의 인간은 아니다. 자신이 무슨 영웅이라도 되는 것처럼, 계몽이 필요하다고 말하고 일종의 반성이 필요하다고 주장하며 다른 이들의 정신을 몰살하는 이들도 같은 부류이다. 그들이야말로 계몽과 반성이 필요함에도 말이다.

그들이야말로 자기 자신을 '믿는다'. 믿어서는 안 되는 것을 함부로 믿는 이의 최후는 항상 파멸이었다. 그리고 앞으로도 항상 그럴 것이다. 이건 변할 수 있는 성질의 것이 아니다. 그리고 이 분야에 대해서는 내가 맞다고 하는 것은 항상 옳다. 이건 본질이니까.

그러나 난 정말이지 그런 문제에는 조금도 관심이 없다. 나는 박애주의자도, 나치즘에 빠진 이도 아니다. 너무 뜨거운 건 그저 충격으로 다가와서, 그것이 차가운 것인지 뜨거운 것인지 분간할 수 없게 만든다. 그런 의미에서 극단은 통한다. 조금도 같지 않지만, 느낌에 집착하는 이들은 그 둘을 구분해내지 못하며, 나는 중용이라는 걸 모른다. 중용이라는 건 인간에게라면 몰라도, 나에겐 조금의 미덕도 되지 않는다. 그렇기에 나와 그들이 비슷해 보이는 것뿐이다.

그러나 때로는, 나도 중간이고 싶을 때가 있다. 아무것도 모르는 인간이고 싶을 때가 있다. 당신이 진실이라면, 적어도 모든 진실을 알고 있다면 당신의 생은 더 나아질까. 진실을 안다는 것만큼 고통스러운 일도 없다. 물론 인간의 육체를 갖고 있다는 전제하에.

죽음 직전에 진실을 알게 되는 이는 정말로 부러움의
대상이 될 만하다.

내가 삶의 목표를

'거짓'으로 정하는 것은

그야말로 우스운 짓이다

28

"자네는 삶의 목표가 무엇인가."

담배를 사러 밖으로 나가려는데 카운터에 앉아 있던 여관 주인이 또 쓸데없는 걸 물어온다. 이름이나 나이를 묻는 것보다는 나으니 대답은 해준다.

"없습니다."

인간들은 목표라는 덧없는 것에 집착하는 경향이 있다. 목표의 유무는 삶을 살아가는 데에 아무런 영향도 끼치지 못한다. 생을 살아가는 데에는 중요할 지도 모르겠으나, 생은 그 자체로 무가치하므로, 그 안에서 중요한 것이라고 한들 내가 관심을 가져야 할 이유는 조금도 없다.

삶에서 목표를 갖는다고 한들, 목표를 이루는 순간의 행복은 잠깐이고 그 후엔 깊은 허무함만이 그 자리를 채울 뿐이다.

이 공허는 목표가 하나였다는 것에서 기인한 것이며 목표를 두는 것 자체는 중요하다고 믿는 이들이 있다. 8 개의 공을 저글링하는 것이 목표인 서글러는, 그 목표를 이루고 나면 9개의 공을 저글링하는 것을 목표로 삼으면 된다고 믿는 이들 말이다.

하지만 그들도 틀렸다. 그러한 부류에는, 마지막 공은 결코 존재하지 않는다는 것을 깨닫고 저글링에서 손을 떼는 시기의 차이가 있을 뿐이다. 시기나 순서라는 건 중요하지 않으므로 그들은 결국 똑같다. 목표를 하나로 두든지 끝나지 않는 목표를 두든지, 허무를 느끼고 모든 기력을 잃는다는 점에서 그들은 아무런 차이도 없다.

삶에서 중요한 것은 목표가 아닌 목적이다. 생에는 없고 삶에는 있는 바로 그것 말이다. 목표와 목적은 조금도 유사점이 없지만, 그럼에도 인간들은 이 두 가지를 명확히 구분하지 못 한다. 인간이기에 어쩔 수 없는 무능력함일지도 모르지만, 내가 답답함을 느끼는 것도 내 본질상 피할 수 없는 것이다.

인간들은 목표의 속성을 목적의 그것으로 오인하곤 한다. 나름의 목표를 정했던 것처럼 삶의 목적도 '정하려'고 하는 것이다. 우습다. 예컨대 내가, '진실'이, 삶의 목표를 '거짓'으로 정하는 것은 그야말로 우스운 짓이다. 더 우스운 사실은, 이 우스운 일이 아무 자각 없이 많은 이들의 생 속에서 행해지고 있다는 것이다.

'생'과 진실된 의미에서의 '목적'이라는 것은 양립할 수 없기에 불가피하게 행해지는 코미디이기는 하지만, 정말 보는 내가 민망해질 정도로 질이 낮다. 그럼에도 불구하고 차마 완전히 외면하지는 못하고 힐끗 보게 되는 것은, 외면이라는 것이 나와 어울리는 단어가 아니기 때문이리라.

목적은 찾는 것이다. 개개인에 부여된 삶의 목적을 찾는 것이란 말이다. 삶의 과정에서 꼭 해야만 하는 일이 있다면, 그것은 목표를 세우고 이루는 것이 아니라 진실된 목적을 찾는 일이다. 목표라는 것이 유일하게 의미 있을 때는, 목표를 위한 목표가 아닌, 목적을 성취하기 위한, 목적에 부합하는 삶을 살아내기 위한 도구로써 목표를 세울 때이다.

하지만 이런 의미 있는 목표를 세우는 것은 현실적으

로 이루어지기에 쉬운 일은 아니다. 시작은 목적을 이루기 위한 목표일지 몰라도 매 순간 그 목적을 직시하며 생활하기란 쉬운 일이 아니다. 목표의 중요성을 떠나, 일단 이루어야 하는 것이라는 생각이 들면, 본래의 의도와는 상관없이 그 목표 이루기에만 심취하고 마는 게 인간이다. 정작 목표에 도달하고, 본래 목적과는 완전히 다른 방향을 향하고 있을 때에도, 목표를 이뤄 냈다는 성취감과 허탈함에 잠겨 자신이 어디를 향하고 있는지를 자각할 여유는 없게 되고 만다. 이런 현실을 고려했을 때, 목표라는 건 어떤 이유에서건 없는 편이 낫다.

"사장님은 삶의 목적이 무엇입니까?"

그이가 삶을 사는 중인지 생을 사는 중인지 모르기 때문에 섣부른 질문이기는 하지만, 모든 질문과 말은 섣부른 것이기에 그런 섣부름은 신경 쓰이지 않는다.

"삶의 목적이라. 글쎄. 생각해본 적은 없네만."

그러고는 말끝을 흐린다. '삶의 목적에 대해 생각해 본 적은 없다'는 건 곧 '생각이라는 것을 해본 적이 없다'는 사실을 추론할 수 있게 한다. 그야말로 조금의 비약도 없는 타당한 추론이다.

오랜 시간 동안 사고만 하며 생을 살아왔구나. 새삼

스러운 일도 아니지만 조금 우울해지는 건 어쩔 수 없다. 적어도 물리적으로 이렇게 나와 가까이에서 지내는 이마저 자신이 이룬 생을 소중히 여기고, 차마 버리지 못한다. 생의 버림 없이는 삶을 가질 수 없는데도, 무의미한 생을 위해 쏟은 시간이 아까워서 차마 버리지 못한다.

그 자신도 언뜻 자신이 보내온 시간이 완전히 잘못됐다는 것을 느끼고 있을지도 모른다. 그럼에도 불구하고 그 사실을 받아들이기에는, 진실을 직시하기에는 용기가 없는지도 모른다. 방향을 바꾸어 사장 쪽을 쳐다보지만 그이는 나의 눈을 보지 않는다. 나와 직면하는 것이 그이에게는 많이 아플지도 모른다. 아니, 분명히 아플 것이다. 자신의 온 생애가 잘못되었다는 것, 숙고하고 내렸던 매 순간의 선택들이 모조리 잘못된 것이었다는 진실을 받아들이는 일은 그처럼 시간을 많이 보내온 이들에게는 더 아픈 법이다.

그럼에도 불구하고 이는 겪어야만 하는 건전한 고통이다. 이것이 진실한 의미에서 삶을 살아내는 사람들이 평생에 거쳐 성장통을 겪는 이유이다. 당신의 삶 속 성장통이 더는 느껴지지 않는다면 당신이 살고 있는 건 생이다. 진정한 의미에서의 성장통은 무뎌질 수 있는 성질의 것이 아니다. 이건 진실이다.

"어이 김씨, 자네는 왜 살아? 시비를 걸려는 건 아니니
오해말게."

술에 취해 매춘부와 함께 여관으로 들어온 사람에게
주인장이 묻는다.

"뭘 잘못 먹었나 뭔 헛소리야. 즐기려고 산다."

그러고는 매춘부의 허리를 감고 계단을 오른다.

나는 눈앞에서 외면 당했다. 인간들은 나를 바로 제 눈
앞에 두고도 신경 쓰지 않는다. 자신과 완전히 무관한
존재인 것처럼 행동한다. 자신의 생이 완전한 거짓에 의
존한 것임을 알면서도 나를 필요로 하지 않는다.

"우는 거요?"

주인장의 손이 다가온다. 안 된다. 신체적인 접촉은 안
된다. 뭐라고 말하기도 전에 주인장은 내 손을 잡고 휴
지를 쥐어준다.

나만이 지닌 향기를 잃어가는

스스로의 모습을 하릴없이

바라보는 것은 고통스럽다

29

여관 주인과의 짧은 대화를 마
친 이후로, 한 순간도 빠짐없이 그 대화가 마음에 걸린
다. 심리적인 거리와 물리적인 거리는 아무런 관계가 없
는 것이기는 하지만, 그토록 나와 물리적으로 가깝고 다
른 이들에 비해 수시로 접촉하는 이마저도 그 단순한 질
문에 '생각해본 적 없다'고 답하다니. 그렇게 자주 나를
봤음에도 불구하고 매 순간 나를 인식하지 못했다는 사
실에 허무가 밀려온다. 목적 없는 삶에도 허무가 찾아온
다는 진실은 조금도 우습지 않다.

나의 존재 목적은 무엇인가? 신의 아들과는 달리 나는
아무런 존재의 목적을 갖고 있지 않다고 분명히 말했었
다. 하지만 동시에 나는 인간들을 사람으로 변화시키는
것을 내 존재의 목적으로 인식했다. 실체 없는 당신에
게 무언가를 알게 하려 노력해왔다. 이 두 진실은 조금
도 모순되지 않는다고 생각했는데, 나야말로 스스로가
부여한 목적을 이루기 위한 '생'을 살아가고 있던 것은
아닌지 의문이 든다. 하지만 나의 삶은 본질적으로 생이
될 수 없는 것이다. 나조차도 혼란을 겪다니. 진실이 흔
들린다.

　내가 육체를 갖고 살아간다는 사실에 의해 갖게 된 인
간적인 속성들이 나를 더 어지럽게 한다. 나는 시간이
흐를수록, 강하게 내 본질을 주장하지 못하는 내 모습을
직시하는 것이 고통스럽다. 존재의 모순을 견뎌내는 것
이 참으로 버겁다. '생'을 버리지 못하는 '인간'들이 이해
되는 순간이 많아지고, 그들의 생의 고통에 공감하게 되
는 순간들이 늘어간다.

　물로 이루어진 바다를 보고도 고작 '물이 바다를 덮었
다'고 말하는 것이 한계인 인간들, 그들에 대한 사랑과
연민이 내 안에서 피어나는 건 내 본질에 맞지 않다. 나
는 진실만을 사랑한다. 나는 나만을 사랑한다.

그러나 사람과 인간을 구분하는 것, 생과 삶을 구분하는 것마저 힘들어짐을 느낀다.

　나만이 지닌 향기를 잃어가는 스스로의 모습을 하릴없이 바라보는 것은 고통스럽다. 현실과 타협하는 내 모습이 역겹다. 이대로의 나는 아무런 가치가 없다. 진실의 가치가 없어지고 있다.

　육체를 갖고 있는 것은 더 이상 내게 아무런 도움도 되지 못한다. 마지막 버림의 순간이 찾아온 것 같다. 내 본질, 존재의 목적에 해가 되는 모든 것은 버려져야 옳다. 이건 진실이다.

　나는 진실이다. 나는 죽어가는 진실이다.

작가의 말

우리가 사실에 집착하는 이유는 진실이 무가치해
졌기 때문이다. 절대적인 진실이라는 게 없어졌고,
각자가 저마다의 진실을 믿는 시대가 되었기에 진실
에 대한 논의를 하기보다는 객관적인 사실을 따지고
들게 된 것이다.

몇 해 전 '팩트'라는 말이 유행했을 때, 한 인문학 강의
에서 이런 말을 들었다. 그러나 정말 저마다의 다 다른
진실을 진정한 의미에서의 진실이라고 할 수 있을까. 어
쩌면 진정한 의미에서의 절대적인 진실을 찾아내고 그
것이 진실임을 입증할 방법이 인간에겐 없기에, 진짜 진

실이 아닌 각자의 허상을 진실이라고 우기고 있는 것은 아닐까.

진짜인 진실, 허상이 아닌 절대적인 진실을 그리고자 했다. 그런 것이 실제로 존재하는가에 대한 답은 전적으로 개개인의 믿음의 방향에 따라 다를 것이다.

그렇게 1년간 일상 속에서 간헐적으로 이 주제에 대한 글을 써 내려갔다. 그 생각을 누군가와 나누려는 마음은 조금도 없었고, 단지 글을 쓰는 것이 내 정신에 도움이 되는 것 같아서 그렇게 했다. 때로는 내 정신이 연필 끝을 끌고 나가려 안간힘을 써도, 애석하게도, 연필은 묵직하게 그 자리에 멈춰서 단 한 글자도 협조해 주지 않을 때가 있었고, 반대로 내 생각이 채 전개되기도 전에 연필 끝이 제 혼자서 종이를 가로지를 때도 있었다. 그렇게 쓰인 글을 다시 읽어볼 때면 마치 다른 사람이 적어 놓은 글을 읽는 것 같은 기분이 들었다.

온전히 나 자신만을 위해 쓴 글이었기에 다른 사람들과 공유하고 싶다는 생각이 들었을 땐 거의 모든 부분을 수정해야 했다. 어떤 식으로 표현하는 것이 진실의 모호한 존재성(만일 그런 진실이 존재한다면)을 드러내기에 적합한지에 대해 뒤늦게 고민하기 시작했다. 그 고민의 결과로써 나는, 자신을 추상적 개념인 진실의 인간화라고 말하는 이를 주된 화자로 설정했다.

그는 "신의 아들도 사람으로 태어나는데 일개 추상 개념이 인간이 된 것은 불가능한 일이 아니"라고 말하며 자신의 본질을 진실이라고 주장한다. 그러나 그는 정상적인 상태로 보이지는 않는다. 정신분열 환자처럼 보이는 상태는, 성인이 된 이후부터 '진실'의 자아(B)가 발현되며 악화되는 듯 보인다. 성인이 되기 전까지 몸의 주인이었던 자아(A)는 일반적인 사람이고, 이 자아(A)는 '진실'이라는 자아(B)를 거부한다. 그러나 '진실'은 자신이 몸의 주인이라고 말하며, 진실을 외면하는 세상을 견디기 위한 도피처로써 자아(A)를 이용한 것뿐이라고 말한다. 자아(A)의 말을 믿는다면 자아(B)는 광인일 뿐이고, 자아(B)의 말을 믿는다면 이 책은 사뭇 다른 느낌의 이야기가 될 터이다. 어느 쪽이 맞는지는 독자 개개인의 결정에 맡기려 한다. 이 선택과는 별개로 자아(B)가 사용하는 단어들에 주의를 기울인다면 보다 즐거운 독서가 될 수 있을 것이다.

위로가 되는 글을 쓰려는 마음은 조금도 없었다. 그건 온갖 감정의 변화가 있었던 길다면 긴 집필 기간 동안

찰나의 순간에도 품지 않았던 마음이다. 그럼에도 불구하고 지금은 이 소설이 독자 여러분에게 조금의 위로가 될 수 있기를 바란다. 그리고 동시에, 오직 진실만이 나와 당신의 삶에 위로가 될 수 있기를 바란다. 어떤 독자라도 이 소설을 읽음으로써 상처받지 않길 바란다. 또한 누구보다도 먼 훗날 이 책을 읽을 내가 상처받지 않길 바란다.

끝으로, 채 다듬어지기도 전인 초판 원고를 읽으며 가슴이 뜨거워짐을 느꼈다고 말해 주신 윤석전 대표님과 사소한 부분까지 신경 써 주신 어문학사 편집부원에게 이 자리를 빌려 감사의 마음을 전한다.

윤마리

진실 혹은 광인

초판 1쇄 발행일 2020년 5월 16일

지은이 윤마리
펴낸이 박영희
편집 박은지
디자인 최소영, 최민형
마케팅 김유미
인쇄·제본 제삼인쇄
펴낸곳 도서출판 어문학사
　　　　서울특별시 도봉구 해등로 357 나너울카운티 1층
　　　　대표전화: 02-998-0094 / 편집부1: 02-998-2267, 편집부2: 02-998-2269
　　　　홈페이지: www.amhbook.com
　　　　트위터: @with_amhbook
　　　　페이스북: www.facebook.com/amhbook
　　　　블로그: 네이버 http://blog.naver.com/amhbook
　　　　　　　　다음 http://blog.daum.net/amhbook
　　　　e-mail: am@amhbook.com
　　　　등록: 2004년 7월 26일 제2009-2호

ISBN 978-89-6184-950-0(03810)
정가 15,000원

이 도서의 국립중앙도서관 출판예정도서목록(CIP)은 서지정보유통지원시스템 홈페이지
(http://seoji.nl.go.kr)와 국가자료종합목록 구축시스템(http://kolis-net.nl.go.kr)에서
이용하실 수 있습니다. (CIP제어번호 : CIP2020017297)

※잘못 만들어진 책은 교환해 드립니다.